21世纪高等院校
影视艺术经典教材
FILM & TELEVISION ART

剧本创作方法与实战

李颖 苏静 著

中国国际广播出版社

图书在版编目（CIP）数据

剧本创作方法与实战 / 李颖，苏静著. —北京：中国国际广播出版社，2023.6

ISBN 978-7-5078-5349-0

Ⅰ. ①剧… Ⅱ. ①李… ②苏… Ⅲ. ①剧本—创作方法 Ⅳ. ①I053-62

中国国家版本馆CIP数据核字（2023）第111158号

剧本创作方法与实战

著　者	李　颖　苏　静
责任编辑	王立华
校　对	张　娜
版式设计	邢秀娟
封面设计	王广福　姜馨蕾

出版发行	中国国际广播出版社有限公司［010-89508207（传真）］
社　址	北京市丰台区榴乡路88号石榴中心2号楼1701
	邮编：100079
印　刷	天津市新科印刷有限公司

开　本	710×1000　1/16
字　数	240千字
印　张	16.5
版　次	2023 年 7 月　北京第一版
印　次	2023 年 7 月　第一次印刷
定　价	38.00 元

序　言

在媒介融合、叙事碎片化的时代背景下，影视对于诸多媒介平台而言都有了新的定义和含义。在这种环境下，国内的影视市场开始出现百花齐放的现象，伴随着市场的变化，大量与影视相关的院校和专业也应运而生，但是这些院校和专业都面临一个普遍的问题，就是究竟什么样的人才适合当下的影视环境。

银幕自诞生之初就带着光影的魅力，它吸引了很多年轻的爱慕者为了加入这个行业前赴后继。在行业的整体性中，剧本创作又是其中最为根本的东西，很多影视专业的学生都会学习这部分内容。然而很多初学者都会面临着各种各样的问题，对文字、视听、故事三者的结合非常不适应，导致在剧本学习和故事创作中频繁遇到更大的障碍，最终放弃这部分内容的学习。市面上的剧本创作书籍很多都是为有一定基础的创作者准备的，而对于很多初学者而言，阅读这些书籍还是有不小的困难的。

也许这本书的理论观点在目前诸多的剧作书中并不是最新颖的，但却是真正为很多基础薄弱的初学者解决问题用的。其实很多剧作书都是针对有一定基础或经验的学生及从业者创作的，像本书作者这样结合自身经验，针对大量影视专业的初学者在学习剧本创作时遇到的困境而编写的书籍，对于国内的影视教育发展有着重要的意义。

电影是什么？从电影诞生一百多年来这个定义一直在随着社会的变迁而变化，我曾在澳门科技大学做讲座时提到过要绕到摄影机背后看电影。

电影一路发展，伴随着外部环境变化的许多冲击，从电视、互联网到如今的VR（Virtual Reality，虚拟现实）技术，从观众市场的变化到信息交流单双向互动的变革，影视作为一种综合艺术，讲究协调、均衡。而对很多初学者来说，这种思维方式恰恰是亟待培养的。

在这本书中，作者用自己的切身经历以及教学经验充分理解并提出了思维方式转变的问题，对于最开始的意识形态的注入，以及最后初学者面临的实际操作问题都提出了相应的解决方案，这也是本书最独特之处。

很多学校会把罗伯特·麦基的《故事：材质、结构、风格和银幕剧作的原理》或者悉德·菲尔德的一系列书籍作为教材。这些书籍固然是剧本创作的经典教材，是影视专业初学者的必读书目，但是如果能在此之前先打下更坚实的基础，则更有利于专业学习，达到事半功倍的效果。诚然，本书也借鉴了些许经典剧作书籍的内容，将剧本创作中需要扭转的观念融合在人物、情节、主题、结构等老生常谈的问题中，形成了一套完整的剧作思维体系，简单、通俗、易懂。

我与作者在剧本创作上有多年的合作关系，看着作者从一个初学者成长为成熟的编剧，十分欣慰，希望读者能从这本书中学到剧本创作的实战技巧。毕竟不论什么专业，学习都当知其所以然。当把一个兴趣作为职业时，必定会放弃其中的一些乐趣，但当深入汲取知识精华，看到水平面下的冰山之时，必定会带来更大的动力去探究。最后，祝福所有创作者都能在剧本学习的道路上越走越远。

吴　兵

（吴兵，北京电影学院管理系制片专业副教授、中国电影家协会会员、中国电影导演协会会员、中国广播电视协会电视制片委员会委员；《苦茶香》编剧、导演，获2002年第八届中国电影华表奖导演新人奖、评委会奖，第二十二届中国电影金鸡奖最佳导演处女作提名；《十月围城》编剧，《智取威虎山》编剧，在其他多部电影、电视剧中担任编剧、导演工作等，获得多个奖项。）

前　言

戴着镣铐起舞

一、为银幕、观众工作，跟你的观众谈一场恋爱

作为剧作者，首先要知道的就是自己到底在为谁工作。威廉·阿契尔说："用戏剧叙述故事的艺术，必然与叙述故事的对象——观众息息相关。你必须先假定面前有一群处于某种状态和具有某种特征的观众，然后才能合理地谈到用什么最好的方法去感动他们的理智和同情心。"[①]绝大多数编剧最初选择这个行业的时候也许只是出于对影视作品的喜爱，抑或是想把自己心里的故事通过剧作的方式呈现给人们看。但往往他们在真正成为一名职业编剧以后，才会发现，编剧笔下的作品不仅是为了自己的喜好，或者说不能全凭借自己的喜好去写作，而是要全心全意地为银幕、观众去服务。剧本不是日记，只管自我发泄、自我欣赏、自己懂自己就好。恰恰相反，剧本是一门艺术，是一门能上得了银幕并且最终消费者是观众的艺术。那么，既然是为观众服务，对编剧来说，笔下的文字能触碰到观众的兴趣点，能对观众产生吸引力，甚至能让观众从中产生共鸣、心被触动，就变得十分重要了。倘若观众对你的作品没感觉，导演也没法拍剧，那么就算编剧自己写得再尽兴、再感动，最终也是徒劳无功。编剧要为剧本负责任，这也就是近些年来观众口中出现了"良心剧"这个词的原因。

① 阿契尔.剧作法［M］.吴钧燮，聂文杞，译.北京：中国戏剧出版社，2004.

剧作者写作的过程就好像是在和观众谈一场恋爱，笔下文字最终汇集而成的作品就是剧作者为观众准备的礼物。那么既然是“送礼物”，就一定要投其所好，要送一份观众喜欢的礼物，让观众愿意为你的“礼物”买账，这也就是剧本的最终价值。编剧作为“送礼物”的人，对自己的剧本自然是无所不知，可观众对于这份“礼物”却是一无所知的。所以，编剧在整个创作过程中，一定要考虑观众的视觉感受。一个剧本里会有无数个场景和无数个镜头，剧作者创作的同时，也要从观众的视角给出非常恰当和精心的排序，使观众在“拆礼物”的过程中既能被吊住胃口，又能够看明白这份“礼物”的含义。

二、剧作者的困境：生活与工作的无法割裂

剧作者面临的困难就是那些通过使用技巧也无法实现的东西。比如关于灵感的问题。对于编剧来说，根本就没有灵感这一说法。剧作是剧作者的工作。那么工作是什么？工作就是你每天都要做的事情，而不是只有当你心血来潮的时候才能写出的有感而发的文字，也不是你想写出的自己希望表达的一些话。所以说，用灵感去写作的说法对一个职业编剧来说是错误的。剧作者需要做的是让心中那些有感而发的文字，在经过一些人为的处理和加工之后，能够成功地面向观众。所以，剧作者的困境往往就在于生活与工作的无法割裂。

剧作者的工作和生活绝对是密不可分的。生活是剧作者的创作源泉，也只有生活能够在最大限度上为剧作者提供他所有需要的创作素材，包括主题的、细节的素材，也包括对人物的理解、对情节的设置等，这一系列的感悟都应该来自剧作者的生活。

剧作者的工作就是把那些看似无聊的工作和生活处理成观众喜欢看且想要的样子，这就需要剧作者能足够了解观众。那么，作为剧作者，要想体会观众的心情，要想足够了解你的观众，首先要成为你的观众，最终超越你的观众。成为自己的观众很容易做到，因为绝大部分剧作者是从观众

做起的。这不难理解，我们大多是因为爱好、兴趣，从发烧友一步步成长为剧作者的。但是在成为自己的观众之后如何去超越观众，就是一个非常难的问题了。也就是说，剧作者所面临的最大的困境，就是如何超越自己的观众。

超越观众的方式和方法有很多。第一，你所具备的间接经验通过日积月累已经超过了一般观众。如果你的眼界比观众开阔，你看过的东西和对素材有意识的积累也比观众多，这些都会使你具有更为丰富的间接经验。第二，你所具备的直接经验已经超过了一般观众。例如，著名作家、编剧、导演、企业家海岩，其代表作有《便衣警察》《玉观音》《拿什么拯救你，我的爱人》。海岩15岁离家入伍，21岁退伍当了警察，32岁出任昆仑饭店董事、副总经理，33岁正式脱离公安系统。早在他写剧本之前，他的军旅生活和作为警察的职业经历就已经非常丰富了。那么，在其个人直接经验远远超越一般观众的情况下，也就不难理解为何他能够创作出那些受观众喜爱、深入人心的作品了。除此之外，如果你年龄尚小，还没有特别丰富的人生阅历，对素材的积累也不多，那么，此时要想成为一名好的剧作者，就和天赋有着密不可分的联系了。天赋就是当你收到间接经验之后，能直接把它们转变成自己的直接经验的能力，这样也可以使你做到超越观众。这也就是人们通常所说的天才。这里的“天才”还分为两种：文学天才和故事天才。“文学天才——将日常语言创造性地转化为一种更具表现力的更高形式，生动地描述世界并捕捉人性的声音。”① “故事天才——将生活本身创造性地转化为更有力度、更加明确、更富意味的体验。它搜寻出我们日常时光的内在特质，将其重新构建成一个使生活更加丰富的故事。”②

现如今，观众在不断进步，也要求剧作者更要不断进步。所以，对

① 麦基.故事：材质、结构、风格和银幕剧作的原理［M］.周铁东，译.北京：中国电影出版社，2001：32.

② 麦基.故事：材质、结构、风格和银幕剧作的原理［M］.周铁东，译.北京：中国电影出版社，2001：33.

于剧作者来说，准确了解观众的需求是十分重要的。以中国观众为例，中国观众更多时候需要的是生活。如果你跟中国观众谈太多未来的或者框架式的思想，那很有可能碰一鼻子灰，因为观众认为这与自己无关，所以不感兴趣。因此，了解观众的需求是十分重要的。要想准确地了解观众的需求，剧作者要非常清楚观众的生活是什么样子的，他们究竟渴求看到一个什么样的情景。影视作品具有一种非常强大的力量，就是它可以暂时麻痹观众的神经，让观众完全投入一个剧情当中，在视听语言的包围下，使观众短暂性地忘却自己现实中的困境。因此剧作者需要给观众构造一个似是而非的虚拟的现实世界。这个现实要和他实际生活中的现实很相像，但又要比他实际生活中的现实“高”出一点儿，这样就可以把观众带到剧情当中了。“现实的一端是纯粹的事实；而另一端则是纯粹的想象。在这两极之间存在一个变幻无穷的‘光谱’，所有风格各异的小说故事便游移于这光谱之间。”[①]

三、剧作技巧的极致体现：想象力的约束与释放

很多人会说，他的想象力特别丰富，特别会说，想表达的情感特别多……然而，这里的想象力并不是一个剧作者需要的技巧。因为在现今信息化的社会中，我们每个人的接触面都很广，接触的思想和观念也是杂而多的。所以，一个人在这样的社会环境下，有丰富的想象力、有强烈的语言表达意愿并不稀奇，更不能称为编剧的优势。对于剧作者而言，真正的优势是能对自己想象力进行约束与释放。这就是我在前言部分想重点讨论的一个问题——戴着镣铐起舞。

剧作者之所以要戴着镣铐，是因为要把自己所有的东西，通过剧作技巧，用观众能够接受的方式传递给观众。这才是一个剧作者技巧高超的地方，也是作为剧作者应该具备的能力。

剧作跟别的文字工作不一样，剧作是为银幕服务的。也就是说，你的

① 麦基.故事：材质、结构、风格和银幕剧作的原理［M］.周铁东，译.北京：中国电影出版社，2001：32.

镣铐不仅要受限于你的思维方式，还要受限于你对文字的驾驭能力。剧作者要切记，你的文字永远只能为银幕服务，它们除了能够在银幕里说话以外，其他任何时候都说不出话来。这就需要你养成一种文字习惯：善于用文字形式来表达视听语言。在影视行业里，无论哪个部门，都需要清楚了解并且认真学习视听语言。麦基在《故事：材质、结构、风格和银幕剧作的原理》一书中曾非常诚恳地说过这个问题，他论述的是原理而不是规则，"你的作品没有必要以一部'写得好'的剧本作为摹本去写；而是必须依循我们这门艺术赖以成形的原理去写好"[①]。那么，原理是什么？就是这副镣铐。除了剧本以外，任何一种文字形式都没有一个成规的原理。比如说，你去读鲁迅的文章、莫泊桑的小说、欧·亨利的小说，会发现他们每个人的文字形式都不一样，文字流派也不一样。剧本为什么就要有固定的原理呢？这就是我们前面提到过的，因为剧本是在为观众服务，所以对剧本的要求更多的是为了迎合观众的观影习惯和思维方式。"一部电影如若不了解观众的反应和期待，必将行之不远。你必须以一种既能表达自己的想象，又能满足观众的欲望的方式来构建自己的故事形态。"[②]这就是剧本创作艰难的部分，即想象力的约束与释放。

四、能力和天赋

"无论是敏锐的知觉能力还是生动的想象能力，都是令人钦羡的天赋，不过，就像一个美满的婚姻一样，二者必须相辅相成。二者缺一，就会委顿。"[③]关于能力和天赋这个问题，是所有剧作家和剧作者都会去讨论的问题，但并不是说一个人没有天赋就不能成为真正的剧作者，这也是剧作者最奇妙的地方。

① 麦基.故事：材质、结构、风格和银幕剧作的原理［M］.周铁东，译.北京：中国电影出版社，2001：序3.

② 麦基.故事：材质、结构、风格和银幕剧作的原理［M］.周铁东，译.北京：中国电影出版社，2001：8.

③ 麦基.故事：材质、结构、风格和银幕剧作的原理［M］.周铁东，译.北京：中国电影出版社，2001：32.

五、写作多年的心得体会

一个剧作者之所以要戴着镣铐起舞，是因为其所要受到的限制和所要经历的种种过程都是无法规避的，而且这很可能并不是一个让人觉得愉快的过程。剧作者的愉悦是当剧本变成了银幕上的影像之后，并且有观众在为它买账的时候，才会油然而生。在此之前，所有的隐忍和痛苦，剧作者都要自己去承受，并且是那种看不到希望的隐忍。受很多客观事实、客观现象，以及人为不可抗力因素的影响，很多优秀的剧本是不能面市的。剧作者要有能力去承担这样的风险和打击，否则，作为剧作者就无法全心全意地投入创作当中。不管遇到什么样的情况，不管现实如何变化，坚持你坚信的剧作原理和你坚信的观众，这就是你能坚持做剧作者的最原始的动力。

人在成长的过程中经常会有困惑，经常会遇到各种各样的问题。不是所有的问题都是老师、朋友或者长者、父母能帮你解决的。所以，如何考量你适不适合从事剧作工作，你是否真的对这份工作怀抱着极大的兴趣，就看你是否已经把它当成信仰。当你有任何困惑的时候，你需要求助的恰恰是影视作品。你要不断地从电影当中看到自己想要的答案，要能通过影视作品找到自己困惑的源头和解决问题的方法。如果过了这一关，你自然就会对影视作品产生一种依赖。当这种依赖产生之后，你就会发现，你很想把这种感悟传递出去，传递这种感悟的方式就是你接收它的方式。你接收它的时候是通过影像视听语言，那在传递它的时候也自然而然会通过影像视听语言。

剧作者要有很敏锐的洞察力和分析能力，剧作者通常都会把自己在生活当中的感触运用到工作当中。比如说，有的人很执着，而有的人很圆滑。这两者没有好坏之分，有的只是适合从事的职业不同。一个特别执着的人，他可能不太适合从事金融行业的工作，比如股票都已经跌破盘了，可他还在执着地等着它涨上来；一个特别圆滑的人，通常都懂得审时度势，这类人可能不太适合从事技术工种，因为技术工种更需要耐心和恒心。

执着不是一种信念，而是一种习惯，是你可以不问成败生死都要去做的事情。比如说，我面前有一个苹果，哪怕这个苹果已经烂了、生虫了，我也要把它吃掉，这就叫执着。执着可能会给你的生活带来不便，甚至有时候可以说是非常的不便，但这正是你需要付出的代价之一。当所有人都告诉我这个苹果烂了、生虫了，并且劝阻我不要吃的时候，我却依然要吃它，因为这种执着已经不再是单纯地从条件和作用方面去考虑的问题了，不是说只有完好的苹果才能吃，而是吃苹果只是我的一种行为习惯，所以不管这个苹果是什么样子的我都要吃。

作为一名剧作者，你必须要有一定的承受能力。否则，当你面对一些枯燥的文字，面对一个基本靠想象支撑起来的工种，同时还要去满足观众的需求等这一系列镣铐的时候，放弃就会是一个出现频率很高的结果。人选择放弃是件很容易的事情，而坚持下去是件很难的事情，但是当你把一件事情变成一种习惯的时候，放弃就又变成一件很难的事情了。所以说，执着有利也有弊，如果想要享受它的利，那就必然要承受它的弊。这就是做这个行业最心酸的一点。正如前文所说，明明知道眼前的这个苹果不能吃了，但你还是要去吃它，谁拦着你都没有用，这是一种悲哀，但这种悲哀也是一种英雄气概。古希腊神话里很多英雄的故事都是悲剧，他们明知不可为而为之。比如俄狄浦斯王，当他知道原来自己就是那个弑父娶母的人的时候，他没有选择杀掉所有的知情人，而是选择剜掉自己的双眼，然后把自己放逐，这就是悲剧式的英雄。从戏剧诞生的那一刻开始，悲剧就先于喜剧。因为悲剧往往带有一种人们心中所憧憬但却做不到的英雄力量。俄狄浦斯王作为一国之王，本可以默默杀掉所有知情者，让这件事情从此尘封，可他不但没有那样做，反而还剜掉了自己的双眼，将自己和两个女儿放逐，离开了忒拜城。所以说，俄狄浦斯王最终选择了这样一个结局，这就是他的一种行为习惯，他的习惯就是勇于担当，直面所有问题。

这个结局虽然悲凉，但却带有一种英雄的悲壮，这种悲壮就是人们心里常常生出的“我应该这么做，但我又做不到”的感觉。这也就是为什么很多电影都在歌颂这种精神。比如说，特吕弗的《阿黛尔·雨果的故事》。

阿黛尔·雨果是法国大文豪维克多·雨果的小女儿。维克多·雨果举世闻名，在法国浪漫主义文学高潮迭起的时候，曾以优秀的文字写出《巴黎圣母院》《悲惨世界》。维克多·雨果有两个女儿，大女儿的文笔也非常优秀，但最终在蜜月中和新婚丈夫双双溺水身亡。雨果的小女儿阿黛尔·雨果从小就被父亲和姐姐的双重名望所淹没和忽视，这应该对她的童年有着很大的影响。阿黛尔在31岁那年爱上了一个美国中尉，这个军官用花言巧语骗了阿黛尔的感情，然后悄无声息地离她而去。尽管阿黛尔的父亲非常不喜欢这个军官，可阿黛尔还是违背了父亲的意愿，独自一人漂洋过海一直追随着这个军官，但这个军官却三番五次地辜负她。直到有一天，阿黛尔疯了，疯到连这个男人从她身边走过她都再也认不出他。影片《阿黛尔·雨果的故事》最后一个镜头是阿黛尔站在海边的礁石上说：“万水千山，千山万水，追逐我的爱，这样的事只有我能做到。”这是阿黛尔·雨果最引以为傲的事情。特吕弗当时对阿黛尔·雨果有一个非常精准的评价：像这样一个终其一生都在做一件事情，但是却终其一生都没有办到的人，值得我歌颂。这也就是为什么他要拍一部《阿黛尔·雨果的故事》，而不是维克多·雨果的故事，也不是阿黛尔姐姐的故事。

我年少的时候就看过这部电影，虽然当时没有看懂，但是影片中的一些情节却神奇般地印在了我的脑海里。若干年后，当我再看这部电影的时候，我才开始慢慢体悟到，原来《阿黛尔·雨果的故事》是一部非常精彩的电影。所以说，怎么才能证明自己进步了？就是你突然发现自己看懂了一部本来很精彩但之前却无法理解的电影。和《阿黛尔·雨果的故事》相似的，还有一部知名的电影，就是《被嫌弃的松子的一生》。当时一位老师给的评价是：一个人，做一件傻事，你可以说他是单纯、不谙世事；做两件傻事的时候，你可以说他没经验、不长记性；做三件傻事的时候，你可能会说他就是一个傻子；可是当他一辈子一直在做傻事的时候，他就是一个神。对于《被嫌弃的松子的一生》这部电影，不同的人会体悟出不同的东西来。当你在不同的阶段去理解同一个故事的时候，尤其是那种当初你不觉得它好的故事，在若干年后，若你觉得它还不错，就说明你在成长，说明你的思维方式在进步；但是在若干年后，如果你仍然觉得它是个无趣的故事，那就不妨当它是个无趣的故事罢了。这是一种处理方式，另一种处理方式就是去反思自己，为什么没有理解它的要义。就像黑泽明的《罗生门》，第一次看的时候你可能会很想睡觉，但当你看完之后再去消化它的时候，你就会发现，原来早在20世纪二三十年代，黑泽明就已经提出了一个庞大的哲学观念，他的思想大概超越了普通人一个世纪。

去用心体会你在观看影视作品过程中的每一次思想变化，当这种变化开始影响你的生活以及你的认知的时候，创意也就成了自然而然的事了，你也就不用再发愁“写什么”的问题了。你甚至可以传达一个很幼稚的想法，但是一定要用一种观众能接受和理解的方式去诠释。其实写作就是一个说服别人的过程，也是一个接受别人的活计，这正是生活当中的一个镣铐。而编剧，正是一种要戴着这些重重的镣铐去起舞的工作。

目　录

第一章　什么是剧本

在这一章，我们首先来了解什么是剧本。很多人在做剧本工作之前，总以为剧本是能够完全实现影视作品的东西，但其实剧本只是一张蓝图。剧本就好比建筑工程师手中的设计图，在真正盖楼的过程当中，施工团队未必会完全按照这张设计图去执行，因为这张设计图是建立在无中生有的基础上的。

例如，在什么都没有的情况下，一座楼从地基开始，一直到外观，小到里面的每一根钢筋的位置，甚至每一条线路的铺设，都要由你来设计。当你完成设计图之后，施工团队才能根据这张设计图着手去盖楼。但是，在盖楼的过程当中，难免还是会出现很多问题和意外。所以，如果把一部影视作品比作一座楼，那剧本就相当于前期的那张设计图，而不是地基。因此，如果说做剧本工作是为了掌握对影视作品的控制权，这种想法是不切实际的。但是如果说想做剧本工作是因为被影视作品当中的故事吸引，那可以尝试着来做剧本工作。为什么？因为剧本所提供出的蓝图，恰恰就是盖房子所提供的一个模型，就是这种模型，被称为故事[①]。

那么，完成剧本需要做到哪几件事呢？我们在前言里也提到，剧本必须是为银幕、观众服务的。所以，你所写的每一个字，包括每一个标点符号都是需要有规有矩的。在这件事情上，很多人会问，剧本的格式真的那

① 麦基.故事：材质、结构、风格和银幕剧作的原理［M］.周铁东，译.北京：中国电影出版社，2001：32.

么重要吗？是的。因为剧本是其他工作人员开始工作的前提，它需要为其他工作人员在开展工作时提供最大的便利。你要时刻谨记，你只是一个画设计图的人，而不是盖楼的人。这就是剧本创作的根本前提——明白其实你只是画了一张“设计图”。

第一节　剧本与小说的区别

“在小说中，所有的行为动作都发生在人物的头脑中——在戏剧性行为动作的‘头脑幻景’之中。”[①] “一部电影剧本就像一个名词，指的是一个人或几个人，在一个地方或几个地方，去干他或她的事情。”[②] 由上述两句话可以看出剧本与小说是不完全相同的。例如，电影《智取威虎山》和原著《林海雪原》，在呈现方式上是不完全一样的。再举一个大家都熟悉的例子——中国四大名著之一《红楼梦》。在《红楼梦》里，林黛玉进贾府一段，书里面的描述和剧本的写法就有很大的差异。

《红楼梦》第三回　托内兄如海荐西宾　接外孙贾母惜孤女　节选[③]

且说黛玉自那日弃舟登岸时，便有荣府打发轿子并拉行李车辆伺候。这黛玉尝听得母亲说，他外祖母家与别人家不同。他近日所见的这几个三等的仆妇，吃穿用度已是不凡，何况今至其家，都要步步留心，时时在意，不要多说一句话，不可多行一步路，恐被人耻笑

① 菲尔德.电影剧本写作基础：从构思到完成剧本的具体指南［M］.鲍玉珩，钟大丰，译.北京：中国电影出版社，2001：7.

② 菲尔德.电影剧本写作基础：从构思到完成剧本的具体指南［M］.鲍玉珩，钟大丰，译.北京：中国电影出版社，2001：8.

③ 曹雪芹，高鹗.红楼梦［M］.中国艺术研究院红楼梦研究所，校注.北京：人民文学出版社，1982：30-47.

了去。自上了轿，进了城，从纱窗中瞧了一瞧，其街市之繁华，人烟之阜盛，自非别处可比。又行了半日，忽见街北蹲着两个大石狮子，三间兽头大门，门前列坐着十来个华冠丽服之人，正门不开，只东西两角门有人出入。正门之上有一匾，匾上大书“敕造宁国府”五个大字。黛玉想道：“这是外祖的长房了。”又往西不远，照样也是三间大门，方是“荣国府”。却不进正门，只由西角门而进。轿子抬着走了一箭之远，将转弯时便歇了轿，后面的婆子也都下来了，另换了四个眉目秀洁的十七八岁的小厮上来，抬着轿子，众婆子步下跟随。至一垂花门前落下，那小厮俱肃然退出，众婆子上前打起轿帘，扶黛玉下了轿。黛玉扶着婆子的手进了垂花门，两边是超手游廊，正中是穿堂，当地放着一个紫檀架子大理石屏风。转过屏风，小小三间厅房，厅后便是正房大院。正面五间上房，皆是雕梁画栋，两边穿山游廊厢房，挂着各色鹦鹉画眉等雀鸟。台阶上坐着几个穿红着绿的丫头，一见他们来了，都笑迎上来道：“刚才老太太还念诵呢！可巧就来了。”于是三四人争着打帘子，一面听得人说：“林姑娘来了。”

黛玉方进房，只见两个人扶着一位鬓发如银的老母迎上来。黛玉知是外祖母了，正欲下拜，早被外祖母抱住，搂入怀中，“心肝儿肉”叫着大哭起来。当下侍立之人无不下泪，黛玉也哭个不休。众人慢慢解劝，那黛玉方拜见了外祖母。贾母方一一指与黛玉道：“这是你大舅母，这是二舅母，这是你先前珠大哥的媳妇珠大嫂子。”黛玉一一拜见。贾母又叫：“请姑娘们。今日远客来了，可以不必上学去。”众人答应了一声，便去了两个。

不一时，只见三个奶妈并五六个丫鬟，拥着三位姑娘来了。第一个肌肤微丰，身材合中，腮凝新荔，鼻腻鹅脂，温柔沉默，观之可亲。第二个削肩细腰，长挑身材，鸭蛋脸儿，俊眼修眉，顾盼神飞，文彩精华，见之忘俗。第三个身量未足，形容尚小。其钗环裙袄，三人皆是一样的妆束。黛玉忙起身迎上来见礼，互相厮认，归了坐位。丫鬟送上茶来。不过叙些黛玉之母如何得病，如何请医服药，如何送死发丧。不免贾母又伤感起来，因说："我这些女孩儿，所疼的独有你母亲。今一旦先我而亡，不得见面，怎不伤心！"说着携了黛玉的手又哭起来。众人都忙相劝慰，方略略止住。

众人见黛玉年纪虽小，其举止言谈不俗，身体面貌虽弱不胜衣，却有一段风流态度，便知他有不足之症。因问："常服何药？为何不治好了？"黛玉道："我自来如此，从会吃饭时便吃药，到如今了，经过多少名医，总未见效。那一年我才三岁，记得来了一个癞头和尚，说要化我去出家。我父母自是不从，他又说：'既舍不得他，但只怕他的病一生也不能好的！若要好时，除非从此以后总不许见哭声，除父母之外，凡有外亲一概不见，方可平安了此一生。'这和尚疯疯癫癫说了这些不经之谈，也没人理他。如今还是吃人参养荣丸。"贾母道："这正好，我这里正配丸药呢，叫他们多配一料就是了。"

一语未完，只听后院中有笑语声，说："我来迟了，没得迎接远客！"黛玉思忖道："这些人个个皆敛声屏气如此，这来者是谁，这样放诞无礼？"心下想时，只见一群媳妇丫鬟拥着一个丽人从后房进来。这个人打扮与姑娘们不同，彩绣辉煌，恍若神妃仙子。头上戴着金丝八宝攒珠髻，绾着朝阳五凤挂珠钗，项上戴着赤金盘螭璎珞圈，身上穿着缕金百蝶穿花大红云缎窄褃袄，外罩五彩刻丝石青银鼠褂，下着翡翠撒花洋绉裙。一双丹凤三角眼，两弯柳叶掉梢眉，身量苗条，体格风骚，粉面含春威不露，丹唇未启笑先闻。黛玉连忙起身接见。贾母笑道："你不认得他：他是我们这里有名的一个泼辣货，南京所谓'辣子'，你只叫他'凤辣子'就是了。"黛玉正不知以何称呼，众姊妹都忙告诉黛玉道："这是琏二嫂子。"黛玉虽不曾识面，听见他母亲说过：大舅贾赦之子贾琏，娶的就是二舅母王氏的内侄女；自幼假充男儿教养，学名叫做王熙凤。黛玉忙陪笑见礼，以“嫂”呼之。

这熙凤携着黛玉的手，上下细细打量一回，便仍送至贾母身边坐下，因笑道：“天下真有这样标致人儿！我今日才算看见了！况且这通身的气派竟不象老祖宗的外孙女儿，竟是嫡亲的孙女儿似的，怨不得老祖宗天天嘴里心里放不下。只可怜我这妹妹这么命苦，怎么姑妈偏就去世了呢！”说着便用帕拭泪。贾母笑道：“我才好了，你又来招我。你妹妹远路才来，身子又弱，也才劝住了，快别再提了。”熙凤听了，忙转悲为喜道：“正是呢！我一见了妹妹，一心都在他身上，又是喜欢，又是伤心，竟忘了老祖宗了，该打，该打！”又忙拉着黛玉的手问道：“妹妹几岁了？可也上过学？现吃什么药？在这里别想家，要什么吃的、什么玩的，只管告诉我。丫头老婆们不好，也只管告诉我。”黛玉一一答应。一面熙凤又问人：“林姑娘的东西可搬进来了？带了几个人来？你们赶早打扫两间屋子，叫他们歇歇儿去。”

说话时已摆了果茶上来，熙凤亲自布让。又见二舅母问他：“月钱放完了没有？”熙凤道：“放完了。刚才带了人到后楼上找缎子，找了半日也没见昨儿太太说的那个。想必太太记错了。”王夫人道：“有没有，什么要紧。”因又说道：“该随手拿出两个来给你这妹妹裁衣裳啊。等晚上想着再叫人去拿罢。”熙凤道：“我倒先料着了。知道妹妹这两日必到，我已经预备下了，等太太回去过了目，好送来。”王夫人一笑，点头不语。

当下茶果已撤，贾母命两个老嬷嬷带黛玉去见两个舅舅去……

下面，我们再对照着小说来看一段1987年版的电视剧《红楼梦》剧本中的选段，体会一下二者的不同。

第一集　黛玉进府 剧本节选[①]

8. 京都繁华的街市

大街两旁是各色摊贩。街上扰扰攘攘，车来轿往，行人如蚁。

贾府一溜儿轿马浩浩荡荡从街心走过，行人驻步观看。

黛玉从轿窗向外望着。各色名号的匾额，诸如“兴隆号”“天福号”“茂生号”“德仁堂”“庆升号”……从黛玉眼前晃过。

车轮轧轧声、杂沓的脚步声以及各种声调的叫卖声混杂在一起扑进轿中来……

9. 宁国府正门

黛玉的小轿从门前走过。

黛玉从轿窗望见路北先出现一只巨大的石狮。

黛玉精神一振，留心向外观察。

出现在黛玉眼前的是轩昂壮丽、金碧辉煌的三间兽头大门。

黛玉被这宏伟的气派所震动，向上仰望。

兽头大门上方高悬一块大匾：敕造宁国府。五个大字金光闪闪。

门下肃立着十多个华冠丽服的奴仆。

又一只大石狮注视着黛玉的小轿……

10. 荣国府正门

黛玉的小轿来到荣国府正门。

也是三间兽头大门，高悬大匾：敕造荣国府。巍然峨然，气象不凡。

门前二十多个衣冠鲜丽的男仆肃立恭候。

黛玉的小轿缓缓抬进角门。

---

① 辛禧悦 .87 版《红楼梦》剧本 _ 完整版［EB/OL］.［2022-09-30］. http://www.jjwxc.net/onebook.php?novelid=1700915&chapterid=4.

11. 荣国府院内

黛玉的小轿抬至一东西向便门前。

原四名轿夫轻轻落轿，放下轿杠，分左右两侧退后几步，转身撤走。

另四名衣帽周全的小厮同样分左右两侧整齐恭肃地走上来，轻轻抬起小轿。

这时从门外下车的一群婆子、丫头跟上来，簇拥着黛玉的小轿，走进便门。

12. 贾母庭院垂花门外

黛玉的小轿由众婆子簇拥着来至垂花门外。

早有衣着体面的周瑞家的领着十几个丫鬟在门前笑盈盈地侍立。

小轿缓缓落地，四名小厮分左右两侧，退后几步，转身撤走。

婆子打起轿帘。周瑞家的笑嘻嘻地："姑娘走好。"说着扶黛玉下轿。

黛玉见周瑞家的很得体地微微一笑。

周瑞家的见这黛玉：形容似娇花照水，体态若弱柳扶风，不觉地看呆了。

黛玉微微点头："妈妈好。"

周瑞家的赶紧笑着扶黛玉步上石阶，慢慢走进垂花门。

13. 贾母庭院

黛玉进门四望：两边是抄手游廊，中间是穿堂，穿堂中间放着一架紫檀架子大理石插屏。

黛玉由婆子们领着转过插屏，迎面是小小三间厅，厅后就是正房大院。正面五间上房，告是。雕梁画栋，美轮美奂。两边是穿山游廊厢房，檐下挂着各色鹦鹉、画眉等。

台矶上坐着八九个穿红着绿的丫鬟，见黛玉等人进来，立刻站起，笑嘻嘻地迎上来："刚才老太太还念叨呢，这可来了。"

两三个丫鬟连忙回身进房。

三四个丫鬟争着为黛玉打起帘子。只听里边丫鬟喜悦地回话："林姑娘到了！"

黛玉轻轻整理一下衣襟，缓缓走进上房。

14. 贾母房中

两个丫鬟把一位雍容华贵、鬓发如银的老婆婆从榻上搀起——这就是贾母。贾母拄着凤头拐杖，由丫鬟扶着，双眼直盯盯看着黛玉，走过来。

黛玉知道这便是她的外祖母，刚要跪拜，贾母一把把她搂入怀中："我的……心肝儿肉……啊……"呜呜啕啕地大哭起来。

地下侍立的众婆子、媳妇、丫鬟们见此情景，也都掩面垂泣。

黛玉伏在外祖母怀中，哭个不住。

年近五十的邢夫人和年过四十的王夫人上前扶住贾母。

王夫人劝道："老太太，好不容易把外孙女儿盼来，老太太该高兴才是。"

李纨过来把黛玉从贾母怀中扶起。

贾母勉强抑制住哭泣，一手拉着黛玉，一手指着邢夫人："这是你大舅母。"

黛玉款款下拜："大舅母。"

又指王夫人："这是你二舅母。"

黛玉又仪态万方地拜下去："二舅母。"

又指着李纨："这是你先珠大哥的媳妇——珠大嫂子。"

黛玉刚要下拜，李纨忙把她搂住，忍着两眼泪花，勉强笑着。

贾母微微露出一丝笑容，命丫鬟们："快请姑娘们。今天有远客来，不用上学去了。"

两个丫鬟答应一声刚要往外走，只见外面的丫鬟高高揭起帘子，三个奶娘并五六个丫鬟，簇拥着三位小姐走进来。

第一位小姐肌肤微丰，合中身材，温柔沉默，观之可亲。

第二位小姐削肩细腰，长挑身材，俊眼修眉，顾盼神飞，见之忘俗。

第三位小姐年龄尚小，身量未足，满脸稚气。

三人钗、环、裙、袄皆是一样。

王夫人指着第一位小姐："这是你迎春二姐。"

黛玉与迎春互相见礼。迎春温和地笑。

又指着第二位小姐："这是你探春……"说着自己笑了。

黛玉："舅妈，我属羊。"

王夫人笑着："那就是你妹妹了。"

黛玉与探春互相见礼。

王夫人又指着第三位小姐："这是你惜春四妹。"

黛玉与惜春互相见礼。

大家归座。李纨把黛玉扶到贾母身边坐下。

丫鬟们献上茶来。

贾母捧起黛玉的脸，呆呆看了一阵，伤感地说："我这些儿女，最疼的是你母亲。她一旦先舍我而去，连面也不能一见，如今见了你，怎能让我不伤心！"说着又呜咽起来。

邢、王夫人等上前劝慰。

王夫人看着黛玉怯弱的体态，有意岔开："这孩子好像有点不足之症，都常吃什么药？"

黛玉："我自来就这样，从会吃饭就吃药，请了多少名医修方配药，总不见效。现在正吃人参养荣丸。"

贾母："正好，我这里正配丸药呢。"转头吩咐王夫人："叫他们多配一料就是了。"一语未了，忽听后院传来杂沓的脚步声，有人高声笑着："我来迟了，不曾迎接远客！"

黛玉不解究竟是什么人竟敢如此放肆，向门口望去。

只见一群媳妇丫鬟围拥着一个年轻美人走进来，打扮得彩绣辉煌，头上戴着金丝八宝攒珠髻，绾着朝阳五凤挂珠钗，项上带着赤金盘螭璎珞圈，裙边系着豆绿色宫绦，双衡比目玫瑰珮，身上穿着缕金百蝶穿花大红洋缎窄褙袄，外罩五彩刻丝石青银鼠褂，下着翡翠撒花洋绉裙。长着一双丹凤三角眼，两弯柳叶吊梢眉。身虽苗条，体格风骚，粉面含春威不露，丹唇未启笑先闻。

黛玉连忙起身准备施礼。

贾母指着来人笑向黛玉道："你不认得她，她是我们这里有名的泼皮破落户，南省俗称'辣子'，你就叫她'凤辣子'就是了。"

众人相视而笑。

黛玉疑惑地向众人看了看，不知如何称呼是好。

探春向前一步告诉她："这是琏二嫂子。"

黛玉含笑施礼："二嫂子。"

王熙凤笑嘻嘻地上前拉住黛玉的手，上下仔细打量着，又把黛玉送到贾母身边："天下真有这样标致的人物！我今儿才算头一回见了！怨不得老祖宗天天口头心里一刻不忘。看这通身的气派，竟不像是老祖宗的外孙女儿，倒像是嫡亲的孙女。"说着掏出手帕往眼边送去："可怜我妹妹这样命苦，怎么姑妈偏就去世了！"

贾母笑向凤姐："我才好了，你又来招我。快再别提这话了！"

王熙凤把手帕从眼角拿下来，顿时露出一副笑容："正是呢！我一见林妹妹，又是喜欢，又是伤心，竟忘了老祖宗，该打，该打！"又拉着黛玉的手问："妹妹几岁了？"不等黛玉回答，又搂住黛玉的脖子，瞅了贾母一眼："妹妹在这里别想家，要什么吃的、玩的，只管和我说。丫头老婆子们不好，也只管告诉我。"

这时丫鬟们摆上茶果，王熙凤亲自给黛玉捧送茶果。

王夫人问王熙凤："丫头婆子们这月的月钱放了没有？"

王熙凤连忙回答："月钱昨天就放完了。才刚我带人到后楼上找缎子，找了半天，也没找着太太说的那样的，想是太太记错了？”

王夫人满不在乎地：“有没有，什么要紧。”又指着黛玉：“该随手拿出两匹来，给你这妹妹裁衣裳。”

王熙凤：“我早就预备下了，等太太过了目好送来。”

贾母点头赞赏。

王夫人满意地一笑。

贾母向身旁的两个老嬷嬷：“带着姑娘去见见她两个舅舅吧。”

邢夫人连忙起身笑道：“她大舅舅才刚说了：‘连日身上不好，见了外甥女彼此倒伤心，暂且不见吧。劝外甥女不要想家，跟着老太太和舅母，和家里一样。有什么委屈只管说，不要外道才是。’”

贾母：“那……去见见二舅舅吧。”

我们在阅读小说和剧本时可以前后对比，对比的时候就会发现，剧本中的每场戏和小说里面的内容都是有出入的。这个出入存在的原因是什么？首先，因为小说是通过文字来尽可能地引导观众去想象画面的，但是剧本不然，剧本是尽可能地给观众最直接的画面，从而引起观众对人物以及整个画面以外的东西的联想，和小说的文字作用正好相反。这是剧本和小说的第一个差别。

其次，因为小说与剧本的要求不同。小说对于故事的诉求有时没有那么强烈，因为它可以通过文字去修饰故事。有些小说的矛盾冲突并没有那么强烈。比如，李碧华或者村上春树的一些小说，其中情节的冲突并不那么强烈，往往很长一段话都没有任何情节，都是在自言自语或者是描述自己的心情。但是文字的美感以及语言的力量，同样可以让读者形成一种强烈的直观感受。但是剧本不同，剧本的文字是传达不了任何感受的，剧本传达的是画面，是通过这些用文字堆砌出来的画面去传递感受。这是剧本和小说的第二个差别。

最后，剧本和小说的第三个差别是小说可以通过各种各样的故事结构方式来展示人物，但是对于剧本来说，人物小传是人物小传，故事是故事，这两者是分开来完成的。小说可以完整地展示一个人的一生，但是剧本却只能起到聚光灯的作用。也就是说，在小说里，作者可以把主人公的前世今生写得明明白白；而在剧本当中，虽然主要人物也需要被介绍得很明白，但是不需要全都展示出来。比如，在东野圭吾的小说中，他往往把一个人所有行为的前因后果都用文字交代得非常清楚，但是在剧本中，与剧情无关的事情是不需要提的，剧作者自己清楚即可。

剧本讲究的是聚光灯效应，即在创作之前，你搭建了一个极其完整的世界，塑造了极其完整的人物，但是最终你所展现出来的只能是其中一部分，正如聚光灯所能照到的地方。

如图1-1所示，跟张三有关的人物特点有很多，但是在银幕上，观众不需要看到张三这么多的特点，观众看到的只是你根据故事情节需要张三展示出来的一些特点。所以说，聚光灯只需要打在这些特点上。而另一些聚光灯打不到的点是为了使张三的整个行为逻辑更加合理而存在，虽然它们没有在剧本中被直接提到，但是我们要能让观众透过聚光灯看到聚光灯以外的东西。通常情况下，大多电影虽然不会把主要人物的前世今生交代得事无巨细，但是观众同样也能够了解这个人物。作为一名观众，有时可能会看不到聚光灯以外的东西；但是作为一名编剧，必须要能透过这个人看明白他背后的所有东西，也就是说，要知道他为什么是这样的。所以当你在剧本创作过程中做人物和故事搭建的时候，要给观众一个支点，这个支点就是聚光灯照不到的地方，但是你所展示出的恰恰是聚光灯照到的地方，这就是前文所述剧本和小说的第三个差别，即聚光灯效应。那么，如何取舍剧本中人物的这些特点，聚光灯究竟该照到哪里而又不用照到哪里呢？这就需要你根据整个故事情节的搭建进一步做出取舍。但是在思考这个问题的过程中，你首先要做到的一点是，确保剧本能完整地呈现出聚光灯能照到和照不到的全部内容。这也是编剧和小说家思维方式上的差别。

图 1-1　与张三有关的人物特点

练习：

找一部由小说改编成的电影来看，然后对比原著小说，找出电影都做了哪些改变，试着解释为什么会这么改。

第二节　剧本学习的基本要求

关于剧本学习的基本要求，前文我们强调了思维方式的问题，即首先要具备剧本学习的基本心理素养。其次，还需要掌握几种技能。下面我们就来做具体分析。

第一，能够运用文字准确地描述你脑海中的画面。剧本不需要你的辞藻有多么华丽，也不需要你的文字有很强的阅读性，唯一需要的就是你的文字能够精准地传递你想要表达的画面。所以，很多初学者都需要做一项练习——拉片子。

很多人不会拉片子，总觉得拉片子是针对视听语言的一项练习，其实这只是拉片子的第一阶段。对于剧作者而言，在观看一部影视作品的时候，它的每一个画面里，环境是什么样的，每个人物都做了什么动作，台词是怎么说的，情节是按什么顺序搭建的，一场戏完结之后下一场戏是怎么接的……都要去完整地复制，这才是剧作者拉片子的方式。剧作者看电影要一帧一帧地看，要看的内容包括对于环境的描述、对每个人物的介绍、他们都有什么样的动作以及说了什么话等，从而慢慢地去找创作剧本的感觉。如果你一开始不会用文字描述自己脑海中的画面，那就先用文字描述别人已经设计好了的画面，去习惯剧本文字的运用方式。只有当你亲自尝试把那些画面还原成文字之后，才能知道如何用文字描述自己想要表达的画面，当养成这种文字习惯之后，你就会发现，在不知不觉中，无论是你的语言还是你的文字都是在描述画面。这是一个最基本的习惯的养成和技巧的磨炼。记住，一定是你看到的每一个动作都要描述，人物的反应、表情、动作、语气，周围的环境，以及下一场戏是怎么接的，全部都需要描述出来。这就是写剧本。当你学会并且习惯了用文字去描述画面之后，也就能够判断出你所写的这个画面到底是不是观众需要看到的了。这些都是剧作者需要亲自体验才能理解和实现的。就好像一个陶艺匠人学徒，师父只能教给他烧陶的整个流程和操作方法，当真正要着手烧陶的时候，关于手感的问题还是需要学徒自己去练习和摸索。当他烧第一个陶罐的时候，可能找不到手感；烧第二个的时候，也许还是找不到手感……但是当他烧了无数个陶罐的时候，他就出师了。同样地，拉片子就是锻炼初学者习惯用文字来描述画面的一种最基础也最有效的方式。

第二，能够熟练运用视听语言来讲故事。视听语言对于整个影视制作流程的重要性是不言而喻的。所有影视类、传媒类的专业院校，甚至只要是和影视、传媒沾边儿的专业，都会给学生讲述视听语言。这就是电影被称为第八大艺术、电视被一些人称为第九大艺术的一个根本原因，也是影视作品与美术、音乐、戏剧等这些艺术门类的根本差别。我们常说，电影的诞生是超越了时间和空间限制的，这里的超越就是指用镜头去超越，用视和听去超越。视听语言是所有影视作品的根本技术，也是影视作品的灵魂。所以，作为剧作者，必须要熟悉并且能够熟练使用每一种视听语言。

“视听语言就是利用视听刺激各种编排向观众传授情绪的一种感性语言，同普通意义上的语言定义一样具有意义交换功能。语言，必然有语法，这便是我们所熟知的各种镜头调度的方法和各种音乐运用的技巧。这些方法和技巧来自人们长期的视觉和听觉实践，可以说是完全符合人们欣赏习惯的。”① 视听语言包括景别、机位、光影、色彩、构图……这些都会对画面所传递出来的意义产生不同的影响。视听语言之所以能成为一种语言，是因为影视作品正是通过这种视听语言与观众进行对话的。也就是说，只有熟练掌握了视听语言，你才能无障碍地与观众交流。从剧本的角度来说，只有掌握了视听语言，剧作者才能用文字去描述其想要传递给观众的画面。

下面我们以张国立和蒋雯丽二位老师主演的电视剧《爱情最美丽》为例，来进一步阐释视听语言。

《爱情最美丽》第一集剧本节选②

1-12 街道　日　外

牛美丽径自走过马锦魁，在马锦魁前方站立等车。

马锦魁看见突然出现的牛美丽蹿到自己前面，非常不悦，从牛美丽身后小跑到前方，这时一辆出租车开过来。

马锦魁和牛美丽同时不停地向出租车招手。

出租车从马锦魁身边驶过，不承想停在二人中间。

二人互看一眼，同时奔向出租车。

---

① 史晓燕，刘璞. 视听语言［M］. 武汉：华中科技大学出版社，2011：3-5.

② 本部分引自侯振宇的《爱情最美丽》剧本（第一集），引用经过作者授权。

1-13 出租车门外　日　外

牛美丽拉开出租车副驾驶门，马锦魁拉开后门。

牛美丽：先生，这车是我打的，请你打下一辆啊。

马锦魁：女士！这车是我打的，请你打下一辆。

牛美丽：是我先到的，是你加的塞！

马锦魁：你先到的？我是不是站在前头，啊？司机看见我招手，是不是？先看见我，所以这车是我打的。

牛美丽：司机看见你招手，已经越过了你向我开过来，在我面前停下来的，对不对？

马锦魁：那是因为车的惯性。那咱们从头说起好不好？刚才是不是我先出来在那儿等车？所以，这车是我打的，请你打下一辆！

牛美丽咆哮：有病！

牛美丽拉开门直接坐进副驾驶座。

1-14 出租车内　日　内

马锦魁也赶紧钻进车里坐在了后座上。

马锦魁：你才有病呢！

牛美丽回头，右手挥舞着手机：你下不下去？你不下去我报警了啊！

马锦魁：赶紧报！你越快越好！吓谁呢，你？110你们家开的呀？说来就来，说走就走！再说了，人民警察不可能像你这么蛮不讲理！

牛美丽系上安全带：你说谁不讲理？

马锦魁：那你说我说谁呢？

牛美丽：你下不下去？

马锦魁：这话应该我问你……

司机打断马锦魁：二位！二位！别吵了别吵了。你们要不赶紧说去哪儿，要不就下去吵去，好吧？别耽误我拉活挣钱。

马锦魁（异口同声）：理工大学附属中学。

牛美丽（异口同声）：理工大学附属中学。

司机：两口子吵架了吧？

马锦魁（异口同声）：谁跟她是两口子啊！

牛美丽（异口同声）：谁跟他是两口子啊！

马锦魁和牛美丽互相看了对方一眼。

司机笑：真够默契的！

司机打表，发动汽车。

我们来分析一下这三场戏分别用的都是哪种景别。在第12场戏里，马锦魁和牛美丽在街道上发生的一系列动作，使用的是全景镜头拍摄，也可以叫作远景镜头。全景镜头的作用是能看清楚人物之间的关系。在第13场戏里，马锦魁和牛美丽的对话部分使用的是特写镜头——脸部特写。“由于特写会将物体放大为几百倍以上，特别会夸张事物的重要性，暗示其有象征意义。”[①]在第14场戏里，马锦魁和牛美丽一同上了出租车，这时候你脑海里所出现的画面就应该是一幅中景镜头的画面。“一般来说，中景是较重功用性的镜头，可以用来做说明性镜头、延续运动或对话镜头。”[②]“中景永远是合拍两人浪漫或不浪漫的戏。”[③]

只有在脑海中有景别的概念，才能在创作中写出这种具有画面感的文字并且给出暗示，让别人在看你的剧本的时候，想象出来的不是一个个静止的画面，而是一个个活动的、组接起来很连贯的画面，这就是视听语言的重要性。“在影视作品中，相同性质的动作、情景、情节的编排等，如果重复出现的次数过多，观众的感受性就会下降，原本非常精彩的内容也会黯然失色。”[④]所以，剧本中不但每场戏都要“活”，还不能有过多的相似

① 贾内梯.认识电影［M］.焦雄屏，译.11版.北京：北京联合出版公司，2017：9.

② 贾内梯.认识电影［M］.焦雄屏，译.11版.北京：北京联合出版公司，2017：9.

③ 贾内梯.认识电影［M］.焦雄屏，译.11版.北京：北京联合出版公司，2017：11.

④ 彭玲.影视心理学［M］.上海：上海交通大学出版社，2006：4.

画面。剧本要的是一连串有差别的画面的堆积，这些画面不但能讲清楚故事，还能让人觉得好看，因为视听语言是有美感的，这就是为什么剧本要用视听语言来讲故事。

第三，剧作者需要有清晰的逻辑思维。这里提到的逻辑思维和其他领域中的逻辑思维是不一样的，剧本中的逻辑包含了很多种类：生活逻辑、行为逻辑、性格逻辑，还有整个故事的因果逻辑。也就是说，我们写的每一场戏、塑造的每一个人物、搭建出来的每一个情节都需要有逻辑性。因为不管是相关工作人员在读剧本的时候，还是观众在观赏电影的时候，都是带着逻辑思维去看的，因为逻辑思维是人天然所具备的一种基本的思维模式。所以，剧作者必须带着更强的逻辑思维去完成创作，才能够使剧本呈现出来一个有逻辑的故事。只有有逻辑的故事才能够获得观众理智和情感上的双重认可。

剧本中的逻辑可以是观众已知的逻辑，也可以是剧作者自己搭建出来的逻辑。总之，不管是哪一种，都一定要将这种逻辑贯穿全篇。例如，一个杀人狂，他没有仇人，也没想报复社会，家庭环境良好，经济收入稳定，而且心理医师也证明了他没有任何心理方面的疾病，所以，他杀人从来都没有任何理由。那么，除非有外力因素使他改变，否则，这种“他杀人从来都没有任何理由”的逻辑就需要贯穿全篇。如果有一天，这个杀人狂杀了某个人是有原因的，那这个“杀人有原因”就是不合逻辑的。

我们在创作剧本的过程中经常会讲：没有无缘无故的爱，也没有无缘无故的恨。这就是说，在剧本故事中，不管是爱还是恨，剧作者都要给出一个逻辑。比如，这个人为什么会爱上那个人？这个人为什么就不爱那个人？都要告诉观众原因。这个原因不是通过文字阐释出来的，而是通过画面交代出来的，是通过故事情节让观众明白的。例如，英雄救美的桥段在各大影视作品中屡见不鲜却又屡试不爽。在剧本的逻辑思维中，英雄救美是一个非常典型的例子，它其实就是在告诉观众：这个女子为什么会爱上这个男子？答案很简单，因为男子救了自己。这个逻辑在情感建立上是完全成立的，也是最容易触动观众的，所以就算观众有时会吐槽：“难道就没有新招了吗？”但还是毫无条件地接受和认可英雄救美这种逻辑思维，因为它感人且美好。

我们在创作剧本的过程中，尤其是在写情感戏时，总是习惯把不被喜欢的那个人物设计成一个人品和人性都欠佳的人。这就是人本能的一种思维逻辑。那么，至于不被喜欢的人物和被喜欢的人物到底有什么区别，这就需要剧作者自己事先想明白，然后再通过情节的搭建和视听语言表达出来，传递给观众。另外，我们经常能在电视剧里看到这样一种情节：明明男配角哪里都好，家境好、长相好、人品好，对女主角也是真心实意的，可女主角偏偏就爱那个哪儿都不好的男主角。像这种情况，一定有一个隐藏很深的原因。男主角尽管哪儿都不好，但他身上一定具备一种让女主角无法拒绝的魅力，这种魅力对女主角有着致命的吸引力，也正是男配角无法具备的。这个就叫作剧本所需要的逻辑。

第四，剧作者对于观众的喜好能够有一个基本的判断。有的剧作者不理解为什么一部收视率高或者票房好的作品口碑会差，这就是一种非常典型的不了解观众喜好的表现。在这里，观众的喜好指的是观众对于观看影视作品最根本的需求。“受众是有特定‘需求’的个人，他们接触媒体就是为了满足某种特定的‘需求’。如果把电影当作一件商品，那其必将是要用于交换的，电影受众用自己的金钱换取电影的使用价值，以获得某种满足。”[①]在和平时代，人们衣食无忧，却陷入了对生活的迷茫以及对未来的不确定中。那么，在这种情况下，爱情就自然而然地成为人们最有效的精神食粮。因为在爱情里，人的幸福感是充足的，期待值也是可以被满足的。这个期待值不是指对某一个人的期待值，而是指在爱情里获得的情感上的满足。在爱情里，人不再是一种迷茫的状态，最起码能确定要去爱这个人。那么，结合当下的物质社会，相对于改变世界来说，拥有爱情可能会更容易实现一些，所以爱情值得被人们期待。观众可能期待至死不渝的

① 余梦云.浅议中国电影受众的消费心理［J］.今传媒，2015，23(1)：92-93.

爱情，可能期待从一而终的爱情，也可能期待荡气回肠的爱情，甚至可能期待可歌可泣的爱情……这些都是观众的需求。我们创作剧本，就是要满足观众的需求。这也就是为什么在绝大部分影视作品当中，都不乏爱情的影子。

除此以外，不同的社会阶层对于影视作品的喜好也会有所不同。“社会地位不同的观众对影片有着不同的审美心理偏好。”[①]“一般来说拥有权力、资本、知识的上层精英阶层，一般在年龄上偏中老年，知识水平高，对生活品质也十分注重，所以那些关于历史、年代题材、主题丰厚、制作精良的大片正剧等更受他们的青睐。而社会中，中间阶层的人口基数更为庞大，他们更能代表大众审美的倾向，中间阶层又分为中下阶层和中上阶层，文化程度相对偏低的技工劳动者、小店主等是中下阶层，他们更喜欢能带来轻松感、娱乐感的喜剧影片、贺岁影片等。对于具有一定的文化品位和独立思想，但缺乏社会经验和财富地位的年轻的知识精英来说，一般以在读和刚毕业的大学生为主，他们寻求社会认同的心理强烈，希望通过相应的电影作品认同，在这个文化相对封闭的社会里找到归属感和亲切感。而第六代导演的电影中有很多反映青年人希望获得社会承认、世界认同的强烈愿望的影片，因而这一阶层对第六代导演的作品等青春片比较认可。”[②]

对于影视作品来说，观众的认可和喜爱程度是衡量其优劣的非常重要的标准之一。“受众就是上帝！不了解‘上帝们’的社会文化心理需求、审美心理特点和艺术、文化的接受规律，又怎么可能做好电影和电视呢？”[③]“在一个市场经济和全球化的时代，只有深谙观众的社会文化需求、审美心理、制约观众影视需求的各种重要因素，满足观众的‘期待视野’，才是电影、电视的制胜之道。”[④]由此可见，剧作者需要尽可能地去了解不同阶层观众的观影需求，只有能够对不同阶层观众的观影需求做出基本的

① 陈旭光，等.影视受众心理研究［M］.北京：北京师范大学出版社，2010：15.
② 余梦云.浅议中国电影受众的消费心理［J］.今传媒，2015，23（1）：92-93.
③ 陈旭光，等.影视受众心理研究［M］.北京：北京师范大学出版社，2010：14.
④ 陈旭光，等.影视受众心理研究［M］.北京：北京师范大学出版社，2010：15.

判断，才能对症下药，最大限度地提高作品的成功率。

除此之外，什么样的戏剧冲突可以勾起观众的兴趣，什么样的铺垫可以得到观众的认可……这些都属于观众的喜好，都是需要去了解的东西。

综上，剧本学习的一个基本要求就是在学习写剧本之前要具备对于剧本学习的基本心理素养。具备了这种基本心理素养之后，还需要掌握几种技能：拉片子、熟练使用视听语言、清晰的逻辑思维和对观众喜好的判断力。很多专业院校都会开设一些辅助课程，有文学的、视听语言的，还有其他一些文化类的。只有具备了以上所有的条件，在写剧本的时候，才能完成一种基本的技巧性表达。

练习：

看一部十五分钟到半个小时的短片，然后用剧作者拉片子的方式把它完整地写出来。

第三节　剧本的“都可以”与“坚决不”

我们先来说“都可以”。在剧本中，没有绝对的价值观的对错，没有绝对的道德上的压制，也没有绝对的不允许和不包容。也就是说，在剧本中，几乎任何思维方式、思想都可以被接受，但前提是它要符合逻辑。这是第一个“都可以”。第二个“都可以”是指剧作者可以通过自己的故事充分展示任何想法，哪怕这个想法是不被世俗所接受的。第三个“都可以”是和题材有关的。没有不适合写成剧本的题材，只有不会写的编剧。这就是说，任何一个题材，只要找对了角度，都可以变成精彩的故事，变成剧本。第四个“都可以”是在剧本中，对于动作、表情、台词的描述，只要你能表述清晰，用什么样的文字都可以。

再来看看剧本中的“坚决不”。第一，坚决不能在剧本中出现镜头无法展示的内容。因为这会直接导致其他工作人员无法工作。镜头无法展示的内容包括三点。一是概括性语言。比如说，千军万马、血流成河……这种语言一出现，美术、摄影、副导演等所有工作人员都不知该如何下手了。二是数据性的、像说明文一样的语言。比如说，全世界有25%的人是单身。三是没有根据、没有逻辑的语言。比如说，他也不知道他做了什么。这些话无法用画面去展示。剧本当中一旦出现了镜头无法展示的内容，那就说明这句话甚至整场戏都是作废的。剧本的文字只可以用来展示画面，并且是一句话对应一个画面的精确展示，而不是一堆画面却只用一句话来概括。比如说，小明喜欢小丽。前面已经说过了，像这种概括性的语言是无法用画面展示的。如果一定要将它用画面的方式展示出来，就只能通过添加动作语言、用多个画面来展示。

第二，剧本中坚决不要提及关于镜头的具体表现方式。比如景别、机位等，你可以用文字来暗示，但是千万不要给出任何提示，更不能明确指出。我们是编剧，而不是导演；我们的工作是创作剧本，而不是拍摄脚本，也不是拍摄台本。所以，编剧的工作就是用文字把画面阐述出来，至于怎么拍，用什么样的机位，放什么景别，用什么光，那些都是导演擅长的事情，编剧可以不参与。

练习：

找一部思维方式或想法比较独特的电影，要求这种思维方式或想法正是你在现实生活中不常见或不接受的。然后分析这部电影是用什么方式树立了这种你不能接受的思维方式或想法的，建立逻辑的根基是什么。

第二章　剧本的基本构成

第一节　剧本中的故事

剧本中的故事与其他故事不太一样，剧本中的故事要求一定要具备一个元素——矛盾。另外，这里的矛盾还有一个近义词，就是“冲突”。剧本中的故事必须要满足这一点。这里所说的矛盾或者冲突是指整个故事由两股或者几股力量拧和。比如说，复杂的恋爱关系、抢劫，或者人物自身内部存在的矛盾，这些都可以作为故事出现在剧本中。而比如新闻则属于事件，不能作为故事出现在剧本中。“在故事的内核中，装的是‘材质’，就像在一个原子核中旋转的能，既看不见，也摸不着，更听不到，然而我们的确知道它并能感觉到它。故事的材料是活生生的，但也是无形而且不可触摸的。”①

剧本中的故事要同时满足四个条件：第一，要有人物；第二，要有情节；第三，要有结构；第四，剧本所传达出来的意思要非常明确，要让人看得懂。

写剧本和写散文、议论文不同，但是可以说像是在写记叙文。对于记叙文大家一定不陌生，小学语文课写作文的时候我们一定都写过记叙文。记叙文讲究起承转合，老师通常会教我们记叙文要具备三个要素：起因、

① 麦基.故事：材质、结构、风格和银幕剧作的原理［M］.周铁东，译.北京：中国电影出版社，2001：159.

经过和结果。这三个要素其实就是起承转合。如果说记叙文讲究的是起承转合，那么剧本故事其实就是记叙文的高阶版。不同的是，在写剧本故事的过程中，你需要展示的是矛盾冲突。关于这一点，我会在第四章里再做详细讲解。

说到剧本中的故事，就必然会涉及一些与之相关的问题。比如说，我们要怎样去构思剧本中的故事？再比如说，如何去判断一个剧本是否满足影视作品的要求？第一，符合剧本要求的故事一定是要有画面感的。当你拿到一段文字，你首先要感受在读完这段文字之后，脑海里有没有产生一幅画面，即这段文字有没有画面感，这也就是我们俗称的动作戏，这一点很重要。第二，在剧本中，故事的动作戏要求动作要从最开始的时候就出现，然后一直持续到最后。即这里的动作不能只是“唰”一下就过去的一个点，而应该是一个连贯的动作画面，这就是动作的延续性。也就是说，这件事情可能是一个强事件，不会一下子就能完成，而是需要经过几次波折才可以完成。

第二节　关于故事的“三段式”操作法

这一节我们来看剧本中的故事是如何起承转合的。这就涉及“三段式”操作法。这里的三段包括：开端、中段、结尾[①]，即把一部电影分成了三大段落，这就是经典的“三段式”结构。[②]从故事的开端到中段，再到结尾，当观众看一部电影的时候，他所有的情绪起伏、注意力被情节吸引都是发生在这个过程当中的。

---

① 菲尔德.电影剧本写作基础：从构思到完成剧本的具体指南［M］.鲍玉珩，钟大丰，译.北京：中国电影出版社，2001：63-78.

② 菲尔德.电影剧本写作基础：从构思到完成剧本的具体指南［M］.鲍玉珩，钟大丰，译.北京：中国电影出版社，2001：64.

麦基曾提出过“观众的心理机制”这个概念。所谓观众的心理机制，就是说观众在观看影视作品时往往会有一个特定的心理机制，而这个心理机制决定了剧本中故事的构成，即故事设计的核心原理。故事设计的核心原理是什么？就是“在一个特定的框架范围内，将想象力逼到极致”。也就是说，编剧要不断挑战自身的故事结构能力。特定的框架指的就是前面我们讲到的“三段式”，开端、中段、结尾对应着建置、对抗、结局（图2-1）。这是一个特定的框架，你要把想象力全部集中在这个框架里面，直到将它发挥到极致。这个过程会不断挑战你对故事的掌控能力和结构能力。开端、中段、结尾，这是一个经过实践而得出来的故事结构。

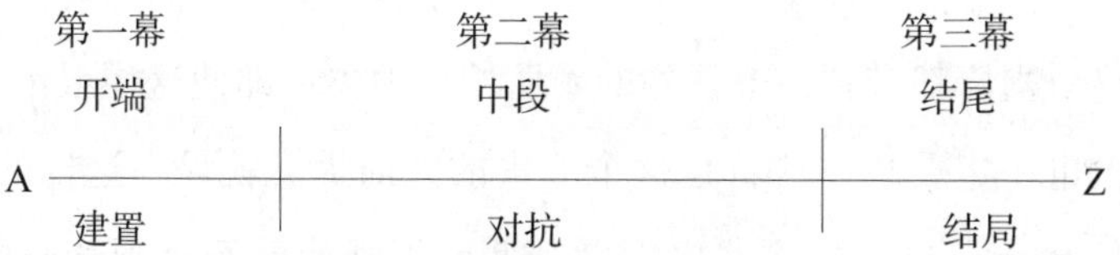

图2-1　影视剧作的一般结构

如图2-1所示，开端部分又叫建置部分。如果按照好莱坞的剧作标准，一部电影标准时长（简称标长）是120分钟，1分钟是1页剧本，那么建置部分约占30页，也就是30分钟。但是，我国的剧本和好莱坞的剧本是不一样的，所以说，这个标准对我国的剧本不适用。根据我国对电影剧本的基本要求，标长是90分钟，字数是3万—5万，页数是30—50页，建置部分通常会占据整部影片的10—15分钟。在建置部分中，你要让观众知道故事发生的大前提和故事中所有的主要人物。比如说，明朝末年，宦官当道，民不聊生，各地匪盗四起，传说在某个地方有一个宝藏，于是所有的匪盗都纷纷前去寻找宝藏。这就是一个故事的前提。有了故事前提之后，其中的主要人物就要跟着出场。主要人物的出场要在一瞬间，并且要能抓住观众的眼球。具体如何抓住观众的眼球，在本书后文会有讲述。故事因发生的背景、环境、地域等的不同，可以有千万种变化和千万种可能。那么为了让观众接受你的故事，你首先要为这个故事营造一个可被接受的情境，也就是要给出一个合理的大前提。比如说，电影《智取威虎山》(徐克执导的一部谍战动作电影，由张涵予、梁家辉、林更新、余男、佟丽娅等主演，由博纳影业集团、华夏电影发行有限责任公司、八一电影制片厂、万达影视传媒有限公司、电影频道节目中心、优酷土豆影业有限公司、蓝色星空影业有限公司、上海三次元影视传媒有限公司等联合出品。影片于2014年12月24日在中国大陆上映)，观众为什么能接受杨子荣这个英雄呢？当时的情境是：威虎山上的匪首座山雕带领他的八大金刚对夹皮沟的老百姓百般欺辱残害，先遣图也已落入栾平手中，解放军203小分队的兵力极其匮乏，根本无法与土匪直接正面交锋，威虎山又是易守难攻之势。所以，在那样一种险恶的情境之下，矛盾冲突自然而然就产生了，甚至是把整个剧情都带到一个强烈的矛盾冲突中去：即使这样艰难，匪也必须剿，山也一定要攻。这就是这个故事的大前提。就是在这样的情境下，杨子荣执意请求只身前往威虎山做卧底，无疑他已经是观众心中的英雄了。除此之外，主要人物在开端这部分也就显而易见了：侦察员杨子荣、203小分队队长少剑波、匪首座山雕和他的八大金刚。但是在写建置部分的时候，需要注意的是不能像记流水账一样去记录你所有要交代的东西，而是要写出矛盾冲突来。

开端部分完成以后，紧接着就进入影片的中段，也就是对抗部分。对抗部分是整个电影的主体部分。在对抗部分中，我们要介绍主要人物是如何和他的阻碍力量角色相抗衡的。一般情况下，在好莱坞的电影剧本中，对抗部分是在整个剧本的第30—90页完成，也就是电影从开始计算，演到第30分钟的时候，就进入了影片的对抗部分。对于我国电影来说，通常情况下，对抗部分是在影片播出的15分钟或者20分钟以后开始。对抗部分对一部电影来说非常重要。在这一部分，观众要看的是主要人物如何去解决你在建置部分预设的巨大矛盾冲突。还是以电影《智取威虎山》为例，威虎山地形易守难攻，座山雕和八大金刚的势力和武装实力雄厚，而剿匪小分队只有区区30人，枪支弹药更是少得可怜。所以，杨子荣在这个时候面临巨大的困难，这个困难就展示出了极强的戏剧性冲突。“与主人公对立的对抗力量越强大、越复杂，人物和故事必定会展现发展得越充分。”[①]你在写故事的时候，在建置部分就要把主要人物架在一个难到极致的环境里，那么，他闯这个难关的时候，就是这个戏最好看的部分。这部分之所以被称为电影剧本的对抗部分，是因为一切戏剧的基础都是冲突，故事的根基就是冲突。如果没有冲突，这个故事就不成立。那么主要人物为什么要对抗？他到底想要得到什么？这就需要你在进入对抗部分之前，在建置部分末端给主要人物找到一个要去实现的需求，这样就自然而然有了对抗。那么，在对抗的过程当中，主要人物对抗的是什么？就是阻碍他去实现需求的所有人和事，也就是产生冲突的各种方式。

在剧本开始时，在你构思故事的时候，首先要问自己几个问题：我要给主要人物设置什么样的困境？我把主要人物架在这样的困境之下是为什么？他在这样的困境当中会产生什么需求？比如说，一个人被困在了南极，那他的需求肯定是求生。电影《荒野猎人》中主要人物的需求就非常明确。所以首先要把人物放在一个难到极致的背景下，然后让他产生需求。之后，再设置阻碍，让他为了实现需求做出对抗，从而二者之间就形成了冲突。

在对抗部分结束以后，影片就进入结尾了，也叫作结局。这时候，观众已经看完整部电影的三分之二了，他们会想知道主要人物最终有没有实现他的需求。因为观众通常都是会代入性地去看一部电影，而并不像看一篇说明文，所以你的故事必须得有一个结局。这个结局一般就是主要人物的需求有没有达成？在经历一番对抗之后都有哪些改变？他得到自己想要的了吗？他付出了什么，收获了什么？他有没有为之献出生命？……一般

① 麦基.故事：材质、结构、风格和银幕剧作的原理［M］.周铁东，译.北京：中国电影出版社，2001：371.

情况下，如果一个故事能有一个有力的结局，既能够完成整个故事的诉说，又在观众可接受的范围内进行了主题的升华，那么这样的剧本就算是比较成功的剧本了。

练习：

思考《智取威虎山》为什么要安排两个结局？

第三节　故事中的灵魂：什么是动作主线

在上一节里我们说过“人物要有一个需求”。但是很多同学在开始学写剧本的时候，根本搞不清楚自己设计的人物的需求是什么。所以，从下笔开始，你就需要明确，你要让你的人物做什么，即动作。这个动作要从对抗部分开始一直持续到结局，中间不能断，因为这是一个故事的灵魂，我们称之为动作主线。在一个剧本中，所有细枝末节的安排都不能离开这条故事主线，所有的设计都要为故事主线服务。一旦你发现你想到的某个设计或安排跟故事主线没有任何关系，或者说它对人物的需求没有任何作用，那这个设计或安排就是没有用处的。

动作主线就是主人公在实现自己需求的过程中所做的一系列连贯性的动作。这里所说的动作跟我们常规意义上说的“端起一杯水”“开了一下灯”这样的动作是不一样的。剧本当中的动作指的是做事的过程。所以说，动作主线也就是主人公实现需求的过程。因此，在写故事的时候一定不能丢了动作主线，否则你的故事就会变得分崩离析、四分五裂，而且会让人看得云山雾罩。在设计这条动作主线的时候，切忌一件事情：我想写的东西太多了！这个时候你就需要选择一个最主要的来写。比如说，你想写A，那你就把A作为主线，除了A以外所有的内容全都不要，就只为A服务。

所以说，动作主线就是故事中的灵魂。观众观影要看的就是主要人物是怎么去实现他的需求的，也就是这个灵魂。所以，编剧在给主人公设置障碍的时候，这个障碍不能太难，否则观众就会觉得不真实；也不能太简单，否则主人公就会很容易实现需求，这样就满足不了观众对于矛盾冲突所带来的刺激感的需求。所以一定要拿捏得当分寸和尺度，要根据主要人物去设置需求，这个在下一章讲剧本中的人物的时候会具体来讲。

动作主线就好比是剧本中的轴承，只有有轴承，整个故事才是完整的。就像一个人，有了中间那根脊梁骨，才能直立行走。根据剧本故事的基本构成，可以得出一个结论：我们要的是一个有基本矛盾冲突的、符合观众的心理机制的、按照“三段式”操作法来完成的故事。在整体的故事框架里，有一条我们说的动作主线。因此，编剧在想任何一个创意的时候一定要先思考动作主线，也就是主要人物到底有什么需求，因为主要人物做的每一个动作都是为了要实现这个需求，如果没有这个需求，就没法设置障碍，那这个人物做什么都是毫无意义的。另外，很多同学容易混淆动作主线的概念，总是搞不清楚到底什么是动作主线。比如说，电影《智取威虎山》中，侦察员杨子荣和解放军203小分队要攻破威虎山剿匪，还夹皮沟的老百姓一片安宁，这就是这个故事的动作主线。203小分队来到夹皮沟，是为了剿匪；上级派侦察员和卫生员来驰援，是为了剿匪；杨子荣执意请求只身去威虎山做卧底，也是为了剿匪……我们发现，在整个故事中，所有的动作都在为动作主线服务，人物的需求是非常清楚的。只有人物的需求清楚了，观众才知道自己在看什么；如果剧中人都不知道自己要干什么，那么观众也就不知道自己在看什么了。这是一个最基础的剧本创作方式，这个过程听上去很简单，但是操作起来是非常难的。对于初学者来说，经常会写着写着就忘了自己故事的动作主线。所以，在创作的过程中一定要不断问自己：我的故事的动作主线是什么？我现在写的这个动作有没有在为这条动作主线服务？如果没有，那它就是无效的，就是多余的。

综上所述，剧本的基本构成可分为三个部分。第一个，也是重中之重的，就是故事。剧本中的故事一定要有非常清晰的起承转合，要有清晰的画面感。第二个是故事的结构方式，剧本中故事的结构方式就是“三段式”操作法：开端、中段和结尾，也叫建置、对抗和结局。剧本中的故事就是在这样一个结构里面完成的。第三个就是动作主线。故事中的人物一定要有需求，否则整个故事就是散的。人物去实现需求的整个过程就是故事的动作主线，因此所有的动作都要围绕着这条动作主线去开展。我们有时候之所以会评价某部片子是烂片，原因之一就是根本看不到主要人物的需求，不知道他究竟想要什么，也不知道他做的每件事情、做的每个动作都是为了什么。

而对于倒叙电影，是把结局先写在前面，但其实这只是剧本在形式上的花样，在建构故事的时候，仍然需要先打基础，当把基础打好了之后，就可以在形式上做花样了。而基础就是我们说的“三段式”操作法。

有的主人公的需求会变？

一般情况下，电视剧篇幅较长，那么，我们会给主人公每隔一段时间设置一个目标，当他实现一个目标的时候，我们会给他找下一个目标。但是对于电影，尤其是短片剧本来说，主人公的动作主线或他的需求只有一个，而且不要过于复杂。

练习：

（1）找一则你身边的新闻或者网上的一个段子，考虑它适不适合改编成故事，为什么？

（2）《智取威虎山》这部电影的两个结局安排有什么作用？

（3）用100—300字描述一个带有画面感的、带有起承转合过程的简单的故事框架。

第三章　剧本中的人物

当剧本有了基本构成之后，我们接下来要说的就是剧本中的“干货”。一个完整的剧本就好比是一个人，有头颅、有血管、有皮肉。从这一章开始，我们就来看看怎么给剧本安装头颅、插入血管、贴皮加肉。

“电影剧作叙事的根本特征是，通过对人物形象和性格的发现来反映现实生活，并将现实升华到美的艺术境界。”[①]在剧本中，人物是灵魂部分。剧本中的人物和我们平时理解的人是不一样的。我们平时理解的人通常是指人类，但是在剧本中所提到的人物恰恰是指类人类。那什么叫类人类呢？我们一定都看过动漫、科幻片或者恐怖片等这种非现实主义题材的电影。那么，在非现实主义题材的电影当中，包括在我们小时候读过的童话故事中，你会发现里面的树都可以说话，桌椅板凳也可以说话，剧作者把它们全部类人化了。其实这也就是小学语文课上老师讲的拟人的修辞手法。所以说，剧本里所说的人物不单单是指人类，而是包括世间万物。

在剧本中，什么都可以变成人物，但要注意的是，所有的人物都要依靠人的基本原则来构成。“人物的功能是给故事带来人物塑造中令人信服地实施选择所必需的素质。简言之，一个人物必须可信：足够年轻或年老、强壮或虚弱、世故或天真、受过教育或目不识丁、慷慨大方或自私自利、聪颖机智或冥顽不化，等等。这些素质都必须给以适当的比例。每一个人物都必须给故事带来适当的素质组合，以令观众相信，这个人物能够

① 汪流，等.电影剧作概论［M］.2版.北京：中国电影出版社，1997：118.

做到而且将会去做他所做的事情。”[1]

人物在整个剧本的所有元素中占据着最重要的位置，如果没有人物，那我们上一章说到的“三段式”、需求就全都不成立。剧本首先要有人物，才能发出动作，才能设置目标，从而产生需求。所以，人物在剧本中是重中之重。“人物从他们的面具后面所作出的选择既塑造了他们的本性，又推动了故事的发展。”[2]电影离不开人物，不管是情节的还是非情节的，人物都是影片中必然存在的。

很多初学者在创作的过程中，往往在面对一个题目或者面对某个题材的时候无所适从，不知道怎么下手。此时，不妨先从人物下手。在所有类型的电影中，我们常说最难写的一种题材就是体育类型的电影。那么，在这种情况下，我们要拿什么来做切入口呢？比如说，你可以去找一个在该领域中非常有意思的人，然后再慢慢地深入去挖掘他的故事。这基本上就可以作为你的故事构成最开始的部分了。

有人说，我要怎么样去塑造一个人物呢？又怎么样去深度发掘一个人物呢？同样地，既然世间万物都可以被类人化，那人的成长、生活等人的一切，也就都可以照搬到其他生物身上。“你必须有与生俱来的创造力，能以别人梦想不到的方式把材料组织起来。”[3]人，始于出生，终于死亡，中间的部分就是我们所说的人生。剧本就是要求你能够复现出剧本中人物的人生。不管是人还是动植物，就算是超级英雄，甚至是神仙，只要他是个人物（类人类），就会有生有死，那么这中间的人生，就可以由剧作者去任意发挥、充分填充了。

---

① 麦基.故事：材质、结构、风格和银幕剧作的原理［M］.周铁东，译.北京：中国电影出版社，2001：124.

② 麦基.故事：材质、结构、风格和银幕剧作的原理［M］.周铁东，译.北京：中国电影出版社，2001：129.

③ 麦基.故事：材质、结构、风格和银幕剧作的原理［M］.周铁东，译.北京：中国电影出版社，2001：25.

第一节　剧本中的人物分类：主要人物、阻碍力量角色和其他人

除了个别极特殊的影片，比如美国的剧情片《瑞士军刀男》，整部影片中只有一个存活的人物出现，绝大多数电影都是不止一个人物的。所以，在塑造人物的过程中你需要进行筛选，到底谁作为你的主要人物，谁作为你的阻碍力量角色。

通常情况下，主要人物一般是一男一女或者两男两女。主要人物身上往往都有异于常人的特点。所谓异于常人的特点，就是他身上有某种特质极度吸引人。比如，大家一定不难发现，影视作品中的男主角或者女主角大多数是帅哥和美女。为什么呢？因为一个帅气或者美丽的外形往往会更吸引人。在找到主要人物的某种特质之后，我们要做的是把这个特质无限放大。不管是哪一种特质，经过无限放大以后，这个人自然而然就会异于常人。再比如，有一个人，智商高，记忆力好，逻辑思维和学习能力等各方面都很强。那么，如果你要选他作为你的主要人物，你就要说，有一个人，记忆力超级好，过目不忘；逻辑思维能力极强，任何谎言都骗不了他；学习能力极强，精通8种语言，会10种乐器，并且16岁就考上了博士……即一定要把特质放大到极致，而非只是平淡地描述。由于每个人都会向往自己身上具备某种优质的特殊品质，所以当这种品质在主要人物身上被无限放大以后，这个主要人物自然就会生出一种吸引力，观众就会格外集中注意力在他身上。与此同时，你还需要确保你塑造的主要人物在观众心中的真实性。绝对不能让观众觉得这种天才是你编造出来的，是生活中根本不存在的，这一点十分重要。我们在前言里就已经提到过，剧作是在为观众服务。所以，你的故事一定要让观众感同身受，要让观众有代

入感、有情绪感，要让他们相信这个人物是真实存在的，而非凭空编造出来的。

所谓金无足赤，人无完人，所以，当你的主要人物有一种特质被放大到极致的时候，那么他的其他方面，比如性格或者言谈举止，可能就没有那么完美无缺了。也就是说，我们要让这个主要人物身上随着某一种特质被无限放大，他的其他特点会相应变弱。这个叫作真实逻辑。真实逻辑就是观众相信这个世界上没有完美无缺的人，如果一个人在某一方面极度优秀，那他在别的方面或许就是极度缺失的。而且往往这两者之间会有一个非常大的落差，即缺失的那一种能力甚至还不如普通人。

当主要人物的孱弱面产生之后，这些孱弱面就一定会和周遭的环境产生矛盾冲突。例如，有一个卧底非常谨慎，脑子也非常灵活，思维相当缜密，自制力也超级强，睡觉绝不会说梦话，酒后也能控制自己的言行，天生就是一块做卧底的料。但是，正是他这种长期性精神高度紧张和惯性的极强的防御心理，造成他即使在正常生活中也无法和常人一样有自己正常的社交圈，他无法和别人建立一种正常的、相互信任的情感关系。所以我们说，电影中的主要人物往往都在性格方面带有某一种极强的特质。

有人说，普通人难道就不能当主要人物吗？当然不是。但是，普通人作为主要人物的前提是：他所面临的事件一定要非常大。比如说，他自身存在的某种内在矛盾、纠结、挣扎要非常剧烈。他内心的矛盾一定是非常巨大的，甚至是痛苦的挣扎、痛不欲生的感觉。比如说，在爱情和理想之间要如何选择；当爱人其实就是杀父仇人的时候要如何选择；当人性原则撞上职业准则的时候要如何选择……

当这种内在冲突被无限放大之后，这个主要人物就会和周遭产生矛盾。当他和周遭产生了矛盾，你的故事基本上也就有根基存在了，这个根基就是这个矛盾。产生了矛盾以后，你就可以把这个主要人物作为一个典型形象来描绘了。这时候你要去想有关他的方方面面以及一些细节的东西，最好能挖掘到与他相关的有趣的点。在故事的整体结构都出来以后，观众起码会觉得这是一个比较丰满且有意思的人物。另外，所有影视作品中的主要人物都还需要具备一个特点，就是要让人印象深刻。观众往往喜欢那种看一眼就记得住、让人眼前一亮的人物。如果你的主要人物设置到了这个程度，那么你的这部戏基本上就成功一大半了。

我们看一个剧本的好坏，不是只看故事有没有意思，关键还要看它的人物设置是否有趣。只要人物设置让人觉得有趣，那么就算剧情再俗套、情节再普通，也都是有救的，因为情节是可以反复修改的。但是，如果故事的主要人物设定立不住或者无聊而且没有特点，无法让人眼前一亮，那么整个故事就可以说是失败的。因此，主要人物一定要具备某种典型性，要让观众有代入感，甚至要让观众能感觉到“这个人和我有点儿像”或者“我的某一点跟他一样”，再或者“这个人某一点特别吸引我”。

接下来，我们再来看什么是阻碍力量角色。阻碍力量角色，顾名思义，是给主要人物提供某种阻碍的人物。同样地，阻碍力量角色也要给观众留下强烈、深刻的印象，而这个印象往往是和主要人物截然相反的。高超的剧作者往往会把主要人物和阻碍力量角色设置成一个人的光明面和阴暗面，即阻碍力量角色是从主要人物身上提炼出来的阴暗面。例如《西游记》里面有一回叫“真假美猴王”，那个冒充美猴王的六耳猕猴其实就是孙悟空的一个魔障，它干了主要人物孙悟空想干但不敢干的事，主要人物最后在打死这个阻碍力量角色的时候，同时也是在打碎自己的阴暗面。这就上升到了融合这个层面上。

弗洛伊德曾说，人的意识有三个层面：意识、潜意识和超意识。所谓潜意识存在于人不能认知的那一层，但是潜意识会驱动你做一些事情。其实所有影视专业相关的人都需要去研究心理学，这里所说的研究不是指大规模、专业、系统地去研究，可能仅仅是研究某一部分。这也就是为什么弗洛伊德不仅是心理学家，而且是电影方面的专家，他提出的某些理论在影视方面起到了非常大的作用。

在剧本里从来没有无缘无故的爱和无缘无故的恨，所有的阻碍力量角色往往就是这个主要人物的对立面，是主要人物一直压制着、不愿接受的那一面。这是高超的剧作者塑造出来的人物，初学者可以先不用急于做到这一点。初学者要做到的是能够正确地从品质方面来设置人物。比如说，你要让阻碍力量角色带给观众的感觉是冷若冰霜的、蛮横无理的、诡计多端的、愤世嫉俗的、冷血无情的等类似这样的特质。并且，阻碍力量角色所做的每一个动作，包括你给他设置的目标、建立的需求也一定都是和主要人物相对立的，二者之间要能产生对抗。这样一来，阻碍力量角色才能积极地参与到故事情节的运动中去。另外，也可以用阻碍力量角色从多个方面去烘托主要人物的生存时代、生存环境和生活特征，从而生发出一个更高层次的含义。比如说，阻碍力量角色是主要人物长期压抑自己的另外一面，那么主要人物和阻碍力量角色之间的对抗其实就是和自己另外一面的对抗。在这种情况下，观众的潜意识就会受你的故事和人物引导，当主要人物和阻碍力量角色在做抗衡的时候，观众所投射的情感就是他潜意识里的情感，也就是说，观众也在和另一个自己做抗争。这就是高级剧作模式的人物设置。阻碍力量角色可以有一个，也可以有多个，前提是看主要人物有几个，看主要人物的力量有多大、需求有多大，以及整部片子的时长和篇幅。阻碍力量角色一定要依托主要人物去设置，千万不能脱离主要人物单独去设置。

荣格在弗洛伊德的基础上进一步提出“人格阴影论”，简单理解就是人都有阴暗面。人的潜意识可以分成两个部分，一部分是光明的一面，另一部分就是阴暗面。随着人与社会的不断接触以及在后天所受到的教育中不断成长，慢慢地这个阴暗面就会被压下去。大部分人的阴暗面被压制下去以后便存在于人的潜意识里，不再被提取。但是，阴暗面会随着人的压抑和痛苦增多而不断增加，然后一点点地寻求释放。有理论者认为，不管是恐怖片、惊悚片，还是暴力电影，即所谓的暴力美学，其实就是在侧面引导和疏解人潜意识里的阴暗面。人们一旦把阴暗面舒散了、发泄了，就不会再想去做阴暗面里的事；而如果人们没有一个合理的宣泄方式，也没有受到正确引导的话，那么这个阴暗面就会越积越厚，直到有一天，它厚到可以从潜意识里越出来，然后开始操纵我们的意识。

在表达主题方面，阻碍力量角色要仅次于主要人物。通常情况下，主要人物身上都承担着烘托主题的任务，这部分在第五章再做详细讲解。阻碍力量角色也有烘托主题的作用，只是他所要烘托的主题和主要人物要烘托的主题一定是相悖逆的。你要把你想歌颂的主题安排在主要人物身上，而阻碍力量角色身上的主题一定就是你想批判的。

最后，我们来分析其他人。其他人是什么？除了我们常说的路人甲、乙、丙以外，其他人还包括主要人物的助力。当主要人物一个人无法对抗阻碍力量角色以完成他的目标的时候，他可以寻求帮助，这个帮助可以来自友情，可以来自亲情，也可以来自爱情，即“人间三情”。你会发现在故事当中，这些感情通常都是和情节交织在一起的，因为这种交织可以产生重要的作用。在生活当中，每个人都需要人间三情，人间三情是人和人之间最大的一种共鸣系统——情感共鸣系统。所以说，当主要人物需要帮助，或者是需要别人指点迷津，甚至是需要别人阻碍他一下的时候，亲情、友情、爱情就会成为他庞大的助力或阻力。即其他人可以是主要人物的助力，也可以是他的障碍。也就是说，当一个人拥有了一件东西以后，这个东西可以是他的武器、铠甲，也可能是他的软肋。例如，主要人物在实现需求的过程中爱上了一个女人，这个女人给他提供了很大的帮助。但是有一天，阻碍力量角色把这个女人绑架了，并且用她的生命威逼主要人物放弃目标。显而易见，此时这个女人就在主要人物实现需求的过程中由助力变成了阻力。因为，当其他人作为主要人物助力的同时，他自然而然也就成了阻碍力量角色攻击的重点对象。所以说，无欲则刚。一个人在这个世界上在乎的东西越少，就越强大；相反地，当一个人有了在乎的人或者在乎的事情以后，这虽然会使自身更强大，但同时也会形成一种双向效应，即它们在带给自身动力的同时，也会带来一种弱势，但久而久之这种弱势也会让自己变得更加强大。这就是我们说的主要人物在实现需求的时候所需要的其他人协助其实现需求的过程。

主要人物去实现需求的过程，其实就是寻找自己并且战胜自己的过程，所有帮助他实现需求的力量也是在帮助他寻找自己并且战胜自己。主要人物不仅是从对抗和矛盾中寻找自己，也是从情感中寻找自己。好莱坞剧作中常常有英雄主义这一说法，也就是我们所谓的英雄屠龙之路。那么，这里的龙往往就代表主要人物身体里被压制住的那个阴暗面。主要人物屠龙就注定会有一定的风险，例如，龙的血会溅到自己身上，这就意味着他可能也会变成龙。那么在这种情况下，他还要不要屠龙，这就是人战胜自己的一个过程。在这里，其他人就要在情感上为主要人物起到引导作用。这个引导作用可能来自师父，可能来自战友，还可能来自亲情、友情、爱情，总之不管是哪一种，他的目的都是帮助主要人物一步一步去找到自己、战胜自己。这就是故事的终极奥义。

练习：

给你的故事设置一个主要人物，并将他的某一特质无限放大。

第二节　人物塑造的方法：撰写人物小传

在知道了设置怎样的人物之后，如何塑造人物就又成了一个新问题。这一节，我们就来看一下人物塑造的方法。人物塑造的方法，就是如何去塑造一个有意思的人物。首先我们要谈论的就是撰写人物小传。

撰写人物小传是一个实操性非常强的技能。在各大影视公司和宣传团队中，交剧本的时候都要配“三大件”：剧本、故事梗概、人物小传，这三件东西缺一不可。塑造人物的方法其实就是撰写人物小传的方法。很多人喜欢偷懒，或者一些不专业的人喜欢把人物小传用两三句话概括，这样做的结果就是这些人物根本无法留给观看者一个刻骨铭心的印象。当演员看人物小传时，如果人物小传只有两三句话，演员看了之后可能都是蒙的：这是什么样的角色？我要如何去塑造这个角色？这个角色有什么特点……每个人对于角色的理解都是不一样的。比如说，有一个角色的特点就是爱絮叨，你可能会觉得这个角色很烦、很啰唆，但是在演员眼里，也许这个絮絮叨叨的角色可以通过他不同的语气和状态诠释出来和预期完全不一样的感觉。

一部作品，从最初的创意到剧本，到导演，再到演员的自我创作发挥，最终被送到剪辑台，这中间要经过很多轮制作过程，每一轮的制作都宣告着一个新的创作的诞生。所以，能够让别人充分理解你最初的创作意图是一个非常关键的动作。也就是说，你在撰写人物小传的时候一定要格外用心。

一般情况下，人物小传只需要介绍主要人物和阻碍力量角色，其他人是不需要介绍的。第一是姓名，人都是有名有姓的，给主要人物冠以姓名是一件非常重要的事情。姓名是一个人行走于世最重要的标签，也是别人认识这个人最初的一种识别方式。就好像你有了一个孩子，你要为他起个名字一样，这个名字是要跟随他一辈子的。同样地，你的故事中的人名以后也会被很多人叫到。所以，你要让你的人物的名字既能朗朗上口让观众容易记住，又能体现出这个人物的某些特质，这是很关键的。在电视剧《爱情最美丽》中，由张国立饰演的角色马锦魁是一个非常有责任感的中年男人，无论是对家人还是对他的相亲对象都非常有担当。而马锦魁名字里的“魁”字，正有“高大”的含义。

第二是性别。无论是身份证还是户口本，在所有能证明身份的证件上一定都有“性别”这一栏。从严格意义上来说，人的性别其实不只有男和女这么简单。从两性学的角度来讲，人的性别可以分为50多种。此时性别就不单单是从人的生理构造上来分了，而是从人的心理构造上来分，这比从生理构造上来分要细得多。从常规意义上讲，男女两种性别就能足够直接地体现出你的故事基调了。同样是讲励志的电影，女性励志和男性励志所呈现出来的感觉是完全不一样的；同样是爱情故事，女追男和男追女这两种故事的画面质感以及能够使观众产生的共鸣肯定也是不一样的。

姓名和性别确定了之后，接下来我们就可以从多个方面更清晰、更详细地去介绍人物的性格了。

第三是人物的属相、星座、血型。在这里，对于属相、星座和血型的描述，只要能和你想象当中的这个人物在性格上有一点类似，就可以进行一定的塑造，这样能强化读者对这个人物的印象和认知。千万不要以为你对于自己塑造出来的人物已经非常熟悉了，剧作者需要一遍一遍不厌其烦地去强化对于自己笔下人物的认知，这样在你真正开始写剧本的时候，这个人物才不会跑偏。

第四是人物的身高、体重以及外形。一个人的性格对他外形的影响是非常大的。中国有句老话叫相由心生。还是以马锦魁为例，他满脸写着“正直”二字，虽然已经年到半百，但仍然身材健硕、步履轻盈，看起来十分健康；身板笔直，学生们都说他有一身凛然正气；穿着打扮休闲得体，一看就是随性自在之人。当然，如果你的人物的外形没有特别的地方的话，就不需要刻意去描述，只要简单介绍就可以。但是如果你的人物的外形，包括穿着打扮、妆容、身材、走路姿态等，有任何一处能体现出他的性格特征，你就需要在这一部分特别描述一番。张爱玲曾经说过，“各人住在各人的衣服里”①，意思就是什么样的人穿什么样的衣服。除此之外，通过直接观察人的高矮胖瘦以及姿态，多少也能看出这个人的性格，或者说能看出人物的一些基本生活状况和习惯。

第五是学历。一方面，受教育程度对一个人的性格养成是非常重要的。不论是受国外的教育还是国内的教育，受过什么程度的教育往往反映出一个人的家庭经济实力、自身学习能力、自我求知欲，还可能会影响一个人的眼界、社交圈以及他的整个人生轨迹，而这些又都是能够影响一个

① 张爱玲.更衣记［J］.今日教育，2017（Z1）：91.

人性格的重要因素。另一方面，读书的经历对一个人的性格养成也是有非常大的影响的。对于中国孩子来说，从小到大，从幼儿园到大学，每个人要度过十几年甚至二十几年的校园生活，然后才能步入社会。所以，我们性格当中会有相当一部分特征都是在学校这个小型社会团体中慢慢养成的。比如说，一个孩子被校园霸凌，他是选择回击还是选择向老师报告？是选择自己默默忍受还是选择回家告诉家长？这是他自己的选择，没有人能左右。但是，不管他做出何种选择，这种选择的背后都意味着这个孩子的性格在被这段校园经历所影响着。所以说，学生时期的校园生活对一个人性格养成的影响是非常大的，包括不同学历、不同专业、不同地域的学生之间，从沟通到认知，都会不一样，性格也会有差距。

第六是年龄。人在不同的年龄，思维、经验、受教育程度以及阅历都是不同的。所以年龄会或多或少影响人的性格。然而，每个人从小到大，性格都会发生潜移默化的变化，就算是变坏了，也是在变化。

第七是出生地。一个人的出生地意味着这个人身上所拥有的地域特质，这对一个人的心理成长影响是很大的。我们经常会用这样的定位词说起甚至是形容某个人："大城市来的"、"小城市来的"或"农村出来的孩子"。每个人身上或多或少都会带着他的出生地的一些缩影，这就是出生地的经济、文化、社会以及风土人情留给他的烙印。所以出生地其实就是在告诉所有看这个人物小传的人，这个人物是什么地方的人，他身上可能带有那个地方的一些特质。

接下来，我们来看有哪些因素会影响人物的认知。首先是原生家庭。一个人诞生的时候，仅仅是一个生命体，他最先接触到的就是他的原生家庭。所以原生家庭对一个人成长的影响是非常大的，而且这种影响不仅体现在他日后性格的养成，更体现在他的潜意识中，甚至他所有的阴暗面可能都来自他的原生家庭。这是弗洛伊德等各种心理学派普遍认知的一个观点，也就是说，原生家庭对于一个人的性格养成和认知都是有非常重大的影响的。所以原生家庭环境是我们首先要罗列出来分析的。

如果你的人物已经具备了某种性格，那么他应该在一个什么样的原生家庭环境中成长呢？这就需要进行一个心理学上的推导。例如，原生家庭中父母不和睦，孩子长大后的婚姻也往往更容易出问题；原生家庭中父母恩爱，那这个孩子长大以后的婚姻通常也是幸福和顺利的，这是为什么？孩子好像在重复着原生家庭的幸福和痛苦，这就是人身上所具备的自我无法抑制，甚至是无法感知到的一种原生家庭带来的潜意识。人在成长的过程中，会不断地受原生家庭的影响，即使你已经成长为一个成年人，并且也组建了自己的家庭，这种影响都不会完全消退，它还是会持续作用于你的新家庭。所以，原生家庭环境对一个人的影响是非常巨大的。在原生家庭环境里，我们主要剖析以下几个问题，这些也都是在剧本当中会涉及的。

第一，这个人物是不是独生子女，有无兄弟姐妹。第二，他是否成长在单亲家庭，父母有没有离婚，父母是否健在。第三，他的家庭经济状况怎么样，是富裕的、小康的，还是贫穷的。第四，他父母的感情怎么样，是天天吵架、家里总是锅碗瓢盆摔一地，还是一直都相敬如宾、和睦相处。这时候，你要结合已经设置出的人物性格特点来分析并确定这个人物的家庭环境应该属于哪一种，以及他父母的感情应该是什么样的。

接下来，我们再来确定人物父母的受教育程度。因为父母的见识和格局通常决定着孩子的认知，所以确定了人物父母的受教育程度，也就是间接确定了主要人物的认知。然后是主要人物的父母对他的教育方式。生活中，有的家庭家教极严，要求孩子坐有坐样、站有站样，包括走路的姿态、吃饭的姿态等行为举止都有规有矩；有的家庭，父母从小就给孩子灌输一种思想，“看看别人家的孩子多优秀”“看看 ××× 学习多好，你怎么就做不到”，更有甚者甚至会说孩子“你怎么那么笨”；还有的家庭，父母望子成龙、望女成凤的愿望太过强烈，恨不得孩子技压群雄，在完全不考虑孩子感受的情况下，从小就给孩子报无数个兴趣班。不同的家庭给予孩子的不同教育方式究竟会对孩子的成长和认知产生什么样的影响，这些都是需要剧作者通过查找相关理论知识和实例去了解和反思的，然后再根据已经给出的人物性格和家庭情况以及父母的感情状况去一一对应。

除了家庭基本情况、父母的感情状况、父母的受教育程度，还有父母对主要人物的教育方式以外，我们还需要交代主要人物和父母之间的感情状况。比如说，主要人物跟父母哪一方感情比较深，还是对父母双方的感情一样深，或都不深。这里的深与不深是指主要人物和父母的交流情况，而不是仅指表面上的和谐。比如说，有的孩子很听话，父母说什么他就做什么，父母也很阔气，孩子要什么就给他买什么，表面上看，父母与孩子之间的感情非常好，但这并不完全意味着孩子对父母的感情就非常深，因为父母或许并不完全了解孩子真正的想法。所以说，感情好不能等价于感情深，有时候经常吵架也不能说明感情不好，因为吵架也是一种交流。主要人物跟父母之间感情的深浅正是取决于他能不能跟父母进行深度交流，他能不能准确地知道父母真正的想法和需要是什么，同样他的父母知不知道他真正的想法和需要是什么。这才是界定主要人物与父母感情深浅的方式。

主要人物受父母双方谁的影响较深，也可以看作在他成年之前，他更想成为像谁一样的人。我们每个人都要经历一个镜像阶段，只有在经历过镜像阶段以后，才可以打破那面镜子，击碎镜中那个虚假的自己。当人在面对一面镜子的时候，也就是他正处于成长的过程当中。在这个过程中他不知道自己是谁，所以当他看到镜子里那个人的时候，就会以为那就是他自己。但是当他成长之后，镜子里的那个人却没有成长，这时候他才发现原来镜子里的那个自己并不是真正的自己，所以他要打破镜子里的那个自己，成为一个真实的自己。这个过程是非常痛苦的。因此，你要结合前面对这个主要人物的设置，来确定他镜像里的那个人应该是谁，是父亲还是母亲？哪一方对他的影响较深？是如何对他产生影响的？这就是对人物原生家庭环境的介绍，对原生家庭环境的描述可以烘托出你所塑造的人物的部分性格和认知。

下一个是职业。一个人从事什么样的职业在很大程度上是由性格决定的。或者说，每一种职业都有特定性格的人群去从事它。比如说，搞创作的人需要具备以下几种性格。第一，对任何事情都有一个接受和理解的态度。第二，搞创作的人不介意别人推翻自己，甚至是欢迎别人来推翻自己，更不逃避自己推翻自己。因为创作就是需要被一遍遍推翻，再一遍遍重建，在这个过程中慢慢提升。第三，搞创作的人会比普通人更能捕捉到一些痛苦和喜怒哀乐的感受，以及一些细节，换句话说，就是更敏感。比如说，一名警察普遍会具备以下性格特点。第一，性格可能会更坚忍，只要一日不把凶手缉拿归案就绝不放弃。第二，有奉献精神。他把惩恶扬善、冲在前线当作他的信仰和使命，就算知道有危险也要去做。第三，大多警察比普通人更加勇敢和冷静，更加临危不惧。第四，可能会比普通人的心理承受能力强。第五，在某种程度上，他的道德感会比普通人要高。再比如说，像计算机专业的技术研究人员，可能会比较安静，更习惯于从A到B再从B到C这样按部就班地做事，思维也许比别人更缜密。所以说，不同职业所具备的职业特点决定了这个职业适合什么性格的人，也就是说，一个人的性格决定了他会选择什么样的职业。因此，你需要给之前已经设定好的人物再匹配一份工作，要根据他的性格和认知去思考什么工作最适合他，他应该从事哪类职业。然后，这个人物在工作中发生了什么事情，这些事情对他又会产生什么样的影响，以及他的职业生涯对他的整个人生有什么样的影响，这些都是需要思考的问题。如果你的主要人物是学生，那么学生本身就是他的职业。他在学校里面发生了什么事情，这些事情对他产生了什么影响，以及他未来有什么样的职业规划，他梦想成为哪个领域里的什么样的人，这些都是要想明白的问题。

另外是生活诉求。生活诉求就是我们说的抛开工作以外的所有事，包括吃、喝、拉、撒、睡，衣食住行，兴趣爱好和娱乐，父母、兄弟姐妹、爱人和孩子等。对不同人而言，生活诉求所涵盖的内容大致相同，但每个人对于生活的诉求却各有不同。比如，有人说，我一定要住进超级豪华大别墅里，要带私人泳池、私人花园、私人健身房、舞蹈室、钢琴室、台球厅、练歌房……这就是一个人的生活诉求。而著名作家张爱玲晚年却选择生活在一个非常简陋的房子里，因为张爱玲在老年的时候说过她要将生活“做减法”，她要把所有能引起她欲望的东西全都切割掉，她要在所剩不多的时间里让自己能够完全沉浸在自己的世界里面，她觉得外在的很多东西让她和外界有了太多的联系，这样让她不能清晰地看到自己。所以说，每个人对生活的诉求是不一样的。一般情况下，人对生活的诉求也是受自己的潜意识和家庭环境以及工作环境所影响的。比如说，学生的生活诉求是什么？学生通常就是白天上课，晚上回家写作业，那他们的生活诉求可能就是可以做些体育活动，或者有时间能看看电影。编剧的生活诉求应该是什么样的？编剧的日常工作就是写电影或电视剧剧本，那他的生活诉求很有可能就不再是看电影了，而是想去打游戏、唱歌等。除此之外，还有一种情况，比如说一个对家居生活很讲究的人，他家里的所有餐具必须是完整的一套，哪怕只碎了勺子他都要全部重新换一套，这也是这个人的一种生活诉求。所以说，生活诉求可以是和主要人物的工作有关的、受工作影响的，也可以是完全跟工作无关的，但是要能体现出主要人物的性格特点。我们常说从一个人的房间就能看出这个房间主人是个什么样的人，这个不难理解，因为每个人都是按照自己的喜好和风格来装点自己的房间的。这些喜好和风格也是我们说的生活诉求。

接下来就是如何对人物性格进行描述。很多人在初学剧本创作时还是停留在小学写作文的思路上，经常写：温柔善良、美丽大方……然而，到底什么叫性格？性格就是我们以上提到的所有的东西：生活诉求、职业特点、原生家庭环境和带来的影响、出生地、年龄、外形、身高、体重、星座和血型等，所有这些东西就形成了你的主要人物的性格。你首先要把他的方方面面都写到，然后再强调最突出、最有趣的那一面。例如，在这个主要人物所有的性格特点当中，有哪些是受他的出生地影响的？有哪些是受他的原生家庭影响的？父母如何影响了他，并且形成了他性格上的哪些特点？他步入社会后从事的职业又给他的性格带来了哪些影响？这些因素最终造就出一个什么性格的他。在这个基础上，他在生活或工作中有没有发生过什么事情，从而使得他性格中的某一面较突出？这种突出是一直潜在于他的阴暗面里的，还是受到某种环境的影响之后被激发出来的？这里突出的一面就是主要人物被放大的那种特质。

塑造了人物性格之后，我们来讨论人物的思维方式。主要人物的思维方式和普通人的思维方式一样吗？比如说，一个正常人被打了，他的第一反应可能是直接打回去或立刻自保退缩，那如果用你的主要人物的思维方式来想这个问题，他会怎么做？他可能会在被打之后默默地盯着那个打他的人，眼神里充满疑惑：这个人为什么要打我？甚至他可能会直接问出来："你为什么要打我？"所以你的主要人物的思维方式要与普通人不同。还有就是这个主要人物对待一些事情的态度和看法。比如说遇到困难的时候，他是选择退缩还是勇往直前，保持抗争的状态？他是一个会积极想办法的人还是一个抱头鼠窜的人？这些都是他的思维方式。

下一个需要讨论的是社会关系。每个人都有自己的社会关系，一个人除了家人以外，剩下所有他需要面对的都属于他的社会关系。社会关系可以包括朋友、同学、老师、同事、客户，以及当今社会出现的网友、驴友、骑友等。哪怕你设置的主要人物是个孤儿，或者没有朋友，向来喜欢独来独往，这都不妨碍他有社会关系。就连著名电影《这个杀手不太冷》里面的里昂，也是有社会关系的，比如他的经纪人托尼。那么，我们需要分析的是主要人物都有哪些社会关系？他跟这些社会关系是如何相处的？他们之间的关系怎么样？主要人物有没有被他的某种社会关系背叛过？他是怎么处理这种背叛的？这些社会关系有没有对他产生影响？这种影响是正面积极的还是负面消极的？

考虑到人物的社会关系，通常会对主要人物产生比较大的影响的有两种：朋友关系和爱情关系。我们先来说朋友关系。你需要分析主要人物有没有挚友？为什么他们能成为挚友？他们是怎么认识的？有没有共同经历过什么特殊的事情？他们平常的相处方式是什么？是类似损友似的那种频繁互怼还是彼此之间话语不多但是很有默契，只要对方一个眼神就明白他要干什么？相处方式这点很重要，因为人跟朋友的相处方式是由他的性格所决定的。

另一个重要的社会关系就是主要人物的爱情关系。几乎所有的影视作品中的主要人物都离不开爱情关系。那么，爱情关系如此重要的一个原因是什么？在一般情况下，一个故事当中涉及爱情观的时候，往往是对主要人物的第二次改造，或者说是人物重生。主要人物为什么会爱上这个人？或者他为什么不爱这个人？这都是跟这个人物的成长和变化密切相关的。所以说，在故事片中，有两种戏是最“难写”的，一个是喜剧，另一个就是爱情片。这里说的难写，主要难在这两种戏是最难打动人的。写爱情故事，首先你要找到这个主要人物的匮乏点，就是他非常需要的东西。所以，在爱情关系里，你一定要明确一件事情，就是为什么这个主要人物会喜欢上这个人。在写所有类型剧本的过程当中，一定要搞清楚一件事情，就是你在写每一个环节、每一个元素时都要问自己为什么，要不厌其烦地一遍一遍问自己为什么如此设置社会关系。比如，到底什么才是这个人物所认知的喜欢？什么才是这个人物所认知的感情？什么才是他所认知的爱？这些都是需要剧作者去思考的问题。思考明白这些问题之后才能下笔。还有，主要人物跟他的爱人是怎么认识的？他们的感情好不好？他们之间平常是如何相处的？他的爱人或者说他的恋爱对象给他带来了什么样的影响，使他有了什么样的改变？他的爱人为什么会爱上这个主要人物？这些问题其实也都是我们在日常生活中常常遇到的，所以社会关系的形成绝对不是巧合，一定是有原因的。

一个人爱上另一个人，不仅因为外形，还有很多其他因素。那么，两个什么样的人碰到一起才能擦出火花？什么样的两个人才能一起走到最后？你要让观众确信这是因为爱情。所以说，爱情关系在整个人物小传里是最复杂的一个部分。很多人对于爱情的理解还停留在英雄救美的情节中，这种情节确实非常好用，因为人最看重的往往就是自己的生命。所以英雄救美这种情节很管用，几乎是百分之百能扣住观众的心弦、打动观众。但是除了英雄救美还有没有其他方式？这个问题需要剧作者去思考。为什么有时候两个人吵着吵着就在一起了？为什么明明两个性格完全不一样的人凑在一起也会擦出火花？其实，正是他们之间所产生的矛盾冲突拉近了他们彼此的距离。生活处处都存在矛盾冲突，如果没有矛盾冲突那就不叫生活了，完全没有矛盾冲突的感情也就不叫爱情了。爱情关系中包含了很多问题，比如说，主要人物为什么会爱上A？到最后，主要人物又为什么没有选择和A步入婚姻的殿堂，而是选择了B？很多爱情片都在讲这个问题，这也是在整个爱情关系里最能体现出人物性格特征的一点，也就是爱情观。

在人物小传的最后，你还需要介绍的就是主要人物的人生诉求。这个人生诉求就是主要人物从头到尾干了这么多事到底为的是什么？他想成为一个什么样的人？他为什么走上了这样一条道路？这就是主要人物的人生诉求，也可以叫作他的人生目标。当你把这几条一一罗列出来之后，你会看到这个主要人物就活在你眼前，当他活在你眼前的时候，就可以进行下一步操作了。

人物小传

基本情况：

姓名：既能朗朗上口让观众容易记住，又能体现出这个人物的某些特质。

性别：体现了故事的整体基调和画面的质感，主要人物的不同性别设置会带给观众不同的共鸣。

属相：强化读者对这个人物的印象和认知，体现人物性格。

星座：强化读者对这个人物的印象和认知，体现人物性格。

血型：强化读者对这个人物的印象和认知，体现人物性格。

身高：反映出生活基本状况。

体重：反映出生活基本状况。

外形：直接反映出人物性格。

学历：代表了人物的眼界和格局，以及他的社交圈；同时，上学的经历对人物的性格养成也有很大的影响。

年龄：代表了一个人的思维方式、经验以及阅历。

出生地：这个人物身上或多或少会带有那个地方的一些特质。

原生家庭情况：

是否独生子女：反映出人物的认知以及三观。

是否成长在单亲家庭：反映出人物的认知以及三观。

家庭经济状况：反映出人物的认知以及三观。

父母的感情状态：反映出人物的认知以及三观。

职业：由性格所决定。

生活诉求：可以是和主要人物工作有关的、受工作影响的，也可以是完全跟工作无关的，但是要能体现出主要人物的性格特点。

性格：以上所有的统称，包括上一节讲到的主要人物身上被放大的某种特质。

思维方式：要独特，能够反映出主要人物的某些性格特点和人性（真实的还是虚伪的？勇敢的还是懦弱的？）。

社会关系：

朋友关系：反射出主要人物的人品和性格特点（内向还是外向？）。

爱情关系：主要人物的爱情观。

人生诉求：或主要人物的人生目标

练习：

根据你所写的故事，按要求和格式撰写一个人物小传。

第三节　缔造人物的需求和动机

这一节我们来讲如何缔造人物的需求并产生动机。一个人做任何事情一定都是有目的的。就连吃喝拉撒睡也都是为了要解决某种生理需求。所谓动机，就是你为什么要去做这件事。所以说，当你设置的主要人物要达成某种需求的时候，要明确他是出于什么动机。你需要非常明确地给出这个动机，并且要确保它是一个观众完全可以接受的动机。那么，我们要根据什么去缔造人物的需求，又要怎样给他的需求安排一个合理的动机呢？第一，根据故事的背景。不同的故事就会有不同的背景，在不同的故事背景中，主要人物的需求当然也就有所不同。故事背景有助于你建立一个合理的人物需求，从而产生合理的动机。比如说，在清代戏中，你不可能让主要人物有一个赛车梦，很明显这个需求在清代这样的背景下是不合理的。第二，根据主要人物自身的情况。比如说，一个落魄的商人，负债累累，每天流落街头靠乞讨为生，如果这个时候突然有人跟他说："我这里有个工作，管吃管住还有工资，要不要来试试？"在这种情况下，这个落魄的商人肯定会答应。因为有吃有住，还有工资可以还债，这满足了他眼前最迫切的所有需求，他的动机很明确，就是为了能吃饱饭、有张床睡觉、赶紧还钱。这就叫缔造人物需求，再顺势给这个需求一个合理的让观众能接受的动机。

在缔造人物需求和动机的时候，要注意四点。首先，这个需求不能是很普通的，动机必须是明确的。比如说，这件事主要人物做不做其实都可以，做了没什么好处，不做也没任何坏处，也没有什么动力让他非要做这件事。这种就属于过于普通的需求和不明确的动机，或者说这根本就没有动机，也不叫需求。这里的需求一定要是迫切的，恨不得有一百个理由在催促着主要人物一定要实现这个需求。以电影《智取威虎山》为例，影片为解放军要剿匪攻山这件事情做了大量的铺垫，包括威虎山上的土匪对夹皮沟老百姓的残害，张作霖留下的先遣图落到了土匪手里，小栓子的娘也很有可能在土匪手里，剿匪是上级留给这支小分队的任务。那么无论是作为军人就一定要服从命令的原则，还是心中的正义感和使命感，影片从各个方面都在告诉观众，剿匪这件事必须做，威虎山必须攻下，没有任何犹豫。那当时的情况是什么样的？解放军十几个人只有几杆枪，土匪有上百号人和很强的武装力量。然而，就算是在这样一个解放军完全处于劣势的情况下，这件事也必须要干。由此看出，这个需求是非常强烈的，而它的动机也一定是非常明确的，就是要救人、要和平、要还夹皮沟老百姓一份安宁。这个动机使解放军战士们非剿匪不可，这事不做不行，这就叫迫切的需求。

其次，缔造的需求要合理。需求可以设计得很难达成，但是一定要合理。比如说，你的主要人物是一个穷苦人家的小孩，他励志长大以后一定要努力赚很多钱来改变自己和家人的生活，这个需求虽然实现的过程会很艰难，但它是合理的。所以说，主要人物的需求必须要符合现实条件和现实状况，也就是说要满足他所在的大背景以及他的自身情况。简单地说，就是一定要合情合理。如果你要写主要人物用自己的生命去换他女朋友的生命，那就必须在前面先做出铺垫，要让观众感受到主要人物是真的特别爱他的女朋友，他们的感情特别好……要让观众信服主要人物的需求，并且能理解主要人物产生这个需求的动机。所以说，所有的人物需求都需要先做出足够的铺垫。这些铺垫从哪里来？这也就是我们说的故事前提。你需要把主要人物的需求和动机在故事前提里明确，告诉观众这个人物为什么非要完成这个需求，这个做铺垫的过程其实也就是带领观众去认识和了解这个人物的过程。

再次，缔造人物需求的时候还要注意判断人物有没有可能实现这个需求。有时候我们在给人物缔造需求和动机的时候会发现，动机很明确，但人物的需求并不现实。因为毕竟人的能力都是有限的，我们需要给人物缔造的是一个在他能力范围内能够实现的需求。比如说，一个乞丐，你让他的需求是有一天成为世界首富，动机就是为了能出人头地，不再被别人看不起。在这里，这个动机很明确也合理，但是这个人物需求就有些不现实。用同样的人物动机，完全可以给人物缔造一个更现实的需求。比如说，你让这个乞丐有一个创业梦。创业虽然也不是简单的事情，但至少是你通过设置一些助力去帮助他之后就可能实现的事情。所以说，我们不仅要在合理的范围内去缔造人物的需求，给出明确的人物动机，还需要使这个人物需求有意义。这个需求一定是主要人物需要通过不懈的努力，甚至是付出很大代价才可以完成的，而不能是主要人物不费吹灰之力就可以实现的，也不能是不管他怎么努力、旁人怎么帮他，最终都无法实现的，因为无法实现的需求在这里是没有任何意义的。如果你给人物缔造的需求难度很大，那么，你还要考虑在他实现需求的路上有没有一个巨大的支点或者助力来辅助他实现这个需求。比如说，一个乞丐想要当皇帝。我们都知道历史上是的确存在过这样一个"乞丐"的，最终他当上了皇帝，他就是朱元璋。朱元璋在从乞丐走到皇位的路上获得了三股相当强大的助力。第一个就是传说中当时的一个民间宗教势力；第二个就是元末明初著名军事家、政治家刘伯温；第三个就是他的老丈人郭子兴，也就是孝慈高皇后的义父。朱元璋在得到这三股强大助力的同时，也经历了无数生死，最终才当上了皇帝。那么，如果你想把主要人物的需求也设置成这种跨度、这种级别的话，你要考虑能不能给他几个既庞大又合理的助力？

最后，你缔造出来的人物需求需要如何安置才是合理的。我们说主要人物为了实现需求，即使在实现的过程中可以获得强大的助力，他依然需要经历非常艰难的过程。那么在这种情况下，电影的时长够不够展开你所有的情节？这取决于你事先衡量得准不准确。这一点在缔造需求和动机的过程中非常重要，即一定要提前衡量时长与剧情是否匹配。

当人物小传出现以后，人物的内在生活已经被你完全框住了，这就是前言里我提到过的镣铐。这时候，这个镣铐已经是封死的了。你需要做的就是在这个基础之上去缔造一个让观众觉得合理的人物需求，而且这个需求还得是有意思的需求，可以让观众眼前一亮。"'好故事'就是值得讲而且世人也愿意听到的东西。发现这些东西是你自己的任务。”①这个需求有的时候甚至可以是由突发事件或者说是外力促使而成的。例如，一个便利店突然遭到一伙强盗打劫，那么这个时候，便利店里所有人的第一需求肯定是立刻安全离开。但是，如果没有这个突然而来的外力因素，便利店里的人的需求一定不是立刻安全离开，而可能是选购东西或者是工作。所以说，有的时候我们可以根据一个外力的突然出现，顺势让主要人物生出一个有意思的需求，而这个需求也一定要是主要人物有能力去完成的。另外，这个需求一定要配合着主要人物的性格特点和人物小传的框架体系而来，也就是说，这个外力事件是有备而来的，是根据故事的前提所产生的，是可以推动故事情节发展的，而不是凭空想象出来的。

练习：

观看电影《十月围城》，思考由演员王学圻所饰演的角色李玉堂在剧中的人物动机是什么？

第四节 人物关系要服务于动作主线的搭配

在电影中，所有人物之间的各种关系都要服务于动作主线的搭配。第二章已经讲过，主要人物在实现自己需求的过程中所做的一系列连贯的动作就是动作主线。因此，你设置的所有线索，无论是动作线索还是情感线索，全部都要围绕着这条动作主线进行搭配。不管是人物的情感还是他的助力等，所有的人物关系，要么是能帮助人物实现需求的力量，要么是阻碍他实现需求的力量，如果某种人物关系对这两者都没有起到作用，那这

① 麦基.故事：材质、结构、风格和银幕剧作的原理［M］.周铁东，译.北京：中国电影出版社，2001：25.

条人物关系在这个故事中就是无效的。所以当你在建立人物关系的时候，一定要确保它是服务于动作主线的搭配而存在的，然后要保证主要人物的每一条情感线索都必须符合他的性格特点。但是初学者常常会犯一个错误，就是容易乱。所以，在搭建人物关系的时候要有主次，也就是说，在主要人物实现他的需求的过程中，哪条情感线索对他是最有用的，就把它拎出来当作主要线索。而那些对他用处不大的线索，则可以用最简单的方式去交代，或者干脆不交代。这样的话，就不会乱。

当人物小传、人物需求、人物关系等都确立了以后，你还需要去思考一件事情：在这样一种人物性格体系当中，你的主要人物在实现需求的过程中是怎么说话的？他是怎么做事的？他有没有什么特殊习惯？他是怎么思考事情的？除此之外，你还要去想象，如果你是他，你要怎么说话？你会怎么做事？因为只有当你用这种代入性的思维方式去思考的时候，这个人物才能活，这个故事才能成立。这就是我们说的人物关系要服务于动作主线的搭配。“一个作家一天的工作节律是什么？首先，你进入你想象中的世界。当你写作时，你的人物会自然地说话动作。下一步你该干什么？你走出你的幻想，把自己所写的东西读一遍。那么，你读的过程中应该做什么？你分析。‘这样好不好？观众会不会喜欢？为什么不会喜欢？是否应该把它删掉？补充？重新调整？’你一边写，一边读；创作，批评；冲动，逻辑；右脑，左脑；重新想象，重新改写。你改写的质量，你臻于完美的可能性，取决于你对写作手艺的掌握，因为是这种手艺引导你去改正不足。艺术家绝不能听凭一时冲动的奇思怪想摆布，他应该孜孜不倦地苦练他的手艺以达到直觉和思想的和谐。”①

练习：

观看《十月围城》，思考里面错综复杂的人物关系是如何服务于动作主线的？

① 麦基.故事：材质、结构、风格和银幕剧作的原理［M］.周铁东，译.北京：中国电影出版社，2001：27.

第四章　剧本中的情节

我们常常用精彩、好看等来形容一部影视作品带给我们的感受。在常规的观影体验中，观众总是会追随着人物的动作主线和命运主线的发展而越发全神贯注。关于人物的动作主线，前文已经提过。关于命运主线，就需要剧作者对于情节进行设置了。

“第二次世界大战后，西方某些电影艺术家曾提出‘非情节化’口号，力图摆脱情节，而最终又回到故事和情节上来这一事实（尽管他们对故事与情节的解释，同传统的理解不完全一样），就足以说明情节在电影剧作中的重要地位和强大的生命力。”[①]这句话充分说明了情节在影视作品中的重要性。

前文我们说过剧本的基本构成、人物塑造，之后我们也会提到主题和分场景写作，而这一切都要通过情节展开，且自有叙事作品开始，情节就变成了一个非常重要的元素存在于所有叙事作品当中。因此，淡化情节甚至是忽略情节的说法都是不现实的，而且是可笑的。而新浪潮时期提出的“淡化情节”的说法，更准确地说其实是淡化好莱坞电影的类型化情节，而不是针对情节这个元素本身。那么既然情节这么重要，到底应该如何学习，都学什么呢？

情节可以说是在整个剧作体系中最体现剧作者的想象力、逻辑搭建能力以及视听语言掌控能力的。既然是人物的命运，说明有些情节设置和人

① 汪流，等.电影剧作概论［M］.2版.北京：中国电影出版社，1997：176.

物有关，有些情节设置和人物无关。例如，影视作品中经常会有主人公遇到天灾而失去了其原本平静、幸福的生活的情节。而这样的天灾，恰恰是剧作者在写剧本的时候因为情节的需要为主人公量身定制的命运主线。这样的命运主线既然能被称为情节，就说明这种命运无法随意设置，每一次意外的发生，每一次巧合的背后，都要有重要的逻辑支撑，所以剧作者的逻辑能力就受到很大的考验。

我们之所以要设置精彩的情节，自然是为了吸引观众。而如何能让观众被吸引，这又是一个很重要的命题。观众在看任何影视作品的时候都会带着好奇和期待。为什么呢？这就要说到影视作品的制作流程了，在影视作品面世之前，其宣发团队需要通过各种各样的宣发手段将观众的好奇心和兴趣充分调动起来。那么在影视作品开始之初，剧作者如何确定这个故事能不能获得观众的认可？其实，无论是这世界上多伟大的剧作者，都无法准确判断这一点。我们能做到的只能是尽可能地推断和推测。也许有人会问，这种推断和推测的依据从哪儿来呢？其实就是依据影视业发展至今，观众的审美触动和他们观影多年的惯性思维。这个时候就要考核剧作者的想象力能否赶上观众甚至超越观众，而这种超越就要体现在情节上。

相信大家一定有这样的体验，一部影视作品看到开头就猜到结尾了，甚至看到前一场戏就能猜到接下来会发生什么，这样的情节就是剧作者的想象力没有超越观众想象力的结果。比如说，观众看到某些电视剧中的女主角遇到困难而走投无路了，就知道这个时候肯定会有人来救她，不是男主角就是男配角。或者说主角掉下悬崖但肯定死不了，肯定有人救他。这就是由剧作者的想象力有限造成的结果。当观众发现自己的猜测全中的时候就像玩猜谜游戏知道谜底了，谁还会再想玩下去呢？因此剧作者的想象力一定要超越观众，才能创作出吸引观众的情节。

也许有人会问是不是所有的情节都可以写？当然不是。既然剧本是为银幕而创作，情节设置必然也要遵守这个规则。有些情节无法用视听语言来展示，当然就不能写在情节里。比如说手机信息或者网络聊天信息产生的大量情节，注意这里说的是“大量”，因为一两个类似的情节是可以接受的，无非运用几个特写即可展示，但是一旦出现得多了，满屏都是聊天记录，这样的情节还会有人想看吗？所以设置情节的时候一定要考虑它的视听语言呈现方式，是否足够好看以及是否能够展示出来。因此剧作者的视听语言驾驭能力也是一个非常重要的考量指标。前言和第一章里我们已经说了很多，这里就不赘述了。

既然情节如此重要，那我们需要先从哪里入手呢？和学习所有新生事物一样，我们先要了解情节的本质。

第一节　什么是情节与情节点

很多剧作书都没有对情节特别标注，因为情节的定义没有明确的说法。国外的剧作书喜欢通过剧本的“三段式”结构来详细拆解剧本创作，同时把情节的解释融在其中。我却不这么看，我认为在了解情节的本质之前就说情节的设置容易误导很多人。情节，可以说是考核一个文字工作者综合能力的指标。很多初学者在学习写剧本的时候，总会很惆怅，会问：“为什么说我没有写情节，可是我明明写了这么多，难道都不叫情节吗？”

大家脑子里总有很多洋洋洒洒的想法或情感。他们把这些想法和情感做了视听化处理之后，却总是发现不对劲，但又不知道哪儿不对劲。比如说，有的学生拍了一部爱情微电影。说的是一个男生和一个女生谈恋爱，他们偶遇、认识、互相了解，一起走过学校的操场、教室、食堂、图书馆等地方，大学生谈恋爱能去的地方都去了，能干的事儿都干了，画面很美，内容也很甜，可为什么就是不对劲呢？因为这样的电影没有故事，之所以没有故事，是因为没有情节。接下来，我们探讨一下究竟什么是情节。

一、什么是情节

大部分人对于情节的解释停留在高尔基的说法中，“……情节，即人物之间的联系、矛盾、同情、反感和一般的相互关系，——某种性格、典型的成长和构成的历史”[①]。高尔基对于情节的解释未免显得有些单一，或者说更多的是文学化的定义。而情节具有多样化的特点，对于学习写剧本的人来说，他们需要的恰恰是情节的几个明确的标准。

首先，情节必须由人物的行动构成，并且是为人物形象服务的。

亚里士多德在关于悲剧的创作学中指出，情节“是对行动的摹仿”，是“对事件的组合”；而性格则是指这样一种成分，通过这种成分，“我们可以判断行动者的属类”[②③]。由此可见，早在古希腊戏剧时期，情节就被提到了一个很高的位置，且和人物的行动并存。我们在第三章已经提到过人物必须要有一个目标或需求，人物实现这个目标或需求的过程就是动作主线。而我们要做的恰恰是要给这条动作主线设置障碍。而这样的障碍结合人物的需求和反应才能被称为情节。所以，情节从来不是单一的某个事件或者一场飞来横祸，更多的是紧跟人物发展的动作衔接。比如，地震、飓风、山洪、世界末日等这些天灾，单独放在这里根本无法构成情节，而如果这些天灾和人物的行动构成联系，那么情节就会产生。比如说，一场灾难发生后，一个人克服重重阻碍去营救自己的家人；莫名其妙把一个无辜的人定为一场谋杀案的凶手，这个人甘冒千难万险去洗刷自己的冤屈；等等。这样的例子都说明，一个无意义的事件可能是一个新闻，可能是一条微博，抑或是一条朋友圈，但绝不是情节。只有人物发出的行动所引发的事件才具备成为情节的条件。否则，就不能算是情节，因为这和人物的行

① 高尔基.论文学［M］.孟昌，曹葆华，戈宝权，译.北京：人民文学出版社，1978：335.

② 王娇.灵与肉的表里构成：对剧作中情节与人物性格关系的再认识［J］.四川戏剧，2016（1）：72.

③ 亚里士多德.诗学［M］.陈中梅，译注.北京：商务印书馆，2003：63.

动无关。既没有促使人物的行动，又没有人物本身的行动，更没有人物行动发出后所导致的后果，这样的事件只能叫新闻甚至什么都不是。

除此之外，情节还要用来展示人物形象，如果一个情节的设置完全不符合人物形象特征，那么这个情节本身就是有问题的。比如说在电影《智取威虎山》中关于英雄杨子荣闯山门的那部分内容的设置：杨子荣需要作为卧底进入威虎山打探情报。当他冒充胡彪进入威虎山的时候，处处都体现出杨子荣的人物形象，并且每一步都是围绕着杨子荣的行动来进行的。

电影《智取威虎山》剧本节选[①]

威虎堂里，楼台高瓦，灯光昏暗，一撮一撮的土匪拿着枪散落在阴暗的角落里默默地注视着走进来的人。

杨子荣在一队土匪的看押下走进威虎堂。

土匪（黑话）：带绺子！

杨子荣眼睛上蒙着黑布，脸上没有丝毫恐惧地跟在带头的土匪身后向前走去。

走到中间，带头的土匪停了下来，杨子荣也跟着停了下来。

杨子荣刚站定，没摘眼罩（黑话）：西北玄天一朵云，乌鸦落进了凤凰群，满屋都是英雄汉，谁是君来谁是臣！

这时，带头的那个土匪突然转身看着杨子荣。

带头的土匪（黑话）：甩个蔓！

杨子荣（黑话）：烧干锅蔓！

这时，在一边阴暗中露出半边脸的土匪接了话（黑话）：胡掌柜！横在哪个山头啊？

① 电影《智取威虎山》选段，导演徐克，编剧：黄建新、李杨、徐克、吴兵、董哲、林启安，2014年上映。

杨子荣（黑话）：正晌午时说话，谁也没有家！蹬空柱马号，副官胡彪！

另一个藏在阴暗角落里的土匪继续问话：干啥闯我们山门？

杨子荣（黑话）：他房上没有瓦！

杨子荣拍了拍自己的大衣口袋。

威虎山老大对着老八点点头。

老八解了杨子荣眼睛上的蒙眼黑布。

杨子荣扶了扶帽子，抬头看向堂上的首座位置，发现这阴森恐怖的威虎堂大当家座椅上竟然坐着一个女人。

杨子荣快速地不动声色地浏览了一圈环境。

杨子荣抱拳：各位老大，初到山门多多包涵！

这一小小的段落却是情节的重要展示方式。首先，杨子荣为了进入威虎山套取情报，就必须取得威虎山上一众土匪的信任，这是人物的目标。为了这个目标，杨子荣去闯了山门，这是人物的行动。紧接着出现上述段落，杨子荣闯了山门以后，接下来要面对的是一众土匪对他的怀疑、猜忌和盘问，杨子荣都一一给出了完美的答复。可以说这一连串动作都是杨子荣的行动构成，如果杨子荣不闯山门，或者闯了山门又没能通过盘问，之后的一系列内容都将不会出现。

杨子荣作为一个解放军战士，面对土匪用黑话盘问，淡定自若，对答如流。说明这个人对土匪的世界非常熟悉，也符合杨子荣的人物形象——在别的土匪窝里干过卧底，而且自小就在东北的丛林一带长大，对于自然环境和社会环境非常熟悉，而且是坚定的解放军战士、共产主义信仰者。这就是情节所要具备的首要条件。

所以情节不单单是一件事或是几件事的放置或罗列，而是要根据人物的行动产生，并且能够反映出人物形象特点，能让观众看到时同时产生两种感觉：1）很好奇这人后来怎么样了；2）这确实是他能干出来的事儿，这样的人让我喜欢或者厌恶。当观众产生了这两种感觉，情节的第一个条件就基本满足了。

其次，情节必须是由因果逻辑串联起来的一系列事件。

著名的英国作家爱德华·摩根·福斯特曾经为情节举过这样一个例子，“国王死了，然后王后也死了”，“国王死了，不久王后伤心而死”。按照福斯特的意思来说，情节之所以产生，是因为事件之间存在明显的因果逻辑。这种因果逻辑是剧本创作中非常重要的逻辑，也是情节产生的重要依据。因为国王死了，所以王后才伤心而死。内容与内容之间不再是独立的、无意义的，而是具有明确的因果逻辑关系。“如果他要证实一件事情，他就必须去证实那件事情，而不应当去证实其他完全无关的事情。”[①] 这说明剧作者要很清楚自己写下的每一个事件或者内容都需要被证明其因果逻辑，而不是单纯地、无意义地罗列一些事件。因果逻辑可以让原本散落的事件连接在一起，形成一个完整的情节闭环，并且让故事看上去不是凌乱的，使观众能迅速捕捉到他对这部电影的关注点。

在剧本情节铺排的逻辑中，虽然不止因果逻辑一种，但因果逻辑却是很多初学者最难掌握的。因为他们往往想到了原因却想不到结果，又或者想到了结果却想不到原因，于是就开始胡乱地拼凑事件。我记得很多初学者经常会有这样的设置：一个男孩儿苦追一个女孩儿，买包、买花、买早点，嘘寒问暖，倍加呵护，最终感动女孩儿，成功抱得美人归。每当看到这样的文字我都哭笑不得地问他们：“你的情节是什么？”对方总是瞪大眼睛看着我说：“就是不停地追呀，我按照你说的，通过人物行动展开情节，这个行动就是各种追的方式，而且体现了人物形象，即男孩儿的执着和温柔体贴，有什么不对的呢？”我问他：“这个男孩儿为什么喜欢那个女孩儿？”“那个女孩儿为什么会在男孩儿对她嘘寒问暖之后才接受男孩儿？”“男孩儿买包导致了什么结果吗？”对方哑口无言。是的，我们之前就说过，影视作品是一个过程，过程就是不能回头、不能重来的一条

① 阿契尔.剧作法［M］.吴钧燮，聂文杞，译.北京：中国戏剧出版社，2004：252.

路，这其中的内容顺序如果可以颠倒，那何谈不能重来呢？

因此，情节不能是随机排列的事件，而需要有明确的因果联系，且必须是一系列事件。这里的“系列”更加强化了因果逻辑的重要性。这时，也许有人会问，很多影视作品中也不是每个事件都按顺序排列的。请注意，这里强调的不是时间顺序，而是因果逻辑顺序，也就是说每个事件既是因也是果，但因和果的具体排列顺序可以根据剧本的具体需求来进行调整，这部分在后文会提到。然而，情节这一概念所包含的内容却不只是这些。

再次，情节必须围绕人物的动作主线来进行，是故事具体的、细致的变化发展过程。

情节是故事的重要组成，虽然不是故事的全部，但却是故事最直观的展现形式。那么什么是故事？在第二章里我已提到过，剧本中的故事和其他文学体裁的故事有什么差别以及剧本中的故事究竟是什么。“一个事件打破一个人物生活的平衡，使之或变好或变坏，在他内心激发起一个自觉和/或不自觉的欲望，意欲恢复平衡，于是这一事件就把他送上了一条追寻欲望对象的求索之路，一路上他必须与各种（内心的、个人的、外界的）对抗力量相抗衡。他也许能也许不能实现欲望。这便是故事的要义。”[①]麦基早在他的著作里对情节做了详细的定义。而另外的说法也指出了人物动作主线的灵魂地位。“如果主要戏剧命题确定了故事的起点，它因而也就确定了一个完整的主线，包括起始和终结之间的各个阶段。”[②]也正因如此，情节的发展要充分围绕着人物的动作主线来进行。所不同的是，在起点到终点之间，在跟所有的对抗力量相抗衡时，发生的所有内容都必须得到充分展示。每个情节都是为了帮助或者阻碍主人公实现自己的需求。否则就是没用的内容，不能算作情节。

① 麦基.故事：材质、结构、风格和银幕剧作的原理［M］.周铁东，译.北京：中国电影出版社，2001：230.

② 让.剧作技巧［M］.高虹，译.北京：中国电影出版社，2005：12.

很多人在看影视作品的时候经常会有这样的疑问：那个人到哪儿去了？这个事儿说完了？跟主角有什么关系吗？他俩为啥要谈恋爱？看着好拖沓啊！这些直观感受会让观众不知道里面的很多内容为什么会出现，明明是个复仇故事，没有爱情桥段也能完成，为什么偏偏就谈了个恋爱，好像跟这个故事没什么关系。这就是我们反复强调的情节一定要围绕人物的动作主线发展而设置，否则就会给观众带来很大的断裂感、不畅快之感。

在剧本的具体实施过程中，每一个情节都需要具体的文字来展示出来，没有捷径可走。因此，我们在创作时一定不能靠想象去完成情节，更多的情况下，我们通过对白、动作、表情、环境等视听因素来判断这些内容究竟是不是情节。

《红旗谱》剧本节选①

朱老忠情绪忧郁独自坐在桌旁喝酒解闷。

伍老拔从外面进来，不动声响地走进里屋。

贵他娘正在柜旁痛苦地望着朱老忠，发现伍老拔来了，犹如遇见亲人似的，捂脸痛哭起来。

滹沱河水静静地流着。

天边一片朝霞，千里堤上坐着两个人，他们是伍老拔和朱老忠。他们正在倾心交谈。

朱老忠："我打关东回来，满心想给我爹报仇，没想到……凭着我这股子火性呀，我真想捅了他。"

伍老拔："捅了他还不是臭块地，你捅了冯兰池，可是还有张兰池、李兰池，还是得骑在咱受苦人的脖子上！"

① 梁斌.红旗谱［M］.胡苏，凌子风，海默，等，改编//中国电影出版社.中国电影剧本选集（七）.2版.北京：中国电影出版社，1979：224-225.

朱老忠有些困惑不解地望着伍老拔。

伍老拔："我给你说桩新鲜事吧！"

朱老忠："什么事？"

伍老拔："我在河南边遇见个教书的贾老师，他叫贾湘农。这个人尽给咱们穷哥们说些个劫富济贫的事，他还帮咱穷庄稼主们起了穷人会，他带领大伙哇，抢了地主的庄稼！……"

朱老忠："啊！真有这事？"

伍老拔："可不是！贾湘农这个人物可了不起呀！咱们穷哥们要是有他这么一带头，就闹起来啦！"

朱老忠兴奋地站起来，向往地望向远方。

这是很简单的两场戏，但是几乎充分展示了情节的要素。刨除剧本的格式和写作模式不论，单说几个要素的重要展示。因为受到压迫，所以两个农民都陷入了苦闷，他们愤怒、痛苦却又无可奈何。因为这种无可奈何，所以他们把希望寄托在了最近听说的"贾湘农"身上。因果逻辑具备，且人物的形象比较明晰。朱老忠憨厚、老实、逆来顺受，伍老拔更加积极主动地改变现状。他们从被压迫到找出路反击，这就是围绕着人物的动作主线来进行情节设置，没有离开人物的设置。《红旗谱》这部新中国成立后出现的经典之作对现在的年轻人来说可能略显陌生。《红旗谱》主要讲述了在清朝末年，农民的儿子朱老忠屡次受到恶霸地主冯兰池的欺压，进而奋起斗争的故事。在斗争中他结识了地下党员，并在其帮助下明白了什么是真正的复仇，且成功复仇。我们发现这两场戏恰恰都是在主线上，他们受到压迫之后如何与地下党接上头，这种明确的为主线服务的内容才能称为情节。

最后，情节必须包含矛盾和冲突。

很多初学者都会产生关于矛盾和冲突的误区，这部分内容需要详细解释和描述。我们将在下一节做详尽的解释。

以上就是情节的几大要素，对于很多剧本初学者来说，在刚开始写剧本的时候要把思路调整成剧本情节的思路是有难度的。这就是我反复强调思维方式的原因。

二、什么是情节点，情节点和情节的区别

情节和情节点的区别其实非常明显，但是对于初学者来说，却不是特别了解，就好像不了解制片和制片人之间的区别一样。情节不是单一的事件，恰恰相反，它是一系列事件。而情节点则不一样，情节点是情节走向的转折点。情节点就像是一个钩子把前后两部分情节紧紧勾连起来，同时又将故事的方向继续向前推进一步。

在整个故事动作主线的设置中，情节是至关重要的。我们常听到一个说法叫“跌宕起伏，扣人心弦”，这个评价是称赞情节设置得精巧。这就要求情节设置不但要满足上文所述的条件，还需要有起伏、有变化、有推进。只有这样，才能使故事不断向前，所谓的向前就是不断向人物的目标迈进。至于如何设置，这一部分我们会在本章第三节讲到。

关于情节点的阐释，如图4-1所示。这个图我们在第二章提过，叫影视剧作的一般结构，也就是好莱坞经典的剧作结构。抛开其他内容不谈，单看三角的位置，这就是情节点的位置，我们在前面提到过“三段式”的内容，也提到过情节的重要设置需求，接下来我们利用这个图仔细地说明一下。

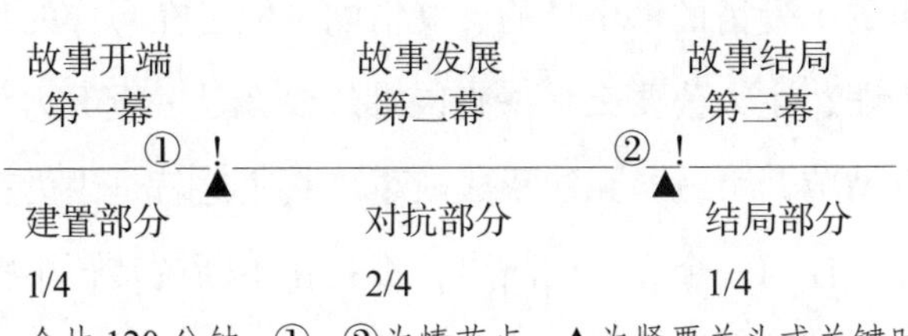

注：a. 全片120分钟。①、②为情节点。▲为紧要关头或关键时刻。

b. 一个标准电影剧本篇幅约120页，或两小时。

c. 电影剧本中的一页等同于银幕时间的一分钟。

图4-1　影视剧作的一般结构

我们在观看影视作品的时候经常会有这样的感官体验，我们形容其为“无聊”“闷”，这样的形容词大多数情况下是由于故事铺垫太长，没有转折点。根据传统的类型电影模板，故事的背景铺垫结束之后就要进入激励事件阶段，利用转折将观众的好奇心充分调动起来。而这种转折就是情节点。一个成熟的编剧即使在故事背景的铺垫中都依然可以设置多个情节点，以保证观众有持续的兴趣点和好奇心。但对于初学者来说，能做到在关键部分铺设情节点就已经非常不容易了。例如，一个正常的上班族过着朝九晚五的生活。在视听画面当中，观众可以看到一个上班族早上忙碌地离开家去赶公交、地铁，跑进公司坐在办公桌前。可是然后呢？当这一连串的画面铺设完了之后，接下来要给观众看什么？这个时候可以设置突发事件，也可以继续铺垫故事背景。根据这个例子，我们继续往下设置。突发事件：好好的办公室里，主人公的电脑里突然收到了一封神秘的邮件，打开后是一封邀请函，邀请他参加一个奖金百万的真人游戏。继续铺垫：当主人公刚坐到办公桌前，上司就给他派发了大量的工作，摆明故意刁难他，他很反感这个上司，但却无可奈何。情节点的设置就是要将故事带到它本该去的方向和道路上，而不是一味地铺垫、铺垫、再铺垫。“这就是第二幕结尾的情节点。它是‘一个事件，它紧紧“钩住”动作，并且把它转向另一个方向’。”[①] 每一个故事都需要一个动作主线，就如脊梁一般。但如何使人物按照动作主线的方向前进就是情节点要执行的任务。

很多同学在刚开始学习写故事的时候，很喜欢写自己身边了解的故事，比如励志的、爱情的、亲情的、友情的。但是在写作的过程中很容易就写成了流水账，主人公要么是一直倒霉，要么是一直努力。动作主线也很明确，也有情节，可就是无法形成故事。其实这就是因为在整个情节当中缺少情节点。任何一个完整的故事，都是在不断的转折中完成的。每一次转折都将故事带到作者所希望的方向。以励志的故事举例。一个行业入

① 菲尔德.电影剧本写作基础：从构思到完成剧本的具体指南［M］.鲍玉珩，钟大丰，译.北京：中国电影出版社，2001：119.

门者拼命努力，总是在办公室加班到只剩下他一个人，可是他的努力成果却被同事剽窃，升职失败。这次失败可以说就是一个转折点，故事接下来的发展就要看故事的动作主线是什么了。再比如爱情电影中，一个男孩儿拼命追求一个女孩儿，可是女孩儿总是不接受男孩儿的追求，然而就在男孩儿准备放弃的时候，女孩儿居然答应了男孩儿的追求，和他成为男女朋友。诸如此类，一个情节点将原本的设置带入了一个新的方向，进而契合故事前进的方向，使主人公在这个过程中不断地靠近自己的目标。

情节点的设置需要作者非常清楚自己的动作主线，在动笔之前就要想好主人公的目标以及他即将为实现目标做出何种努力。在这种前提下设置的情节点才可能将故事向前推进。否则，连方向都不知道的情节点设置只会使故事出现一种情况，那就是不知所云。如果人物的动作主线就像踩在了香蕉皮上，滑到哪儿算哪儿，观众根本不知道自己的期待和注意力应该在什么地方，更不知道自己要看什么，表面上看起来很热闹，实则让人看得一头雾水。

"讲故事就是许诺：如果你注意听我讲，我就给你惊奇，接下来便是发现生活的喜悦，在你从未想象过的层面和方向探知生活的喜怒哀乐。而且，最重要的是，这一切必须处理得那样轻松自然，以使观众在不知不觉中就被引向了那些发现。一个漂亮的转折时刻的效果是，当观众突然获得了某些见解时，就好像他们是独立做到这件事的。"①

情节点的设置方式大概分为三种。

第一种，根据已有的设置做出符合逻辑的转折。有句话说得好，世上没有无缘无故的爱，也没有无缘无故的恨。任何看似偶然的事件，实际上都是大概率发生的事件。比如，一个总喝酒或者疲劳驾驶的司机，出车祸就是一个很正常的转折；一个游手好闲的富二代突然被他人算计，倾家荡产，也是一个合情合理的正常转折。

在情节设置上，我们常说的一句话叫意料之外，情理之中。情节点就

① 麦基.故事：材质、结构、风格和银幕剧作的原理［M］.周铁东，译.北京：中国电影出版社，2001：276.

要充分满足这一点。在徐克导演的《智取威虎山》中，在夹皮沟的解放军偶遇威虎山的土匪，表面看来是偶然事件，而实际上却是大概率发生的事件，因为威虎山的土匪经常到夹皮沟打劫，而解放军这个时候又因为上级命令不得不滞留在夹皮沟。而和土匪的这场遭遇战让解放军明白，他们原本打算低调行军的目的无法完成了，只能将威虎山的土匪除掉，保这一方百姓的平安。而这场遭遇战就是一个很好的情节点。在电视剧《爱情最美丽》中，两个主角在相亲之后同时争抢一辆出租车也是一个重要的情节点。这个看似的偶然，背后却有着隐藏的必然。

第二种，设置悬念，充分调动观众的好奇心。很多作品的情节点总是以设置悬念作为转折。这种转折可能在前半部分看不到前后两个事件的联系，可在之后的讲述中，观众会慢慢理解这个情节点的设置。电影《保持通话》中，女主角在开场的时候从桌上清醒，把设计方案告诉助理，随后送女儿上学，开启自己单亲妈妈正常生活的一天。可是在送完女儿回去工作的路上却突然被一辆大货车撞翻，且被一群黑衣人绑架。这个情节点让女主角原本平静的生活被打乱，可以说前期的铺垫和这个情节点的设置看不出任何关联。然而悬念就由此产生，当观众在整个事件当中只看到一部分引人入胜的内容时，悬念即刻产生。在这部电影里，女主角的遭遇引起了观众的好奇心，同时也加强了观众的紧张感。观众会依照自己以往的观影经历猜测或推断原因以及人物的命运，而故事也向着主线的方向发展。

在《保持通话》这部电影中，女主角如何在男主角的帮助下逃出生天则是全片的主线。如果没有绑架的情节点，那么女主角又何来逃出生天一说？对于初学者来说，可以这么理解这样的设置：主人公在原有的生活中存在某种平衡，情节点的设置就要打破这种平衡，迫使主人公去努力恢复这种平衡。也就是说，这个情节点的爆发性往往极强，且因果逻辑需要置后解释，并且和前一个事件的因果逻辑关系并不明显。

这样设置悬念的方式往往出现在各式各样带有悬疑色彩的故事当中。而在其他类型的故事中，这种悬念的设置方式会有更高级的操作方法。比如，在一部爱情电影当中，一个女孩儿平淡乏味的生活因为一个神秘男孩儿的出现被打破，从此过上了刀口舔血的日子。表面上来看这好像是一场巧遇，实际上是这个男孩儿有意接近这个女孩儿，并企图从她身上得到什么。

这种情节点的设置能够充分吊起观众的观影胃口，也是比较容易操作的情节点设置方式。

第三种，主人公的内在驱动力驱使，在因果逻辑咬合下的重大结果。

这种情节点的设置相比前两者而言是更有难度的操作方法。因为这种设置往往是前两种要求的综合体，既需要符合主人公行动逻辑的转折，又要符合悬念的设定。例如，一个很疼爱孩子却又无法和孩子好好相处的妈妈在和孩子吵架之后，需要去一个很危险的地方寻找自己的孩子并希望和好。这里，争吵以及离家出走都是根据已有的设置，也就是主人公的内在驱动力做出的正常铺垫，而悬疑点在于为什么这一次孩子会去那么危险的地方。这样的设置更容易被观众接受，也更容易引起观众的兴趣和好奇心。

这样的情节点设置对于初学者来说有些难度，因为剧作者不但需要对自己的动作主线及故事走向非常明确，还要对人物的设置十分清楚。而这对于初学者来说是最困难的，因为初学者在写剧本的时候习惯性犯的错误就是遗忘自己最初的设置。

学习情节点的设置对于学习情节的设置和编写非常有必要，如何在情节之中找到转折，并且推进故事情节的发展，可以说是整个情节章节中非常重要的内容，更重要的一点则是区分情节和情节点，搞清楚二者差异的同时使二者彼此连接。

练习：

（1）观看一部短片，找出其中的情节点，并计算这个短片中有多少个情节点。

（2）找一部影片的15分钟片段，分析其中的情节是如何以因果逻辑贯穿起来的。

第二节　什么是矛盾冲突

这一节内容可以说是整个第四章的重中之重，很多剧作书没有用太多笔墨来解释什么是矛盾冲突，然而在实际的剧本创作工作中，这四个字是经常被制片人、导演以及演员挂在嘴边的术语。而且很多初学者对于矛盾冲突有着极大的误解。虽然解释它的含义并不需要很多内容，但是理解它的含义，并且将其正确运用却是十分困难的。

很多初学者总以为所谓的矛盾冲突就是打架、撕衣服、扯头发等这种外化的冲突，也就是我们在生活中所遇见的矛盾冲突。然而这在剧本创作中是远远不够的。且不说矛盾冲突的种类和级别各有不同，矛盾冲突的定义也和我们在生活中的理解大有不同。在故事中，矛盾冲突可以说是情节的基础，甚至是故事的基础。在一个合格的剧本中，矛盾冲突需要贯穿始终。那么，究竟什么是矛盾冲突？

所谓矛盾冲突，在剧本中的理解，可以是当双方或者多方利益无法同时满足时，矛盾冲突即刻产生。在生活中，这样的例子比比皆是。在家庭中，想学艺术的孩子和希望孩子将来做医生的父母；同时喜欢上一个男人的两个女孩儿；同时争抢一个职位的两个同事……而初学者很容易犯的错误就是忽略生活的本质，进而错误地理解矛盾冲突。矛盾冲突不仅存在于情节中，也存在于人物设置中。因此，可以这样说，矛盾冲突在剧本和生活中无处不在，因为就算再优秀的人也有无法满足的欲求，当出现无法满足的欲求时，矛盾冲突即刻产生。

艺术来源于生活而高于生活是老生常谈，然而初学者往往最看不清的就是生活，最搞不懂的则是人性。所以初学者设置的情节中的矛盾冲突往往显得不合逻辑，而人物又往往呆板片面，不具备人格化的特征，也就没有打动人心的力量。

那么矛盾冲突都包括哪些呢？首先，最简单也最常见的一种矛盾冲突是人物关系之间的矛盾冲突。这种矛盾冲突是影视作品中最常见也最吸引人的一种。情感、财富、权力等，可以说人与人之间的关系不仅复杂，而且变化无穷。人与人之间的关系常常在发生变化，再亲密的两个人也有可能生死相搏，再针锋相对的两个人也有可能亲密无间。而支配这种变化的源头或者基础，则是矛盾冲突。我们常常看到这样的情节：感情极好的两兄弟因为信仰和立场不同而反目成仇，而两个死敌也能因为共同的敌人而变成亲密的战友。原因无他，正是因为人与人之间的矛盾冲突在不断发生变化。情感、立场、信仰、环境等无时无刻不在影响着这些矛盾冲突，而合理地、有条理地设置矛盾冲突，使矛盾冲突产生作用力，使得故事不断向前发展则是剧作者需要做到的事情。

其次，除了人物关系之间的矛盾冲突外，还有人与环境之间的冲突。这种冲突在一些类型片当中随处可见。不管是人类还是其他物种作为人物，都不可能十全十美、天下无敌。任何人物在设置时都有短板，而环境有时就是人物的短板。以人类为例，人类区别于动物的最原始属性是对于工具的使用。但人类不会飞、不会挖洞、不会在水里喘气等，因此，人类在世界上还有诸多致命死穴。不仅如此，生而为人，还要受其他环境条件的制约。可人为了达到目的，必须和这些无法逆转的外部环境做斗争，由此产生矛盾冲突。

当然，环境也不可一概而论，于是我们把环境分成三个部分，分别是社会环境、历史环境、自然环境。也就是说人与环境的矛盾冲突，可以分成人与社会环境之间的矛盾冲突、人与历史环境之间的矛盾冲突、人与自然环境之间的矛盾冲突。

第一是人与社会环境之间的矛盾冲突。什么是社会？就是人与人之间建立的群体、连接和关系。早期对于社会的理解，更多指的是人群。而人的复杂性在群体中则显现出了其另外的一面，比如说荣格曾经提到的“集体无意识”。在不同的社会环境中，“集体无意识”也有所变化。然而个体的特殊性和集体的共同性一直都是矛盾的两方面，长期存在，因此人与社会环境的矛盾冲突也是无时无刻不存在着。然而，为什么不是所有的故事都讲述人与社会环境之间的矛盾冲突呢？因为这类矛盾冲突虽然不能完全消除，但是却可以转化。

我们经常在影视作品中看到这样的情节：人们不满于社会资源分配的不公平，不满于阶级立场的差异性等，可是当人们发现他们的社会正在受外来势力侵略的时候，所有的问题都被眼前最尖锐的外部矛盾所取代；一个超前于时代的人往往不能被当下时代所处的社会环境接受；现实的社会环境迫使原本无罪的人变得有罪，把有罪的人变得无罪。不仅如此，社会环境当时的生产力直接影响着社会生产关系，人物和生产力之间大量的矛盾冲突也在故事中层出不穷。

《红色娘子军》剧本节选[①]

在本县土皇帝、民团总指挥、大地主南霸天私设的刑房和监狱里，一片痛苦的呻吟夹杂着镣铐的声响。

犯人——无辜的农民们，填满了牢房。他们骨瘦如柴，衣破裤烂，周身刑伤，奄奄一息。

在刑房里，有吊在棚上的，绷在墙上的，“坐”在老虎凳上的……

刚刚被抓回来的女奴——琼花，被吊在梁上，瞪着一双火辣辣的大眼睛，刚强地咬紧牙，忍受着瘦小的恶奴头目老四的鞭挞。

恶奴头目老四用公鸭般的嗓音问：“还跑吗？贱丫头！臭奴才！……我问你还想跑吗？奴才！”

“跑！……看不住就跑！……跑！”女奴琼花狠狠地说。

① 梁信.红色娘子军［M］//中国电影出版社.中国电影剧本选集（七）.2版.北京：中国电影出版社，1979：77-78.

老四挥动皮鞭，鞭鞭见血，抽打着琼花。琼花不躲闪也不呻吟，怒视着他。这时，刑房中央的厚木板门被推开了。跟着踉踉跄跄进来两个人：骑白马的“主人”与挑担子的“男仆”。

在上述剧本里，“奴才”“女奴”等就是那个特殊的社会背景下才会出现的人物关系。而在这种情况下，不光是女奴与地主之间的矛盾，还有整个社会制度下的全体女性与社会制度的矛盾。这种矛盾冲突多数情况下不像人与人之间的矛盾冲突那样直接地展示出来，社会背景、社会制度本身就是一种形而上的名词，因此多数情况下会选择有明显社会环境属性的标签化人物之间直接产生矛盾冲突。例如我们在上述剧本中看到的女奴和地主之间的矛盾冲突的展示方式。

第二是人与历史环境之间的矛盾冲突，这类矛盾冲突也经常在影视作品中出现。对于有着五千年文明史的中国来说，经常会出现特殊的历史环境下的故事，而人与历史环境之间的矛盾冲突也就相应地有所展示。比如说战争状态下敌对的双方。韩国电影《欢迎来到东莫村》将这种特殊的历史环境下，喜好和平的人们与战争之间的尖锐矛盾冲突展示得淋漓尽致。影片中大量对于战争的冷思考脱离了敌对双方的矛盾冲突，而将格局放在战争本身与和平者之间的矛盾上，使得影片的主题得到进一步升华。至于展示的方式则多种多样，比如，明明相爱的两人却因为是战争中对立的两方而无法在一起；某种明明可以共享的资源，却因为战争而导致双方谁也无法得到；想回家的士兵却只能在前线打仗；等等。

特殊的人与历史环境之间的矛盾冲突总是透露着当代人对于历史的冷思考，人物因为历史原因而所求不得，所掀起的矛盾冲突十分巨大。这种矛盾冲突更适合在影视长片作品中出现，如需在短片作品中展示，且要展示得淋漓尽致是有难度的。

第三是人与自然环境之间的矛盾冲突，这类矛盾冲突非常好理解。因为人物在自然环境中失去了工具或征服自然环境的能力，进而陷入种种陷阱的影视作品非常多。大量的灾难片以及经典好莱坞时期的西部片和一些动作片大量运用这类矛盾冲突。然而，随着社会的进步，我们看到的影视作品当中，在人物和自然环境的力量配比上不总是自然环境占据上风，有时人物也会占据上风。比如环保问题。

在矛盾冲突当中，最能打动人的、难度最大的展示类型则是人物自身所出现的内化式矛盾冲突。剧本是为银幕服务的蓝本，所有的文字必须都可以外化成视听语言而被观众接收。可人物的内化式矛盾冲突是人物内在的感知，可用文字描述，如果用视听语言展示则需要剧作者在各方面都有高超的驾驭能力。

人是复杂的，而这种复杂势必造成了人性当中各种各样的内化式矛盾冲突。比如，一个人既想成功又不想努力，这样的矛盾在现实生活的人身上极为普遍；被家暴的妻子害怕离开那个暴力的丈夫后无法独立生存，进而在离开与不离开之间左右为难；一个警察或是执法人员发现自己的至亲挚爱参与了某个大型违法活动，会陷入极大的内化式矛盾冲突之中。人与自己的矛盾可以说是当代社会中最普遍也是最容易被忽略，以及最难表现却又十分高级的一种矛盾。

弗洛伊德把人的行为归类到人的潜意识当中，而在潜意识之外是自我和超我，这三者之间往往存在着各种各样的矛盾，然而本体自身却极难察觉。弗洛伊德认为电影就是潜意识的一种解读和重现。比如，电影中经常出现的关于弑父娶母的情节展示。在整个社会的伦理道德之中，这是极其违背人性的做法，但是它却存在于人的潜意识当中，被常年压抑着。当无法压抑的时候，这种潜意识就会以其特殊的形式释放出来。释放出来的弑父娶母的潜意识又受到社会伦理道德的压制，进而在人的思想中形成巨大的矛盾冲突。古希腊著名悲剧大师索福克勒斯在《俄狄浦斯王》中充分展示了这种人类内在的矛盾冲突。

《俄狄浦斯王》剧本节选[①]

歌队长：我们先前知道的苦难也并不是不可悲啊！此外，你还有什么苦难要说？

传报人：我的话可以一下子说完，一下子听完；高贵的伊俄卡斯特已经死了。

歌队长：不幸的人呀！她是怎么死的？

传报人：她自杀了。这件事最惨痛的地方你们感觉不到，因为你们没有亲眼看见。我记得多少，告诉你多少。

她发了疯，穿过门廊，双手抓着头发，直向她的新床跑去；她进了卧房，砰地关上门，呼唤那早已死了的拉伊俄斯的名字，想念她早年所生的儿子，说拉伊俄斯死在他手中，留下做母亲的给他的儿子生一些不幸的儿女。她为她的床榻而悲叹，她那么不幸，在那上面生了两种人，给丈夫生丈夫，给儿子生儿女。她后来是怎样死的，我就不知道了；因为俄狄浦斯大喊大叫冲进宫去，我们没法看完她的悲剧，而转眼望着他横冲直闯。他跑来跑去，叫我们给他一把剑，还问哪里去找他的妻子，是母亲，他和他儿女共有的母亲。他在疯狂中得到了一位天神的指点，因为我们这些靠近他的人都没有给他指路。好像有谁在引导，他大叫一声，朝着那扇门冲去，把弄弯了的门杠从承孔里一下推开，冲进了卧房。

我们随即看见王后在里面吊着，脖子缠在那摆动的绳子上。国王看见了，发出可怕的喊声，多么可怜！他随即解开那活套。等那不幸的人躺在地上时，我们就看见那可怕的景象：国王从她袍子上摘下两只她佩戴的金别针，举起来朝着自己的眼珠刺去，并且这样嚷道：“你

① 索福克勒斯.俄狄浦斯王［M］//埃斯库罗斯，索福克勒斯，欧里庇德斯.古希腊悲剧经典：上.罗念生，译.北京：作家出版社，1998：172-173.

们再也看不见我所受的灾难，我所造的罪恶了！你们看够了你们不应当看的人，不认识我想认识的人；你们从此黑暗无光！”

在剧本中，俄狄浦斯王得知自己是弑父娶母的真凶之后，感到了莫大的羞耻和愧疚。可是还没来得及处理自己的矛盾和挣扎时，他的母亲同时也是他的妻子的死讯传来，看到她自缢身亡，俄狄浦斯在巨大的痛苦之下刺瞎了自己的双眼，并从此流亡。上述段落中充分展示了人物内在的巨大悲苦和痛楚，也充分体现了弗洛伊德所说的关于潜意识的种种论断。由此可见，人的内化式矛盾冲突，也可以说是自我与本我、超我之间的矛盾冲突，在故事的矛盾冲突种类中具有最强大的支撑力。这种矛盾冲突的牢固程度不但可以完善主人公的各项行动动机，更能让故事的感染力得到进一步提升。

有的初学者会询问，如何将这种内化式矛盾冲突通过视听语言的方式展示出来呢？不同于《俄狄浦斯王》这种舞台剧，影视作品可以使用的手段会更多元化，通过细节展示的方式可以将小部分人物内化式矛盾冲突展示出来。比如，如果一个男人在两个女人之间左右为难，那么就可以在剧本中设置这样的画面，这个男人站在两辆车中间，左顾右看，却哪辆车都不上，后面的车在不停地催促他，前面的红灯也变成了绿灯，两辆车的驾驶座上分别坐着两个女人。这样的画面呈现出的主人公的矛盾在观众看来几乎是一目了然。当然，这只是一个简单的例子。当一个人存在巨大的内化式矛盾冲突时，他会在表现上露出诸多蛛丝马迹，比如表情痛苦、做事分神、哭泣等，这些细节足够让观众看到人物的内在纠结和挣扎。而更高级的做法还将这种矛盾冲突表现在人物的情节中，大量的文艺片都有所展示，对于初学者而言，这里就不做展示了。

总而言之，剧本中所阐述的矛盾冲突与我们常规意义上理解的矛盾冲突有相似之处，也有不同之处。在剧本所呈现的故事中，矛盾冲突往往不会以单一的种类出现。人与自然环境的矛盾冲突有可能和人与人之间的矛盾冲突并存，人的内化式矛盾冲突有可能和人与历史环境、社会环境的矛盾冲突并存，这三种类型的矛盾冲突时而共存、时而互相依托，成为因果逻辑关系。好的剧作者是将矛盾冲突贯穿于从人物设置开始到故事结束的全过程，无处不在。对于初学者来说，这样的操作有难度，但仍要在动笔时，时时刻刻提醒自己每一个情节、每一个情节点是否都存在着符合逻辑的矛盾冲突。剧本的奥妙之处便在于此，很多时候它和其他文字体裁不同，有时矛盾冲突不能用文字解释或者绕过，而只有苦思冥想找到其中的唯一通路，一旦找到这条通路，银幕之上自然光彩夺目。

练习：

（1）阅读古希腊戏剧《俄狄浦斯王》，分析其中贯穿始终的矛盾冲突是什么？

（2）从任意一部电影里寻找人物内化式矛盾冲突的表现，并将其复原成剧本形式。

第三节 符合人物需求的障碍设置

在说完了情节和矛盾冲突以后，我们要来说一说这二者之间该如何结合。在情节这个大元素之中，包含着各种各样的变化，而变化却也都万变不离其宗，这就是障碍。很多初学者不理解，为什么自己编的故事就不算故事呢？为什么辛辛苦苦写出来的故事和剧本总是无法吸引人？情节和矛盾冲突的含义能理解，可是一到具体操作上就出问题了。接下来，我们就来重点说一说这方面的内容。

前文我们讲过人物塑造的问题，人物必须有自己的需求，不管这个需求是主动产生的还是被动产生的，这个需求，也可以说是目标，是整个故事的根基，是整个故事之所以成立的缘由。很多初学者不理解，为什么这个缘由如此重要？这就要提到观众心理的问题了，一旦这个缘由不成立，观众无法理解人物的行为时，也就不会接受整个故事。因此人物的目标，也就是需求，是整个故事的基础。当人物产生了一个需求时，就要为实现这个需求而付出努力。因此这个需求不能像吃饭、睡觉这般简单，而一定是目前人物所不能立刻实现的，且不能简单实现的，但又不能永远无法实现。当人物努力克服障碍时，这个目标是有实现的可能性的。注意，我这里一直反复强调可能性，也就是说创作者设置的结局可以让人物实现自己的目标，也可以不实现自己的目标，具体情况具体分析，不能一概而论。那么接下来的问题是如何体现人物是努力在前往目标的路上呢？这就涉及障碍的设置了。

一、当人物有了需求之后，障碍必须是阻挡人物实现需求的

很多初学者在完成了动作主线的设定之后，就不知如何进行下一步了。很简单，给你的人物设置障碍。而这个障碍要围绕着人物的需求来设置。比如说，一个穷学生想去国外旅行，根据这个需求，我们设置障碍的思路可以这样进行。比如，去国外旅行需要什么样的条件？钱、护照、签证等，我们在设置障碍的时候就可以针对这些条件来想办法。主人公是一个穷学生，那么旅行的钱他是如何获得的？护照的办理虽说简单，但我们也可以设置复杂的过程让他迟迟拿不到护照。对于签证，我们可以让他在办理签证时遇到诸多的麻烦。这样一个穷学生想去国外旅行就可以延展成为一个发展变化的过程，而这个过程就是我们常规意义上讲到的剧本中的故事。

有的学生在动作主线设定好之后也想设定障碍，可是他总是不明白那些副线人物要怎么加进去？想让主人公谈恋爱却发现不知道怎么在故事里安排？亲情的矛盾冲突也想表现，但不知道怎么表现？这就涉及

你在设置矛盾冲突时的个人思路问题。所有的副线人物要怎么放到主人公身边呢？很简单，可以是帮他的人，可以是阻碍他的人。在故事中，观众口中所说的大反派其实就是主人公的阻碍力量角色，主人公和大反派有对立的目标，无法同时实现，因此产生了巨大的矛盾冲突。主人公必须战胜大反派才能实现自己的目标。在这个过程中，他可能需要帮助。而大反派为了实现自己的目标也可能需要别人的帮助。因此你在设置障碍，甚至想要添加一些副线人物或者情感线索时，先要问问自己，这个设置究竟是帮助主人公实现目标的还是阻碍主人公实现目标的。如果要帮助，那么主人公遇到什么样的障碍才需要他的帮助？如果要阻碍，那么他做了什么或是经历了什么会阻碍主人公实现自己的目标？

在《智取威虎山》中，杨子荣的目标是潜伏在威虎山帮助外围的部队攻下威虎山。所以在电影中，我们看到杨子荣首先需要潜伏在威虎山，既然要里应外合，如何“里应”成了他下一步要解决的问题，于是我们看到杨子荣把威虎山上的地形图传递了出去，并选好了偷袭的地点方向。另外，在本片中出现了两种阻碍力量，第一种是来自反派人物座山雕手下的土匪，他们一次次试探、陷害，希望在保全名声的同时杀掉杨子荣；而第二种则是来自这一版《智取威虎山》改编出的一个被座山雕抢到山上的无辜女人，她唯一的愿望就是和自己的儿子团聚，所以当她知道杨子荣的真实身份后不断地要求杨子荣带自己去见儿子，但是这让杨子荣差点儿被座山雕以勾引嫂子的罪名杀掉。这样的障碍设置都有一个重要的作用，就是阻止杨子荣潜伏甚至“里应”。

很多同学也许会问，那这些设置放在剧本中要如何呈现，这一点我们在后面的章节中会提到。我们现在要说的是，这些阻碍什么时候应该设置好，那就是在动笔之前。当我们确定了一个人物的需求之后，脑子里就应该产生一个问题，应该用什么方法阻碍他实现这个需求呢？

二、人物在遇到障碍时必须和障碍发生对抗，进而产生矛盾冲突

在故事中，我们将精力集中于那一瞬间，且仅仅是那一瞬间，人物在那一瞬间采取行动，期望他的世界做出一个有益的反应，但其行动的结果却是引来了各种对抗力量。人物的世界所做出的反应要么与他的期望大相径庭，要么比他期望的反应更为强烈，要么二者兼有。[①]麦基在他的《故事：材质、结构、风格和银幕剧作的原理》一书中阐释了人物在采取行动时所制造出来的对抗性。诚然，我们在生活中的大部分情况下会避免障碍的出现，当障碍出现时，我们多数情况下会衡量与之对抗的代价，如果代价过大，我们通常就会放弃或采取很小的行动。但是对于剧本中的故事而言，人物必须和眼前所面临的障碍发生对抗。那么问题是如何能让人物在逻辑合理的情况下必须与障碍发生对抗呢？我们可以为其添加生活中不太可能会出现的一些条件限制。

1. 客观环境的约束性

我们可以回忆一下前文提到过的关于人与环境之间的矛盾冲突。当人物对抗的动机不充足时，我们可以通过对环境进行设置加强他对抗的推动力。人物发出的每一个动作都必须在一定的空间里进行，我们在生活中的空间通常没有那么多限制，但是在影视作品的故事中不同，我们会为了让故事更精彩、加强人物的动力而设置客观环境。因为任何人物在特定的客观环境里都有其短板，而这个短板会促使他不得不面对障碍做出对抗，如果为这种对抗加大难度，故事的精彩度自然也会跟着上升。例如，当一个人在生活中遇到犯罪情况时，大多数人会选择报警，可当客观环境发生改变，这个人既不能报警也不能逃走，在需求的诱惑下，

① 麦基.故事：材质、结构、风格和银幕剧作的原理［M］.周铁东，译.北京：中国电影出版社，2001：170.

这种犯罪情况只能逼着他和其发生对抗进而产生冲突，推动故事向前发展。

2. 人物关系障碍的不可逆性

这里涉及一个大难题需要解决，那就是亲情、友情、爱情的设置要如何配合主线？如果是阻碍力量，我们又该如何设置？当人物需要和障碍发生对抗时，如果动力不强，我们可以在人物关系上做手脚。比如，使用这种情感关系所引起的内在驱动力。当一个人十分胆小，不敢冲进一个很危险的地方时，你可以设置成让他很在意的人在这个危险的地方，那么他要去这个危险的地方就充满了可行性。而这种人物关系障碍一定是不可逆的、不能让主人公放弃的，否则这样的动力就不存在。

3. 时间的制约性

在故事中，时间是一个很有效的制造紧张感的方法。在生活中，很多人都有拖延症，当一些事没有截止日期，似乎很难和那些有截止日期的事情同等重要。这就说明时间在生活中起着重要的推动作用，同样，在剧本的故事中，时间也可以是一个重要的限制条件。一个小时、一天、一个月等都可以成为主人公必须和障碍进行对抗的有利条件，时间制约了一个人很多的趋利性，迫使人物在时间的制约下行动。并且，时间的制约性还可以使用某种特定的时刻，当这种时刻出现时，主人公就会陷入困境。比如西方关于狼人的影视作品，传说人在月圆之夜会变成狼，那么月圆的时刻就成了让人陷入困境的特殊时刻。所以，时间所带来的制约性可以有效促使原本的动力变得更强，同时还可以营造出一种特殊的紧张气氛。

三、人物在对抗障碍时，需要将故事按照走向进一步推进，冲突级别不断提升

在故事中，人物产生了需求后，为了实现这个需求就会不断努力。

然而这份努力往往带有某种预期的估值，也就是说，我们在努力之前会先做一个预估，预估我们做到多少才会得到我们想要的结果。在现实生活中，也经常能证明这种预估常常是准确的。比如，我们努力学习，所以考上了我们想去的学校；我们花了足够的钱，所以得到了我们想要的服务。然而，有的时候，我们的努力在现实中得不到我们预估的结果。比如，我们努力学习了，却依然没能考上我们想去的学校；我们花了足够的钱，却发现这只是一场商业骗局。这个时候，不同的人往往会陷入不同的情绪中，有人会责怪自己，有人会埋怨别人，有人会选择继续，有人会选择放弃。在剧本的故事中，我们当然也可以这样设置，人物不能放弃，那么就只能选择继续，只是继续需要付出更大的努力。麦基在其著作中提到过“主人公的第一个行动已经激发了对抗力量，阻挡了其欲望的实现并在预期和结果之间横亘了一道鸿沟，粉碎了他对现实的幻想，使他与世界处于一种更大的冲突之中，并把他推向了更大的风险……现在，他必须采取第二个行动，一个更困难更冒险的行动，一个与其变更了的现实观相一致的行动，一个立足于他对世界的新的期望的行动”[①]。

而每一次人物的行动都会激发起他更大的潜力，进而去战胜更大的障碍，冲突的级别进而能够不断提升。在故事中，人物面对障碍的初期努力可能并不起眼，然而这并不起眼的小努力却激发出了更大的障碍，引来更大的麻烦，迫使主人公付出更大的努力去对抗。这样的对抗所产生的冲突一个比一个强烈，级别不断提升。最终使得主人公面对实现需求的过程中最终极也是最核心的矛盾冲突点。

障碍可以说是矛盾冲突的一个重要组成部分，而设置任何障碍都要从人物的需求、背景以及性格特点等出发。电影《保持通话》翻拍自美国电影《一线生机》，在这次改编里，《保持通话》有一个改动可以说非常成功。

① 麦基.故事：材质、结构、风格和银幕剧作的原理［M］.周铁东，译.北京：中国电影出版社，2001：177.

在《一线生机》中女主角的职业被设置成生物老师，然而这个职业和其之后的动作关联性不大，甚至还让观众质疑一个生物老师怎么会对电路如此精通。而《保持通话》做了进一步的改编，女主角不再是一个生物老师，而是一个电路工程师，那么她之后所有的对抗都有了合理性。当然，符合人物需求的障碍设置有很多方面，但只要从人物出发，障碍的设置就会使得故事的发展更加精彩。

练习：

观看电影《保持通话》，分析女主角的需求是什么，都遇到哪些障碍。

第四节　开端、对抗、高潮、结局

我们在第二章里曾经介绍过“三段式”的操作法，在那一部分中，对于一个影视作品的大结构仅仅是简单介绍，并没有详细展开。在阐述了人物、情节等剧本所需要的思路、知识以及操作方法后，我们将详细解释“三段式”的内容。

和前文所述一致，我们在这里只讲传统的好莱坞式剧作体系，其中的更新变化不适合初学者，因此就不赘述了。对于传统的剧作方式来说，“三段式”的内容还可以被拆解为更多的模块：开端、对抗、高潮和结局。每一个模块都有属于自己的格局和操作方法。而之所以这样拆分，是为了让初学者更好地掌握关于故事结构的搭建方法。当人物、动作主线相继设置完成之后，情节、情节点、矛盾冲突、障碍都要如何有机地放进动作主线之中就成了我们这一节需要解决的问题。

首先，我们了解一下什么是开端。电影剧本结构的定义是：一系列互为关联的事变、情节和事件按线性安排，最后导致戏剧性的结局。这就意味着你的故事是从开端向前发展直到结尾。[①]故事的开端往往决定着观众或者看到剧本的人会不会对这个剧本产生兴趣，以及决定着故事的基本走向。有个成语叫“始乱终弃”，这个成语放在剧本上也依然成立，只不过与情感无关。为什么叫“始乱终弃”呢？因为开端部分如果没有提前谨慎地规划和布局，到后来就很可能会产生各种各样的问题，最终导致整个故事被弃置。有的剧作书里将开端作为开场来命名，认为“开场要初步介绍全片的基本情境”[②]。开场要完成的任务是多方面的：要交代时间、地点，给出人物关系的起点；交代人物的生存状态，提供主人公的例证性动作，暗示风格体裁的特点；交代先行事件……它们涉及总情境的所有内容。万事开头难，一个好故事的开端是吸引观众的第一步，很多初学者在开端部分出现了很多问题，下面我们来看看开端到底要如何操作。

1. 与结尾并存的思维结构

开端也被称作建置部分，所谓建置就如同一座高楼大厦的地基，地基打得牢靠，后面的楼才能盖得扎实。所以，在开端时我们就要想好故事的结尾。比如一个人开始了寻找之路，那么他最后找到的东西究竟是什么，要在开端时就想清楚，并且在开端建置时就要为结尾做好铺垫。“动笔之前，你头脑里一定要有一个清晰的结局，它是剧本的来龙去脉，可以使结尾恰到好处。”[③]我们在生活中常有这样的经验，在我们要实现一个目标的时候，往往会制订一系列计划，这个计划明确地告诉我们第一步要做什么，第二步要做什么。但是很多初学者面临的问题是由于过于年轻，所以未曾为自己的目标好好计划过什么。如果你的人生是踩滑板一般的人生，走到哪儿算哪儿，那你可能无法理解我说的计划是什么意思。如果你曾经尝试去努力获取一些你不那么容易得到的东西，你就能理解我说的意思

① 菲尔德.电影剧本写作基础：从构思到完成剧本的具体指南［M］.鲍玉珩，钟大丰，译.北京：中国电影出版社，2001：64.

② 杨健.拉片子：电影电视编剧讲义［M］.5版.北京：作家出版社，2013：3.

③ 菲尔德.电影剧本写作基础：从构思到完成剧本的具体指南［M］.鲍玉珩，钟大丰，译.北京：中国电影出版社，2001：70.

了。任何事情，只要看准目标，制订计划，就有实现的可能性。对于故事来说，也是如此。

我们在制订计划时，都会评估整个事件的走向，并且内心期待这个目标得以实现。故事也是如此，而开端部分就是我们计划中的第一步。这一步很关键，因为这一步是你朝着内心期待的目标前进的第一步，而不是随随便便的一步。所以提前想好故事的结尾，对于开端的设置来说至关重要。

回归到思路上来，一个故事甚至一个剧本的开端同时预示着这个故事的结尾，很多初学者刚开始写剧本的时候常会问这样的问题，为什么我总是写到一半就写不下去了呢？或者拍到一半感觉要重拍了呢？因为你在事先没有想好故事的主结构，同时也没能在故事的开端想到故事的结尾。从开端到结尾是一个过程，所有的影视作品都是一个过程。我们要学会确认这样一件事：当我们给了一个故事开端时，要如何带领主人公走向我们预设好的结尾。

2. 背景介绍带来故事发生的真实感

开端部分要将故事发生的时代、地点交代清楚。这种交代不是单纯地提到，而是要将其特殊的部分展示出来，比如这个时代有什么特殊性，这个地方有什么特殊的风俗等。这是对一个故事最基本的叙事要求，影视作品中的故事就是要观众了解整个故事的始末，而对于故事的时代背景交代以及地点交代可以使观众对于自己即将看到的故事有一个初步的预估。

比如，当观众看到一个以宋朝为背景的故事时，就不会期待这个故事里有什么高精尖的技术手段，他想看的更多的是这个久远的王朝所带来的神秘感以及陌生感。当观众看到一个发生在20世纪80年代中国的故事时，不会期待这个故事里会出现高档华丽的童话故事。每一种时代背景和地点的交代都会将一种预期提前带给观众，时代和地点的特殊性会让观众对故事的发生有一种预判，当故事的发展达到甚至超越了他们的心理预期时，整个故事就是成功的。

除此之外，交代故事的时代以及地点背景还能将故事的发展锁定在特定条件内，为之后人物的行动、情节的架设带来有效的铺垫。

3. 主要人物的亮眼出场

主要人物是吸引观众的重要基础，观众认同了人物，愿意关注人物的命运走向、情感走向，才有看下去的冲动。因此开端部分，主要人物的出场至关重要。通常主要人物的出场包含以下几个方面的要求。1）主要人物的性格特点，也就是我们在之前提到过的人物性格中被放大到极致的特质。比如有的影视作品的人物一出场就和别人不一样。电影《这个杀手不太冷》中杀手莱昂的出场是正在接一个刺杀工作，目标确认、执行。整个过程流畅、干脆，一气呵成，当中有一个细节把莱昂的特点展现得淋漓尽致。在整个刺杀过程中，当莱昂将目标控制住后，一个披着被单的女人惊恐地走出来看着这一幕，莱昂并没有像观众想象的杀手那样对于看见他的人全部杀了灭口，而是默默地看着这个女人离开，然后继续执行任务。这个看似冷血的杀手就这样若无其事地放走了一个女人，后来我们知道莱昂做杀手的“三不杀”：老人、女人和孩子。而莱昂的这个细节也充分展示了他作为主人公的一个重要特点：工作原则高于一切。因此，我们要在开端部分就展示出人物最与众不同的那部分特点，并把它深深地刻进观众的脑海里，让观众对你的主人公产生极大的兴趣。2）主要人物的原始平衡力量，在传统好莱坞剧作要求中，人物在故事发展之前都会在原有的生活里获得各种力量的平衡，直到一个强事件的出现打破了这种平衡。而在开端部分，我们要描述主人公现有的生活到底有什么样的平衡。很多初学者会好奇，是否要将主人公的所有生活细节全描述一遍。这当然不行，这么枯燥乏味的开头，谁还会继续看下去呢？因此，我们只要描述主人公即将被打破的平衡力量即可。在电影《哈利·波特与密室》中，年幼的哈利·波特父母双亡，被自己的姨母收养，可是却过着艰苦的日子，住在阁楼之中被表哥欺负，忍受姨母夫妻的欺凌和歧视，最重要的一点是他一直认为自己的父母是车祸去世。直到魔法学院的录取通知书飞来，这些原有的平衡通通被打破。哈利·波特离开了这个欺凌他的家庭，去到一个神秘的魔法世界。3）主要人物的周边关系的起点。在所有的故事中，人与人之间的关系可以说是所有矛盾冲突的起始，有一句俗语叫“有人的地方就有江湖”，对于影视作品中的故事来说，人与人之间的关系本身就存在矛盾冲突。我们在前文提到过，在设置障碍时要符合人物的需求，而在设置其他人物关系时，要么阻碍人物实现需求，要么帮助人物实现需求。而这些必备的人物关系要在开端部分以制造矛盾冲突的手法展示出来。

4.交代整个故事的起因

我们在讲述情节的相关内容时反复强调过，整个故事是靠因果逻辑连接起来的一系列事件，那么最初的起因就要放在开端部分交代清楚。在一个符合逻辑的故事里，所有的事件都不是无缘无故地发生的，任何偶然性的背后都包含着必然性才是一个剧本故事及格的表现。那么整个故事最初的起因究竟是什么？在这里，我们必须提一下前文提到过的人物的内在驱动力。任何意外或者突发事件等偶然事件的发生都和人物自身的属性有着密不可分的关系。一个胆小懦弱的学生容易碰到校园霸凌，一个正义感极强的人容易四面树敌。性格决定命运，而人物的命运决定着整个故事的走向。因此，我们可以这样说，一个故事最初的起因就是你最开始的人物设定。

有了人物设定，他的生活中各种力量的平衡也就显而易见了，同时他所处的时代背景、地点特性也就有了来历。主人公是否和环境发生冲突也是创作者要考虑的问题，而是否发生冲突，要看创作者本身对于目标的诉求了。当我们将这些一一按照因果逻辑的顺序排列好，接下来要思考的就是如何让这些描述产生矛盾冲突，明确了这一点后，整个故事的开端就会看起来丰满多了。

当故事的开端把关于故事的一切前提条件都一一阐明，并且运用各种各样的细节处理手段使得故事的开端或惊悚，或悬疑，或幽默，或悲怆，这个时候故事的题材走向也就形成了，观众会带着自己对同类型影视作品的审美预期来观看接下来的发展走向，而我们也就完成了建置部分的全部内容。

其次，故事进入对抗阶段。何为对抗？我们在前文已经说过，一个合格的故事，矛盾冲突无处不在，而矛盾的双方总是在对抗的。就算旧的矛盾解决了，新的矛盾也会随之产生。我们经常能看到国外的一些剧集可以无限地编下去，原因就在于此。矛盾不断产生，对抗也就不断产生。根据好莱坞剧作体系，整个故事的对抗阶段也被细分为不同的阶段，而每一个阶段都是通过对抗将情节不断向前推进。

1.开端过后，整个故事进入激励事件所带动的不可逆的方向中

在麦基的《故事：材质、结构、风格和银幕剧作的原理》中，他这样写道："在故事开始时，主人公或多或少地生活在一种平衡的生活之中。他也有成功失败，也有兴衰浮沉。可谁没有呢？但是，生活相对而言还是可以控制的。然后，也许在突然之间，一个在任何意义上都堪称决定性的事件发生了，彻底地打败了这种平衡，将主人公生活现实中的价值钟摆或推向负面或推向正面。"[①]在这部著作里，他用了大量的例子来论证这一理论。这个理论在实际操作上是非常实用的，在本书中我们要进一步解释这个理论。

我们先来看一下什么是生活中的平衡，大部分人的生活都会出现某种模式，也就是我们每天习惯做或者必须做的事情。学生每天上学、放学、回家、玩耍、放松。学生的平衡在于学业、家庭和自己的娱乐之间的平衡，平时虽然也是矛盾重重，但正如上述所说，基本上是可以控制的，因为这几种平衡形成的环境对学生而言是熟悉的，熟悉带来安全感，安全感意味着稳定以及可控。然而，当其中一项平衡力量失去或者增加的时候，这样的平衡就会被打破，主人公生活现实中的价值钟摆或推向正面或推向负面。这后半句话说的是人的天性，人对熟悉的环境有安全感，因为对周围可控。而当熟悉、安全和可控都不复存在的时候，随之而来的是愤怒、

① 麦基.故事：材质、结构、风格和银幕剧作的原理［M］.周铁东，译.北京：中国电影出版社，2001：222.

恐惧、焦虑、好奇等。而这样的情绪在心理学上原本并没有好坏之分，然而落在具体的事件上来说，这种情绪会促使人做出改变。比如一个学生突然失去了家庭的庇护或者失去学业，那么随之而来的情绪会促使他的价值钟摆开始向一方倾斜，而这种倾斜则视人物性格、成长环境及其所处的现实环境而决定。比如一个素来勇敢的人，在骤然失去家庭时，会勇敢地正视痛苦，面对现实，走出痛苦，让痛苦成为历练，从而成长为更好的自己；而懦弱的人，不愿意走出痛苦，为了逃避而将注意力转移到仇恨上来。具体的环境也会造成倾斜的不同。比如，懦弱的人如果遇到一个帮助他的人，那么他的懦弱就有可能会被改变。

从上述内容中我们可以看出激励事件的作用，也可以说是作为激励事件的条件。并不是所有的事件都可以作为激励事件，比如一个惯偷，经常被警察抓，那么他如果偷东西再次被警察抓到，就不能作为激励事件，因为这是他的常态，被抓在他的控制范围内，他知道自己在监狱里会是什么样，知道自己如何在这种情况下生存。因此激励事件必须可以打破原来生活中的平衡。

人原有的生活平衡被打破之后，整个故事就会被推向一个不可逆的局面之中，因为被打破的平衡往往在短时间内无法恢复。按照哲学的含义来说，过去发生的事会对现在有所影响，所以现在永远无法成为过去，过去也永远无法成为现在，人也无法回到过去。国内外有很多关于时间不可逆的名言警句，都在说明当时间成为一种向量而不是矢量的时候是不可逆的。原有的生活平衡被彻底打破之后的时间节点就是我们前文提到过的情节点，激励事件产生后，人物就进入了一种混沌和动荡之中了，这种混沌和动荡无法逆转，因此故事不得不向前发展。

有些激励事件是被动的，有些激励事件是主动的，即主人公主动发起的，接下来为了给大家一些思路上的启发，我把常见的激励事件给大家做一个总结。初学者在掌握了技能以后，需要摒弃常规，拓展创新：1）突发性的天灾；2）突发性的人为事件；3）主人公所引发的事件；4）致命的错误；5）定时出现的隐患；6）将主人公卷入的人或事件；7）悬念设置；等等。初学者在学习设置激励事件的时候，可以尝试将自己的事件和上述情况做对比。

2.激励事件发生后，主人公会生出一种必须发出动作的动机，促使他不断地发出动作

在一片混沌的局面中会生出种种情绪，而不管是正面的还是负面的情绪，都需要迫使主人公生出一种动机，使得主人公不得不进行接下来的动作。我们来回顾一下《智取威虎山》这部电影的激励事件。解放军来到东北的林海雪原与各种土匪搏斗，保境安民是一种常态，那么它是如何让威虎山这些土匪成为激励事件的呢？这源于故事的铺垫，电影中指挥官少剑波带领的士兵人数不多，只能对付少量土匪。可是，威虎山上的土匪下山打劫的时候却发现了少剑波这支部队的存在。威虎山是当地最大的土匪窝，人多，军火也多，座山雕又是个老奸巨猾的人，少剑波所带来的部队如果正面迎敌胜算极低。

因此，片中一个激励事件就是威虎山的土匪下山打劫，解放军为了搭救当地老百姓和威虎山的先头部队爆发了激战，但是却让活口逃了回去。由此激励事件设置完成。这个事件打破了解放军在村子里隐藏行军的平衡，进而陷入了一种混乱之中，这种混乱一是部队暴露，二是让百姓陷入了危险之中。少剑波的部队要么扔下百姓离开，要么就要对付威虎山上的土匪，然而如果部队迅速转移，那么当土匪报复的时候，老百姓将会遭殃。因此这个激励事件所带来的一个动机就是，少剑波的部队必须在敌我力量非常悬殊的情况下，攻破威虎山。

如果当初没有和威虎山土匪的那次遭遇战，部队很有可能仅仅是路过，可既然遭遇战发生了，那么部队就必须发出动作，产生一个目标，并且为了这个目标而努力。而正因为有了这样的激励事件，才有了之后在敌我力量悬殊的情况下，英雄杨子荣的威虎山卧底，最后才有了智取威虎山。

首先，这个动机必须是坚不可摧的，并且是不可躲避的。如要完成这样的目标，则需要人物性格设置上的配合，同时也需要激励事件以及各种背景的配合，将主人公所有的出路悉数堵死，使得主人公有且只有一条路可走。其次，这个动机必须要强，否则，主人公是可以在危急时刻放弃自己的动作主线的。最后，这个动机还必须符合逻辑，使得观众对这样的动机可以感同身受，不管是从情感上还是从其他方面，都对这个动机非常认可，进而认可主人公接下来的行动。

更高级的做法则是激励事件产生后，不仅使主人公产生了不断发出动作的动机，而且迫使其他人物做出反击，甚至和主人公产生相互矛盾的动机。二者之间的矛盾冲突在激励事件之后随即产生，互相咬合，不断对抗，双方过招有来有往，有胜有负，进而不断推进情节发展。很多初学者在刚开始创作故事的时候，也是按照要求设置激励事件的，可是到了后期却发现这个事件根本与后续的故事无关。这也是初学者常犯的错误，激励事件必须和整个对抗阶段息息相关，有可延续性和可发展性才可以。由此，激励事件才可以成为轴承，不断推进情节向前发展。

3.情节在激励事件产生后进入矛盾逐步发展的阶段

在整个对抗阶段，激励事件产生以后，主人公产生了后续动作的动机，并且使得整个故事处在一个不可逆的局面中，进而将故事送入矛盾逐步发展的阶段。我们之前反复强调过，影视作品本身是一个发展的过程。因此矛盾逐步发展的阶段是整个对抗阶段最重要的部分。很多初学者或者对剧作思维不熟悉的同学总是出现这一部分内容混乱、线索不清晰、结构不明确甚至编不出来的情况，主要原因是对于这部分内容的安排没有合理的思路和适当的方法，下文我们要讲述几种常见的思路和方法。

（1）在矛盾逐步发展的阶段，首先要注意人物性格和事件的匹配性。

在主人公经历了激励事件之后，他的性格以及各种客观条件限制会迫使其产生动机进而发出动作。而主人公每发出一个动作都可能会引发或大或小的后果。而如何判断这样的后果，则需要主人公的内在决定。我们在前文已说过人物设置的方法以及思考人物的思路。“性格的不断发展和形成的内部因素是性格矛盾的不断发展和推进，而性格的矛盾又包括了性格自身的矛盾及性格之间的冲突这两个方面。”[①]因此在激励事件之后，主人公有了目标之后，他发出的每一个动作都需要根据自己的性格来引发后果。

我们在落笔编故事的时候，头脑中要将自己设置的人物放在最主要的位置上，人物发出的动作必须符合人物的特点。所以我们的人物在发出第一个动作时，必须符合逻辑，且要符合人物性格。

（2）人物发出动作之后会引发后果，继而使得人物再次发出动作，由此层层推进。

不管什么样的影视作品都是在特定的时间段内演出完成，而所有的观众会在这个时间段集中自己全部的注意力。因此就需要故事的情节联系足够紧密。每场戏之间都必须有相应的联系。很多初学者会犯一个错误，就是无法将小说性的逻辑形成画面。很多人就算学会了视听语言，但是依然无法将自己想要表达的东西变成画面，这样的后果就是矛盾冲突断裂，很容易让观众出戏。因此，我们在设置矛盾发展部分的时候要注意，当主人公遇到激励事件之后，他发出的每一个动作都要引起相应的后果，而这个后果必然不是他所期待的，往往是出乎意料的，不在他控制范围内的，这个后果也可能是矛盾的另一面更激烈的对抗。

在此之前，我们要做主人公的军师，在主人公产生了实现目标的动机之后，思考他在他的内在特点驱使之下会最先达成哪个小目标。当主人公费尽心力达到这个小目标的时候，我们要做主人公阻碍力量的军师，去想这个时候如何阻挠主人公，并且是由主人公的动作引发的更大的阻挠。主人公在面对更大的阻挠时不能退缩，他要将他性格中的弱点克服，进而调动起自身更大的能量去战胜更大的对抗。

（3）在矛盾逐步发展的过程中加入的新人物、新事件要前后相互勾连，

① 汪流，等.电影剧作概论［M］.2版.北京：中国电影出版社，1997：247.

层层递进，巧妙设置悬念和紧张感。

在人物发出动作后，会引起一系列后果，这个后果可以牵扯进某个人或者某些人，这个人或这些人可以是帮助他对抗阻碍力量的人，也可以是给主人公加强阻碍的人，新人物出现势必会引发新的事件。而新的事件又会对主人公的动作产生影响，从而对接下来的后果产生干预。由此，新旧事件前后相互勾连，层层递进，环环相扣。而在人物和阻碍力量对抗的时候，也可以通过巧妙地设置悬念和紧张感来加强节奏感。

《拉片子——电影电视编剧讲义》中对于电影《空军一号》的矛盾逐步发展阶段的分析可以作为参考。

发展部分由两条叙事主线构成：空中枪战和白宫救援。天上与地上，交叉讲述，加强了叙述的节奏感。与此同时，还引入一系列新因素：白宫内部的权斗、战斗机护航、直升机营救、空军基地组织营救。

《空军一号》在德国军用机场迫降的一段戏，编导有意提供了劫匪的体验和视角，既有塔台调度员的主观镜头，也有劫匪驾驶员的主观镜头。这种多元的叙述立场以及相互对立的主观镜头形成了对同一事件的多角度描述，扩展了事件的思想和情感内涵，为观众提供了富有意味的思考空间。西方电影的多元化叙事，是在多元文化环境下形成的。这种多元化视角不仅体现在影片开头的具体处理上，也体现在整部影片的情境设置和情节安排上（如叛军领袖雷特之死的段落，采用了“最后一分钟的营救”的模式）。[①]

初学者可以参考一下这部电影中对于矛盾冲突层层递进的安排和设置，对于故事梗概的写作以及情节的设置有非常大的帮助。

在对抗阶段，整个故事的人物关系、人物情感、矛盾冲突的层层推进，以及矛盾冲突不可调和的准备都已经设置完毕，所有的人物会在最后一个阶段到来之前进入一个特殊的情境之中，这个情境就是所有的人物都无法回头，都将面临一次最艰难的对抗。线性叙事的主要结构和故事大部分内容也已讲述完毕，而观众最期待的部分也即将到来。

---

① 杨健.拉片子：电影电视编剧讲义［M］.5版.北京：作家出版社，2013：16-17.

再次，故事经历到对抗阶段的极致时，就进入了整个故事的高潮部分。

对抗阶段最关键也是所有动作的最后部分就是高潮部分。这是整个作品中最值得期待的部分，也是最能吸引观众眼球并且最能刺激观众审美情趣的一部分。所以对于高潮的设置，在剧本的具体写作过程中也被称为“重场戏”。从这一部分的重要性恰恰也可以看出这一部分在全片创作上是最难的。初学者在创作故事的时候，经常会平铺直叙到底。然而这样的故事和剧本往往给人一种话没说完、如鲠在喉、隔靴搔痒的感觉。所谓的戏剧性冲突，就是一步步把作品当中的所有人物推到一个矛盾冲突的制高点。“剧作家的主要困难是在于寻找一个这样的激变：这种激变的结局既能满足剧作家的良心，又能满足戏剧效果的要求。”①

在每一个高潮到来之前，主人公及其所在的阵营都会陷入一次近乎绝望的困境之中。这种困境让主人公及其所在的阵营陷入前所未有的危机。而这种绝望并非逼迫主人公放弃，而是要让主人公背水一战，同时也制造了紧张的气氛，让观众为主人公的命运感到揪心，这是高潮到来之前的重要准备。接下来，我们以《红色娘子军》剧本选段为例，来看它的危机部分是什么样的。（这里的段落因为是书中所记录的剧本，不代表现在市场上使用的剧本格式，本书出于尊重原书的考虑，摘录时运用其原本的格式，请读者只需参看内容即可）

《红色娘子军》剧本节选②

在常青同志就义的大树前，肃立着琼花、小庞、背着小娘子军的红莲、大姐，以及所有娘子军战士们。

---

① 阿契尔.剧作法［M］.吴钧燮，聂文杞，译.北京：中国戏剧出版社，2004：273.

② 梁信.红色娘子军［M］//中国电影出版社.中国电影剧本选集（七）.2版.北京：中国电影出版社，1979：75-77.

人们怀着新仇旧恨向自己敬爱的领导者常青烈士就义的地方，宣誓告别：

全队怒吼："我们宣誓！"

琼花："虽然我们只有二十几条枪，五十几发子弹，也要拖住南霸天的腿！在他的逃路上，节节阻击，拖住他三百民团！就是头断血流，坚决完成任务！"

全队宣誓："坚决完成阻击任务！"

琼花用常青同样的动作，从左上衣口袋中掏出那块老式怀表，看了看，抬头对着娘子军："绕过椰林寨，在塞北八里岗打第一枪！"

娘子军在大风落叶中逆风前进。

森林中的群猴惊逃。

娘子军在瀑布下疾进。

琼花："前边就是椰林寨，绕过去，跑步！"

娘子军跑步前进。

突然一声叫："娘子军！"

琼花猛止步。全队止步。

阿菊趴在地上，伸出流血的手，伸向娘子军：

"姐姐们！快救……快救椰林寨！"

娘子军围着阿菊，大樱抱着她。阿菊给娘子军带来一个意外的不幸消息："南霸天，把左近几十里的……叔伯们……男人都抓去了，……阿爹也叫人捆去了，……快去救呵！"

琼花奔出画面，红莲急忙跟去。

还是侦察时与南霸天狭路相逢的那个山坡。一切情景仿佛重演了：琼花手攀果树向前方望去。火光在她脸上闪跃、跳动。前方——

椰林寨大火。有一二百人的一支民团队伍，急急开进我们所熟悉的椰林寨南门。

民团武器精良，刀枪明亮。

一排张着嘴的机枪枪口。

民团队伍经过小广场。

南府门前小广场上，有几百被捆的农民，被民团团丁们弓上弦刀出鞘地包围着。

广场四周和镇内到处散布着哭号的女人、孩子。

民团还在到处烧房、抓人。

大火。

在案例中，我们看到主角所面临的极致困境：精神领袖的牺牲、队伍人数稀少、武器落后，但是任务必须完成，只得背水一战，而且他们又遇到村落被屠。这样的设置将主人公所在的团体被逼到了绝境。而让观众期待的就是面对这种绝境时，主人公是如何破解的。从案例中我们还可以看到，推主人公上绝境的不止一件事，而是多个矛盾冲突的层层递进式发展，将主人公及其所在的团体逼到不得不与最强大的阻碍力量做终极对决，并且敌我力量非常悬殊。

在主人公带着比对手孱弱的力量和对抗力量进行终极对决时，就是高潮的到来。所有的爱恨情仇被推到了极致，所有人物的主观动机也被推到了极致，如果没有形成这种力量那么高潮就无法如期而至。

而在高潮部分，主人公的目标能否达成也会有结论，所有的矛盾冲突要在高潮部分集中爆发，并且得到解决，集中是高潮部分最重要的特点。同时，高潮部分也是整个故事中最刺激的时刻。人物性格也要在这部分中变得完整。如果你的作品是一部短片，那么高潮部分的出现可能仅限于两场戏左右的体量，一个大型事件的冲击就足够，但是在长片中，高潮部分也需要起承转合。观众经常会在看到电影高潮部分的时候发现，主人公一开始几乎没有任何胜算，但是在最后一刻往往能翻盘，赢得胜利。而之所以这么操作，就是为了在高潮部分不断地设置悬念和紧张感，将观众的期待值先压到最低，才能在转合时让观众有惊喜。

有时候，主人公在危机到来之前会有一次战胜障碍的短暂喜悦，而主人公在这个时候越是喜悦，意味着随之而来的危机越大，高潮的对抗也就越激烈。“高潮的位置取决于高潮动作的长度。一般而言，危机和高潮都是在最后时刻才发生的，而且发生在同一场景。”[①]这是麦基在《故事：材质、结构、风格和银幕剧作的原理》中特别强调的，意味着高潮和此前的短暂喜悦和困境都到了整个故事的极点，也是主人公的终极目标。比如说在电影《空军一号》中，在整个高潮到来之前，总统救出了飞机上的人质，也暂时解决掉了飞机上的大部分恐怖分子，并顺利和白宫联络，把大部分人质通过降落伞送了出去。这就是在高潮到来之前，众人短暂的希望和兴奋。可就在所有人准备跳伞的时候，恐怖分子的头目却突然赶到将总统困住，以他的妻子、女儿及同僚作为要挟，逼迫他打电话释放叛军的将领。这一部分就是主人公所面临的矛盾冲突的极致，对方荷枪实弹，控制着飞机，人数上也有压倒性优势，而总统自己的亲信还全都被扣押，被杀在即，总统作为飞机上唯一一个希望也最终消失。这一个设置就是高潮到来之前的极致困境，而主人公作为总统被恐怖分子反复殴打之际，挣脱束缚，和几个恐怖分子搏斗，最终将恐怖分子诛杀是全片的高潮。这样的设置不但完成了主人公的目标，还解决了全片的主要冲突。

最后，故事在经历发展变化之后，开始进入尾声，也就是结尾部分。

很多初学者千辛万苦地将故事编写到结尾的时候，似乎以为已经大功告成，于是就把结尾草草了事。结果整个故事虎头蛇尾，依然不算合格。其实，结尾在整个故事中的作用不容小觑。

---

① 麦基.故事：材质、结构、风格和银幕剧作的原理［M］.周铁东，译.北京：中国电影出版社，2001：358.

1. 一个好的故事结尾可以让观众的情绪有个妥善的处理

观众从开端时起，整个情绪被主人公的命运牵引，在经历了整个对抗阶段，解决主要矛盾冲突以后，有一个情绪的顺延，希望人物自身有一个观众期待的结局。比如说，如果好人打败了坏人是高潮的结束，那么好人之后会怎么样呢？是好人会有好报，还是被更大的坏人打死？观众对每一个故事的结局都有一个普遍的心理期待，比如说，当一男一女从相遇到相爱，相处中遇到种种困境，所有的观众对他们的心理期待都是希望他们最后能在一起。但是，如果这一男一女最后仅仅是确定了恋爱关系，观众是不满足的，于是创作者就可以让他们在结局部分结婚，并且生活幸福。所以结尾的良好设定，能达到观众的期待值，一颗从建置部分就悬着的心也终于落了地。而当结尾没有达到观众的期待值，甚至与观众的期待值相反时，观众的情绪就会被重重的失落感弥漫和填满，总想继续往下看，可又知道已经是结局，于是这种怅然若失的感觉就变成了情绪的一种延伸，使得影视作品的影响力增强。

2. 一个好的故事结尾可以升华主题

很多初学者都会有一个这样的疑问，如何将自己非常想表达的主题被人看出来呢？之前我们说过，人物关系的设置可以承载主题，动作主线、细节、情节也可以展现主题。而最能让观众看到主题的其实就是结尾的展示，主人公命运的结局往往就是创作者所携带的价值观。当好人赢了时，结尾处的展示往往是对坏人的鞭笞、对好人的歌颂，以此来表达剧本的主题。虽然这只是个简单的例子，不足以代表全部，然而却是结尾的普遍作用。对于初学者来说，结尾也是展示主题的最好方式。结尾处在大部分情况下已经缓和了矛盾冲突，主人公的各种力量达到了一个新的平衡，矛盾冲突或许还未完全解决，但是起码已经获得暂时的平衡。这种情况下，就算用最简单粗暴的方法，用台词说也能把主题表达出来。而如果故事结局的处理方式更好，还能将人物的命运更完整地表达出来。在金庸、古龙等作家的武侠小说中，主人公大多是心怀国家大义的江湖豪侠，而这些江湖豪侠把坏人打败之后，往往会放弃大名利，寻求归隐江湖，过简单的田园生活。这样的结局大量出现在我国的武侠小说中，充满了我国传统的飘逸潇洒的审美情怀以及作者想要表达的淡泊名利的价值观导向。还有的故事结尾揭示了某种更深层次的寓意，这样的结局能让主题进一步升华。

3. 一个好的故事结尾能让人物的命运有一个结束

主人公从激励事件开始，生活中的各项平衡就被彻底打破，并产生一股力量，迫使主人公去恢复这种平衡。而主人公的命运并不是我们常规意义上理解的命运，而是指他为了达到新的平衡所经历的种种。观众在一定时期内因为故事的渲染和视听语言等各种手段对人物角色产生了或喜欢或讨厌的情感，产生了情感之后，就会希望人物之后的走向以及最后的结局满足自己的想象。而一个好的结尾是需要给所有人物一个命运的短暂结束。或生或死，或贫穷或富贵，或幸福或惨淡，都是其经历了种种之后对于自己的一个交代。而这也是故事结尾矛盾冲突解决的体现。“如果你已经决定了结尾，你可以选择一个事变或事件来引导直到最后的结尾。”[①]这个故事的结尾就是我们在创作人物小传的时候赋予人物的命运结局。所以在创作开始，就必须要想好结尾，给人物的命运想好结局。有些人物在故事的发展对抗阶段中修复了自身的性格，完成了成长，而在结尾时，人物的成长也是人物命运的一种。

剧本创作的开端设置和结尾设置虽然是一头一尾，但却有密切的因果逻辑关系。任何事情的开端和结尾都互为因果，当剧本中的开端和结尾互为因果时，剧本中的情节就会经由因果逻辑关系连接起来，整个故事就会成为一个由因果逻辑关系连接起来的闭环。而这个闭环恰恰是观众从开端就产生的期待，一直到结尾。

接下来我们分析结尾的创作思路。结尾的创作思路有很多，常规的做法大概有两种：一种是闭合式结尾，就是明确表达了事情的终结、问题的

① 菲尔德. 电影剧本写作基础：从构思到完成剧本的具体指南［M］. 鲍玉珩，钟大丰，译. 北京：中国电影出版社，2001：73.

解决、矛盾冲突的结束；另一种是开放式结尾，就是没有明确交代人物之后的命运，没有明确交代解决的后果，甚至没有明确交代目标是否达成。这样的结尾往往留给观众无限的遐想，而使用开放式结尾的故事大多数情况下是在开端的时候就设置了一个无法调和或者无法解决的矛盾，又或者是需要付出很大代价才能解决的矛盾。还有一些影视作品因为有续集，因此在结尾部分只是解决了部分矛盾冲突，留下悬念，使得观众更期待接下来的故事。

另外，有一些初学者在结尾处喜欢将一堆毫无联系的画面堆积起来，使得结尾没有力量，为了表达主题，甚至还发出一些评论或者总结，用一些假大空的话应付公事。但实际上，结尾的操作依然要在动作主线之上，因此构思结尾的时候首先想到的不应该是讲什么道理，或是做什么评述，而是需要用动作告诉观众，结尾是整个故事的结果。

以上就是整个“三段式”的全部创作方式，大家可能还会看到其他结构的影视作品，或许会觉得这个结构过于简单。其实，这恰恰是最基础的结构方式，其他结构方式都是在这个原始的基础上进行的再创造。影视剧本创作是视听语言艺术以文字形式呈现，从理论上来讲没有一定之规，只要能引起受众的审美愉悦，就都可以尝试。

在这个“三段式”结构里，我们基本上可以看到大量影视作品的故事脉络和思路。作为实战演练来说，初学者在创作故事的时候，将自己想好的故事按照这样的结构进行对应，就能知道自己的故事是不是一个合格的故事了。

结语

对于本章内容可梳理如下。在创作故事之前，先要设置人物，随后进入情节部分。人物在开端部分会出现某种现实的平衡，其中包括人物及背景甚至最初的动机的介绍；之后激励事件产生，平衡被打破，主人公产生了一个意图恢复平衡的目标，为了实现这个目标，主人公根据相应的条件发出动作，进而产生对抗的后果；随后，不在主人公预期之内的后果引发主人公调动更大的力量来对抗由上一个行动而导致的后果，由此引发一系列由因果逻辑勾连起来的矛盾冲突；主人公自以为离目标越来越近时会有短暂的虚假繁荣，随后主人公在由各种因果逻辑串起来的事件推动下进入最被动、最绝望的时刻，所有的人物都没有回头的可能，矛盾冲突激化到了顶端，不得不解决，在高潮过后于结尾处把各种问题解决。这便是故事创作思路的基础。情节在这其中无处不在，而情节需要的种种条件也要在创作剧本时得到满足。

第五章　剧本中的主题

就像我们在前文讲过的那样，剧本就像一个人，人物设置是这个人的头颅，动作主线是这个人的骨架，情节是这个人的血肉，接下来我们要做的就是为这个人注入灵魂。我们经常看到很多神话小说或者影视作品，包括很多民间传说，其中关于人的灵魂有很多精彩的描绘，核心就是人的灵魂在，这个人就是完整的；人的灵魂不在，这个人就会如同一个植物人，无法灵动。那么我们在编写故事的时候，不能去塑造一个植物人，而是一个有血、有肉、有灵魂的人。而如何为这个人灌注灵魂就是本章的主要内容。

为什么把剧本中的主题比喻成灵魂呢？因为主题和灵魂一样，看不见、摸不着，但是又无时无刻不存在于整个剧本当中。灵魂（主题思想）对一部作品来说是至关重要的。诚如一位文艺理论家说的："艺术没有思想，就像一个人没有灵魂——是一具死尸。"[①] 很多剧作书都将主题放在最前面讲述，在编写整个故事之前，首先要找到故事的主题。这样的说法不足为怪，因为主题就是一个故事的灵魂。在我们讲故事之前，首先要明白自己讲一个什么样的故事，为什么要讲这个故事。

那么究竟什么是主题呢？在我们经常了解到的艺术作品中，无论是音乐、绘画还是建筑、戏剧等，都会给观赏者带来审美体验。作品当中饱含着审美情趣，使得观赏者在欣赏艺术作品的时候能获得极大的审美愉悦

① 汪流，等.电影剧作概论［M］.2版.北京：中国电影出版社，1997：104.

感，但是这种愉悦感并不是我们常规意义上理解的开心、快乐等，而是来自灵魂深处的震撼和绵延悠长的审美快感。很多哲学家对艺术作品的批评都在作者、作品、世界之间的关系中来回讨论，究其根本都是对作品内部所包含的主题进行有效的解读。在古希腊哲学家笔下，一个优秀作品的主题是神对于作者头脑的抚摸，是作者对神界的模仿，可见主题在文艺作品中被提到了一个相当高的位置。而作为影视作品，不管是出于商业目的还是出于艺术欣赏目的，都拥有令人产生审美愉悦的主题。而初学者对于作品的主题也要有基本的认知和创作概念。

一、主题在剧本中占有重要地位，但切忌主题先行

主题在剧本中有着重要的地位，很多初学者在刚开始学习创作故事的时候都会率先想主题，而一想到主题又会觉得脑袋空空，一时间竟然找不到下手的地方。还有的初学者有很多想要表达的内容，于是列了一堆自己想要表达的主题，可最后发现讲的故事压根儿表达不了这些主题，结果就会出现别人看不懂剧本或者故事的局面。还有的初学者光顾着自己的主题，却忘了自己的故事应该怎么讲，结果写成了流水账或者更糟糕的内容。这就是主题先行所产生的问题。

主题在剧本中的作用固然重要，但要学会妥善运用，否则就会使故事和主题彻底分离，不伦不类。那么如何做到既要有自己想表达的主题，又不会产生主题先行的局面呢？这就要说到一个前文提过的内容——人物设置。想要表达的主题必须落在人物身上，只有人物身上携带着主题，才可以在人物设置的基础之上设置动作主线以及一系列情节，也正是这样的思路才使得主题在故事中无处不在。

在影视作品中，我们经常能看到某个演员因为一部戏的某个角色而一夜爆红。之所以会出现这种情况，除了演员自身的功力外，和人物设置也有着密不可分的关系。一个优秀且被观众广泛欣赏的人物，除了其饱满的性格特点以及独特的角色特色外，还有一个重中之重就是角色身上携带着

创作者极其想表达且呼之欲出的主题。在整个剧本的演化过程中，人物依靠动作充分将主题展示出来，将人物、主题、故事三者合而为一。例如，《智取威虎山》作为一个主旋律电影，其主题十分鲜明，就是歌颂我国革命先烈为了人民群众的安危不怕牺牲、不怕流血的精神。然而，同样主题的影视作品数不胜数，为什么只有《智取威虎山》的故事可以吸引徐克导演？为什么这部电影可以获得票房和口碑的双丰收？我们来分析一下其人物设置上携带的主题。杨子荣这个角色不像传统的革命先烈的形象，在新版《智取威虎山》里，杨子荣不再是“文化大革命”时期那个高大全的形象，相反，他是一个看上去话不多、行事作风古怪甚至有些土匪气的解放军战士。然而就是这样一个战士恰恰是一个刚正不阿、坚定不移的无产阶级革命战士，在部队遇见困难的时候，毅然决然地孤身一人深入虎穴。该电影除了其人物身上携带着的牺牲精神之外，也歌颂了我国革命先烈的机智和果敢。为了体现这一点，次要人物的设置不仅阴狠毒辣而且诡计多端，也正因如此，主要人物身上所携带的歌颂式主题被进一步扩大，从而感染观众。

因此，当我们在创作故事时，务必从人物出发，除了要创设一个有血有肉的人物，还要把我们想要表达的主题灌注在人物身上。我们想歌颂的就放在主要人物身上，我们想抨击的就放在次要人物身上，我们想揭示的就放在人物的命运身上。由此就不会出现主题先行的情况，也不会出现让人物成为“植物人”的情况。

二、主题的创作要和故事相辅相成

初学者写剧本时很容易出现一个情况，就是在动笔之前想的是一个主题，但是在故事完成之后发现表达的不是这个主题，而是另外一个主题。更可怕的是另外一个主题也表达得不清不楚，整个故事变得残缺不全，有灵魂却并不完整。这种情况主要由两个原因造成：一是剧作者对主题的把握不准，二是主题与故事的结合不够紧密。整个故事由开端、中段、结尾三个部分构成，主题要贯穿始终。例如，电影《保持通话》的开端、中段、结尾始终展现的都是人性中最坚忍、最闪光的善意部分，主题和故事完美结合在一起。开端对于所有主角的铺垫都将其性格中的优劣展现得淋漓尽致，为之后的激励事件以及矛盾发展、高潮等部分成功埋下了伏笔。一个善良的人，一种尽最大努力却无法承担现实的善良，带着某种悲凉的无奈，可也正是这种善良使得主人公战胜了现实。整个情节的矛盾冲突激烈而且紧张，在中段的对抗部分这种善良被放大到了极致，主人公为了救电话那头素未谋面的女人和孩子不惜成为抢劫犯，使得剧情层层推进，进而到达高潮部分，甚至结尾。

那么，如何做到主题和故事相互紧密结合呢？主题和故事紧密结合需要两个步骤。第一，在我们设置情节时，一定要根据人物的设定来制定人物的行动线，而我们设置的障碍和激励事件都要将人物身上所携带的主题无限放大。人物在行动时的动向和动作都依赖各种各样的矛盾冲突力量，前文讲过的矛盾的三种类型都在其中。在我们为主人公设置动作主线以及接下来的行动对抗时，除了要考虑符合人物逻辑、生活逻辑之外，还要符合主题逻辑，我们在设置每个情节点的时候都需要不断考虑主题展示的可能性。在《保持通话》这部电影里，男主角接到陌生求助电话准备营救的时候也遇到了很多障碍，但这些障碍不是随机设置的，而是经过考量的，比如手机店里那个只顾约会美女的业务经理报警之后要如何让警察对他的报案无动于衷等。在这样的障碍设置下，我们看到的是主人公身上被冠以主题的特质被无限放大，而另一面人们的冷漠和犯罪者的冷血也让整个主题展示得更加鲜明。因此，我们在为主人公设置障碍以及铺垫细节的时候要注意思考这样的设置到底能给人一种什么样的感觉。人物和矛盾冲突对抗的时候，所产生的紧张感必须围绕主题进行，这就要求我们对每一个情节点、情节都必须谨慎考虑和设置，时刻牢记我们最开始就确定下来的主题。

第二，随着影视娱乐业的发展，观众对影视作品中故事的要求也越来越高，不但需要剧作者将主题和故事紧密结合，还需要主题和故事不动声色地结合，以使观众在无形中感受到电影的煽动力，接受剧作者所要传达的主题，也就是剧作者的创作动机。

在很多影视公司中，在剧本完成之后都需要做详细的文案策划，用最简单的方式将故事的着力点以及卖点向投资方解释清楚，以期获得投资。而这其中最重要的部分就是主题的阐释，告诉投资方，制作方为什么要制作这样一个影视作品，其新、奇、特的地方在哪里以及其最打动观众的部分在哪里，更重要的是剧作者需要告诉投资方自己为什么想制作这样一个影视作品。而这个原因，正是蕴含在主题之中。比如美国电影《最后的假期》，整部电影都在鼓励那些在生活中想摆脱现有生活却又不敢离开舒适区的人们勇敢地追求自己的未来生活，不用被麻木而僵硬的现实所束缚，在死亡面前恰恰可以释放最旺盛的生命力。这样的主题介绍很有看点，生死向来是人们不可规避的主题，而这样重新定义死亡无疑是新颖的，也给投资方耳目一新的感觉。在这部电影里，要如何让一个习惯自己呆板生活且不敢追求梦想的人勇敢地追求梦想呢？那就是一次突变，一次足以将人物推出现状的突变。我们设想，如何让一个墨守成规的人勇敢地迈出那一步呢？这就是在主题的帮助下设置的情节。在电影中，主人公突然被查出患有脑癌，只有三个月的寿命，那些想做不敢做的事以后再也没机会做了，于是主人公面对死亡，在悲伤过后选择了勇敢地摆脱现状，快速成长。这就是故事和主题的紧密结合。

很多初学者认为创作是一件很自我的事情，其实对于剧本而言，这样的想法大错特错。当一个文字工作者成为一个剧本工作者的时候，他的每一个情节设置都要有多重考虑，这是剧本的难点，也是整个创作过程中最有价值的部分。在后文讲到单场戏和多场戏写法的时候，每场戏所要表达的内容变得尤为重要，而其中就有对主题的表达。

三、主题的创作与题材的选择密不可分

在当今的影视环境下，观众的观影体验可以说是身经百战，对于各种

各样的题材有着或多或少的接触。而同一题材所表达的主题有时也是相同的，这让观众很容易产生审美疲劳，当观众看到平时经常看到的题材时，自然而然就联想到其所产生的主题。这一点对于初学者可能会有一定的难度，但却是初学者最需要突破且最能体现一个剧作者基本素质的一点。一个剧本创作者不管有多少条条框框要坚守，其爆发的想象力和创造力依然是最动人的。而这种想象力和创造力体现在题材的再开发以及主题的新角度上。

比如同样是写关于爱情的电影，以爱情为题材的电影不胜枚举，而经典之作也数不胜数。之所以会如此，是因为同样是讲爱情的电影，但是所传达的爱情观却不同，这就体现出了不同的主题。《泰坦尼克号》这样的爱情电影之所以会有如此强大的影响力，其中一个重要的原因是将这种唯美而值得高歌的爱情观放在一场举世瞩目的灾难中。“泰坦尼克号”的船难是题材，而其中唯美的爱情则是主题。这种以小见大的表达方式不但呈现出了灾难之中的人性，更讴歌了美好的爱情，主题和题材的完美结合使得整个故事产生了全球范围内的巨大影响。

一方面，一个好的主题需要一个更好的题材才能承载，而如果一个优秀的主题没有找到良好的题材承载，也会面临着石沉大海的危险。另一方面，一个好的题材同样需要提炼一个优秀的主题，否则，这个题材很有可能浪费。

在这里，我们提出一个主题和题材基本配置的原则。这个原则简单来说就是要么“老瓶装新酒”，要么“新瓶装老酒”，千万不要“新瓶装新酒”或者“老瓶装老酒”。那么，什么是瓶？什么是酒？所谓的瓶就是形式、外包装，也就是题材。而酒则是主题、思想内涵。为什么我们要“老瓶装新酒”“新瓶装老酒”？一方面，每个人接受新生事物都会有一定的难度，对于熟悉的环境和熟悉的东西会有本能的亲切感，在这种亲切感的引导下，新生事物就会带来新奇和刺激的审美快感。所以千万不要“新瓶装新酒”，这样全新的事物会有接受上的难度。另一方面，受众对于自己完全熟悉的东西又会产生厌烦和厌倦感，也就是我们常说的“审美疲劳”，因此我们也不能“老瓶装老酒”。对于题材和主题，只能有一样是新的，这样的作品不论是接受度还是口碑都会有所保障。例如，很多国产电影将国外的优秀作品改编后大获成功，是因为他们在改编的过程中对其做了“本土化”处理。而这种“本土化”处理就是我们说过的“新瓶装老酒”。

当题材和主题相匹配之后，这个剧本就成功了一大半。很多影视投资公司在选择投资项目的时候多数看的是这一点。初学者如果具备这样的素质，即使在技术上有些疏漏，也会有弥补的空间。

初学者或许有很多想要表达的主题或喜欢的题材，或许思绪全无，这都是正常的。剧作不仅是一种创作，更是一种工作，所以我们不能时时依赖灵感这种看不见、摸不着的东西，更多的是需要平时的积累。

第一节　常见的商业片主题类型

我们这里提到的主题类型只是一个大致的分类，这个分类并不代表所有的主题分类，并且在每一个大类里还有无数的细分类型，只要创作者有足够的能力在其中寻求到变化，就具备了很好的素质。以下这些主题类型给大家一个参考，用以帮助大家在学习时拓展思路。

（1）亲情。这个主题是人类普遍具有的情感，亲情对于所有人来说都是弥足珍贵的，这样的情感主题能唤起最广大受众范围的共鸣。但是讲述亲情的主题也有不同的角度。比如韩国电影《母亲》，一个垂垂老矣的普通单身妈妈为了给智障的儿子洗刷杀人的罪名不遗余力，然而在儿子的罪名终于被洗刷之时，这个母亲却惊讶地发现自己的儿子原来不仅从来不是智障，还是一个犯罪团伙的头目，之前的杀人案就是他带领团伙一力犯下的。母亲的道德观受到极大的冲击，然而为了保护儿子，母亲依然选择了沉默，而这种沉默也让母亲的精神濒临崩溃。这样的亲情主题沉重而发人深省，初学者在讲述和亲情有关的主题时，可以尝试不同的角度。

（2）友情。在亲情之后，友情可以说是人类更为普遍的情感。很多人可能在这个世界上已经没有了亲人，又或者跟自己的亲人疏离，而朋友起到了不可替代的作用。因为人类始终是情感动物，我们在这个世界上所需要的温暖，有些恰恰就是与我们没有血缘关系的“陌生人”给予的，而这种双向的“给予”使得友情显得尤为特别。在这里需要特别强调一点，男人的友情和女人的友情是不同的，因此所面对的受众群和表达方式都有所不同。而友情也不拘泥于年龄、国籍、身份。因其所带来的温暖与众不同，友情主题的角度也是五花八门。建议初学者寻找到自己想要表达的关于友情的主题。

（3）爱情。这是一个永恒的主题，几乎在所有的文艺作品门类中都有关于爱情的主题。人们对于爱与被爱的需求随着时代的变迁与日俱增。爱情所带来的轰轰烈烈以及感天动地足以震撼所有人的心灵。然而每个人对于爱情的定义又有所不同，甚至不同时代的爱情观也有所不同。可以说，爱情这个大的主题是在人间三情里变化最多的情感主题。不同导演执导的爱情电影所呈现出的爱情观也是变化多端的，可见爱情这个主题也在随着人类社会的发展变化而发展变化。很多初学者很喜欢写爱情主题的故事，这类故事最大的难点是如何找到一个既新颖又能唤起当代观众共鸣的主题。曾经风靡一时的“前任”系列就是鲜活的例子。

（4）社会现实。不同的国家、不同的时代都有要揭示的社会现实，很多具有社会责任感的创作者很喜欢将社会中那些被我们忽略却又无处不在的社会现实抽丝剥茧来给我们看，而这样的社会现实总能引起受众的反思。在我国，以揭露社会现实为主题的影视作品多数会规避当代社会，但是在其他国家则不然，很多揭露社会现实的影视作品层出不穷。著名的伊朗动画电影《养家之人》就是一个鲜活的例子。然而将揭露社会现实作为主题也不是没有难度，如果揭露得不够深刻，会让人如鲠在喉，而揭露得过于深刻则会出现受众的心理无法承受的问题。电影是造梦的机制，当电影将血淋淋的现实完整、深刻地展示在受众面前时，那种沉重不是每个人都接受得了的。所以当初学者要考虑这种类型的主题时，最好把握好度，同时要对其进行深入研究，了解其根源，将主题做进一步深化。

（5）人性。这是很多得奖的电影都会选择的方向。人性是这个世界上既复杂又简单的东西。我们依靠教育、道德、司法体系来约束潜藏在人性中的恶，也会在特定的环境下展示人性的善。当然，人性当中除了善恶还包含其他更为复杂的因素，而这也恰恰是影视作品为其疯狂着迷的原因。因为其种类繁多足以提供足够多的主题，对于初学者而言，呈现这一主题类型是有些困难的，因为与人性有关的主题往往是深邃的，展示起来也比较困难，因此初学者可以先多学多看，不要一上手就去研究人性。

（6）宗教。宗教是这个世界上最神秘的主题，宗教包含着的哲学概念深邃而晦涩，很难赋予其简单的主题，也很难找到合适的题材与之相匹配。作为以视听语言为形式的影视作品，展示这种深奥的主题时经常会出现大家都看不懂的局面，或者过于肤浅甚至错漏主题的情况。可一旦有了合适的题材，宗教这样的主题是非常具有震撼力的。著名电影《七宗罪》就是一部以宗教为题材的电影，其将宗教的主题放在悬疑探案的题材类型上，收获了很好的效果。

（7）复仇。这个可以说是存在于人类本性中的主题。心理学认为，当一个人因为失去而陷入悲痛的时候，会本能地以为复仇可以让自己减轻痛苦，而其实真正的解决方式是面对和放下。可是人的本性又决定了复仇的本能，因此以复仇为主题的影视作品往往能唤起很多人的共鸣，因为在现实中，复仇恰恰是被压抑在潜意识里的阴暗面，很难得到释放。这样的主题可以有效地帮助人们释放这部分被压抑的阴暗面。选择这类主题的时候，一定要注意主要人物角色设定上的道德上限，否则无法引起受众的共鸣。

（8）欲望。只要人活着就会有欲望，欲望可以说是人类的动物性本能。人们在金钱、美色、权力等方面都会或多或少出现欲望，出现欲望不奇怪，关键是当欲望失控时所引起的后果往往发人深省。人类之所以是高等动物，是因为我们在面对欲望时有选择的权利。我们可以选择顺从自己的欲望，也可以选择跟自己的欲望抗衡。有很多影视作品都展示出人在欲望面前的软弱或者不妥协，不管是哪一种，只要整个故事可以自圆其说，就都是好的表达。初学者可以参考一些类似的电影，来理解欲望这类主题如何展示。

（9）婚姻。婚姻可以说是一个重大的社会课题，一段婚姻往往牵扯出一个家庭，甚至是一个族群或者是一个阶层。而婚姻主题和爱情主题有着本质的区别。爱情是一种情感主题，而婚姻则是一种社会主题，其反映和表达的情感与层面更为丰富，主题角度也更加现实。婚姻这个主题有很多分支，很多初学者如果年纪尚轻的话，很容易将爱情与婚姻混为一谈。不同的婚姻状态以及夫妻相处模式，甚至是婚姻观，跟时代有关，跟社会现实有关，同时也跟情感有关。因此以婚姻为主题的影视作品大多对婚姻有着深刻的思考，对于经历过婚姻或者正在经历婚姻的人有着极大的共鸣召唤力，相应地，其主题角度也有更多的新方向。

（10）正义。与这个主题相似的说法还有公平、公正、公理。很多初学者可能会觉得正义是一个针对特殊职业才会存在的主题，比如警察或者律师等。其实不然，对于正义的理解，每个人都不尽相同。而法律是秩序的标杆，当所有人按照标杆执行的时候，就会形成某种秩序，但这并不代表着正义。在这里提醒初学者，选择这类主题的时候要先想想正义的多个层面和角度，不要一味地以自己浅薄的认知去理解这样的主题。

（11）牺牲。当这类主题出现的时候，往往出现的是歌颂的基调。牺牲是人类特有的一种精神，是值得歌颂和称颂的精神。因为牺牲往往意味着一个人或者一群人要舍弃自己最珍贵的生命而去成全别人。在这里需要注意的是，这个主题不仅仅局限于特定的人群，而是每个人都可以在设置好的剧情结构里完成牺牲的动作，实现歌颂牺牲的主题。著名电影《金陵十三钗》就是一个以歌颂牺牲为主题的电影。但请注意，每一种牺牲都没有那么简单，对于初学者来说，要学会给牺牲这个主题冠以更合适的题材。

（12）奉献。和牺牲类似，奉献主题大多数以歌颂的形式出现，但是奉献有时候并不涉及人的生命。奉献这类主题所包含的面很广，也最容易感动人。因为奉献往往针对的是人类天性的另一面：自私。奉献可以说是一种选择，当然其可以高尚也可以不高尚，千万不要用常规的角度去看待这个主题。作为类似牺牲的主题，奉献也需要更为合适的题材才可以有打动人的力量。

（13）梦想。对于梦想的追求可以说是人类的一种高级精神行为，也只有人类具备梦想。梦想往往关联着美好的主题，关于梦想的主题总能给人一种积极向上的能量。而关于梦想的美好愿景可以说是每个人的期许。在这里要特别区分梦想和行动目标的区别。梦想作为主题虽然变化的空间不大，但却是初学者最常使用的，也是最熟悉的主题。因为当你想成为一个创作者时，本身就具备了梦想，因此为故事灌入自己熟悉的主题也就并不奇怪了。

以上几个主题类型并不能涵盖全部，只是给大家作为参考，希望能对初学者的思路有些许启发和帮助。创作者还是要不停地寻找更有新意的主题，同时也要寻找更适合的题材来驾驭。

练习：

如果你要创作一个30分钟的剧本故事，你要为自己的剧本选择一个什么样的主题？用几句话把它描述出来。

第二节　主题的创作模式：撰写故事梗概

主题的创作其实很难具体地解释和讲解，因为主题具有创作者极其个人化的观点、看法甚至是情感，并且在整个剧本中既无处不在，又无法通过视听语言直接传达，是一种感受性极强的元素。而主题的创作模式对于初学者来说也是最难的。

当一个故事确定了主题、人物、动作主线，并设定好了开端、中段、结尾以及其中的情节点后，那么一个剧本的故事梗概也就基本成形了。故事梗概除了要讲明白一个故事的起承转合外，还要展示出自己所要表达的主题。那么，究竟要如何完成一个故事线索清晰完整、主题明确的故事梗概呢？不可否认，在影视行业中，写好一个故事梗概是一件非常重要的事。

第一，故事梗概是一个故事的概括。根据国家广播电视总局的要求，一个90分钟的电影剧本，需要一个2000字左右的故事梗概；一个电视剧剧本则需要一个大约2万字的故事梗概；对于短片而言，500—800字的故事梗概即可。很多初学者认为，写得越多、越详细越好，其实这是大错特错的想法。文字者，贵精不贵多。对于剧作者而言，如果能在相应篇幅内把故事讲清楚是最好的方式。因此在撰写故事梗概时，要学会有舍有得。

第二，我们来讲一下故事梗概开头的写法。故事梗概的开头大概有以下两种写法。第一种是铺垫，也就是简单介绍一下主要人物的基本情况。这里的篇幅不宜过长，两句话左右就可以收尾，不宜过多描述，最重要的是接下来的撰写。第二种是大事件开头，通过大事件来进行铺垫，既能吸引人的注意力，又能完成建置部分。但是建置部分在开头也不宜过多，四五句话能说清就好。

第三，当建置部分完成后，迅速搭建动作主线，也就是因为激励事件所引发的人物的目标。这里我们要提醒一下，整个故事梗概要以最简要的语言把故事交代清楚，因此，激励事件和人物目标加起来大概三句话完成。

第四，有了动作主线以后，人物率先发出了什么动作，遇到了什么样的障碍。这里根据所要创作的影视作品时长来调整障碍的次数。但是整个故事的发展要层层递进，一步步将故事推向高潮。

第五，用简单的几句话交代故事的高潮部分，也就是主要人物的终极对抗部分，最后用一两句话结尾。

整个故事梗概要有明显的因果逻辑关系，每一个事件或者情节不需要给出明确的结果，但一定得提到。当一个故事梗概有清晰的起承转合，主题又清晰时，可以说这份故事梗概就基本合格了。当然，作为一个文字工作者，也要根据故事的类型调整语言，要让阅读者能从故事梗概当中看出情节排布的紧凑感、环环相扣的逻辑感。语句通顺、逻辑清晰，这些都是文字创作的基础。接下来，给大家看一下90分钟标长电影的标准故事梗概。

电影《秘术》故事梗概

整个空间里一片漆黑，四周凌乱地盖着白布，一些类似于陪葬品的摆件儿散落在墙角，当中停着一口棺材，在月光下透着阴森诡异。一道光线自二楼传来，一个老太太从门里走进空间，忽然周围再次陷入一片漆黑……

知名化妆师苏魅可正在和经纪人因为报道上提及自己身世的问题而争吵。一封远方的来信闯入苏魅可的视线，信上的地址、照片像一股巨大的推动力促使她来到这个信上提到的陌生城市，或许关于父母、关于家庭、关于过去的一切都会找到答案。然而，这一切远不像工作那样，凭借苏魅可的坚持和努力就可以完成，起码当苏魅可看见建筑队队长指给自己的挖掘坑时是这样想的。是的，当苏魅可赶到时，这个地址已经是一片拆迁完的施工现场了。所幸，苏魅可还是受到命运眷顾，得到了一位热心人的帮助——忠哥，工地的厨师，人如其名，乐于助人，虽然不修边幅但是为人直率。就这样，苏魅可在忠哥的帮助下来到了地址的另外一处所在，只是这里的空间处处都透着墓穴的味道……

房间里的光线并不充足，但也依稀可以辨认出角落里零散地堆着几个盗墓工具。忠哥热心地为苏魅可介绍这家唯一的成员老太太的情况，还帮着苏魅可简单照顾着老人，这让从小就是孤儿又缺乏安全感的苏魅可倍感温暖，在这个陌生的城市有这样一个人帮助真好。一切似乎都顺理成章，就在苏魅可即将揭开自己身世之谜时，周围却无端出现了一层又一层的谜团，未知的危险正在不远处等待着苏魅可……

老太太突然不见了，房间被盖着白布、布满灰尘的家具等让苏魅可深感不妙，骨灰盒、死亡证明等一切的证据都表明这个家不是为活人准备的。她逃也似的离开了这个墓一般的空间，只是没想到这个墓一般的空间被建筑队队长一直觊觎着。就在苏魅可在车站准备离开时，一张意外出现在包里的照片使苏魅可停下了脚步并再一次折回这个空屋，此时建筑队队长逃也似的离开。

苏魅可发现这一系列事件背后的主使很可能是建筑队队长，这个空间里很可能有他想要的东西，一个盗墓贼想在另一个跟盗墓有关的家里找到一个只可能在墓穴里才有的东西。苏魅可慌了，这个只在小说或传说里才出现的江湖在她眼前逐渐去掉了面纱，露出了狰狞的面孔。

然而随着形势的变化，这种危机似乎在步步逼近，老太太的生命也许正在那个盗墓贼建筑队队长手里危在旦夕。苏魅可面对这突如其来的变故，一时间惊慌失措，只好倚靠忠哥。忠哥提出跟踪建筑队队长暂时离开房间，而此时的苏魅可却在房间里找到了一直被柜子掩盖住的密室入口，发现了老太太。

忠哥撕去了伪装，露出了真面目，毫不犹豫地把苏魅可绑进了密室，对苏魅可和早就在那里的老太太逼供。

一场罗生门式的逼供开始，忠哥简单说了自己的身世以及他此行的目的。20多年前离开家的忠哥在寻找父母的过程中得到高人指点，知道父母的失踪与一本天下盗墓贼都视如珍宝的古籍有关。根据父母留下的线索，忠哥发现了父母最后的所在地，而机缘巧合之下碰到了闯入密室的寻亲者苏魅可。也许应该赌一把，万一苏魅可知道些什么，或许就能知道父母的下落，忠哥这样想着，一步一步地在这个墓一般的空间里排布计划着，只是没想到建筑队队长的加入使整个局更加扑朔迷离。苏魅可恍然大悟，之前的种种都是忠哥所为。而通过三个人的对话，三个人讲述的各自的故事，一个跟盗墓有关的谜底浮出水面。只是忠哥并没有从苏魅可和老太太嘴里问出任何关于父母和古籍的下落，一怒之下，忠哥把二人困在了密室。

忠哥气急败坏地在各个房间寻找着，依然一无所获，到底那本古籍在哪儿？父母为什么连命都不要也要得到它？难道为了盗墓可以连自己的生命都牺牲？忠哥的破坏式寻找依然一无所获，心情低落、酩酊大醉的忠哥睡到了天亮。就在忠哥绝望无奈之际，经纪人突然来这里寻找苏魅可的下落，忠哥极力遮盖掩饰。自以为把经纪人顺利哄骗的忠哥再一次来到密室查看苏魅可和老太太时，又碰到了建筑队队长，狗急跳墙，忠哥只好打晕了建筑队队长，而苏魅可和老太太却伺机逃了出来！不能让这两个人逃出去！马上唾手可得的古籍，父母用命都没能找到的东西！关于自己失去的一切！忠哥这样想着，在苏魅可的身后疯狂地追赶。

眼看着苏魅可已经无路可逃，不得已苏魅可和忠哥做了交易，原来就在忠哥酩酊大醉的当晚，苏魅可已经从老太太嘴里获悉了家中的古籍所在地，只要忠哥放人，苏魅可愿意交出古籍。

忠哥终于看到了梦寐以求的东西，同时也被苏魅可等人制伏，一场关于盗墓的劫难似乎落下了帷幕……

一切结束后，警察对苏魅可说出了事实的全部。苏魅可的奶奶是考古学的专家，无意中得到一本《寻龙秘术》，其中记载了古代墓葬风水堪舆的详细情况，身为盗墓贼的忠哥父母为了得到这本《寻龙秘术》，把还在襁褓中的苏魅可绑架，以此敲诈苏魅可的奶奶，但在苏魅可的奶奶报警后，忠哥的父母情急之下在逃亡中出车祸身亡，苏魅可被送进了当地孤儿院。

只是可怜了忠哥，在完全清楚事情真相的时候才知道自己之前的铤而走险都是徒劳，不仅害了自己也害了苏魅可。苏魅可在经历了这一切之后百感交集，然而，一个电话的到来使一切再次陷入神秘……

在整个创作过程中，梗概相当于一个框架。对于投资者而言，一个好的框架足以让自己和创作者建立合作关系。而在剧本的具体创作过程以及拍摄过程中，都可能会对其中的环节进行修改，但是框架已基本完成。

最后，再简单强调一下关于主题如何积累以及发现的问题。如何寻找一个主题呢？报纸或电视新闻所提供的一个信息，你朋友或亲戚遇到的一些事件，都可能成为一部影片的主题。[①]这是悉德·菲尔德在《电影剧本写作基础：从构思到完成剧本的具体指南》一书中提到的一句话，而这句话也充分证明了不断地积累和搜集资料以及调研对于创作者的重要性。对于初学者来说，广泛地接触各种各样的事情，不管是文字、听说还是自己的亲身经历，都应该引起创作者的思考。当然这是建立在不伤害自己和不伤害别人的基础之上的。这样的搜集对于创作者来说至关重要，是不断提升创作者思路以及打开创作者视野的必经之路。

练习：

根据自己在上一节提炼出的主题，试着编写一个500—800字的故事梗概。

① 菲尔德.电影剧本写作基础：从构思到完成剧本的具体指南［M］.鲍玉珩，钟大丰，译.北京：中国电影出版社，2001：20.

第六章　剧本的分场景写作

经过前五章的学习，相信大家已经逐渐了解了剧本的雏形，同时也明白了在创作剧本时的思维方式。接下来就是剧本写作的实际操作阶段，可以说这一章是把前五章的所学全部应用起来的关键部分。人物如何在剧本中体现出其特点，动作主线要如何符合人物的逻辑，故事情节如何在每场戏中展开，每场戏之间要如何衔接，如何在整个剧本结束的时候能让人看懂其中的主题，等等，所有问题都要在这一章中为大家一一解答，同时也将为大家总结和解答在完成剧本创作的具体操作环节中容易出现的问题。

很多同学在学习写剧本之后会积极地渴望马上进入剧本写作来进行练习，可是写完的剧本却总让人摸不着头脑，这种既非小说又非剧本的作品经常让拍摄团队看得一头雾水，在拍摄时也是状况百出。我们在前文反复强调了剧本的特殊性，为银幕写作、为剧组提供蓝图等都是为了不断提醒初学者，剧本有一定的规范，而这种规范不但体现在内容上，更体现在形式上。剧本的格式就是剧本规范的一种形式上的体现。这种形式不像音乐、美术、雕塑那样为了审美而出现，而是为了整个剧组的工作需求而出现，更是为了有效地约束职业编剧，使其更好地用画面来完成故事的讲述。

一个优秀的剧本中没有一个字是废字，就像一部优秀的小说甚至没有一个多余的标点符号一样，剧本里的每一个字都要有明确的指向性。不需要华丽的辞藻，更不需要语句对仗，剧本所需要的文字只有一个要求——对画面的清晰描述。也就是说，能够通过剧本中的每一句话还原每一个画面，并且这些画面连接在一起时可以讲述一个打动人心且完整的故事，传达出某种主题精神。

听起来简单的要求，操作起来着实不易。这需要编剧把所有要求都灌入血液之中，不但要记住，更要形成一种职业习惯，之后才有可能通过思考来提升剧本的高度。很多初学者在做剧本练习的时候都会犯这样那样的错误，比如，剧本里全是台词，不知道怎么描述自己想象中的画面，写作时出现不知道该展现哪些细节、不展现哪些细节等问题。其实，在剧本的分场景写作中，我们首先要了解以下几条要求，才能有效地走出写作的误区。

一、分场景写作是将故事的框架拆分细化，整个剧本的完稿不能脱离故事框架

前面讲过故事的人物、情节、结构、主题等元素，当所有元素都有机结合在一起时，故事的框架便形成了。这个框架并不是不可以修改的，恰恰相反，整个框架要反复修改到尽善尽美才可以，而这个框架也为故事提供了一个约束和方向。比如，一部电影在搭建故事的时候明明是在讲一个被侵略者赶走侵略者的故事，但是到了剧本写作的时候却把故事写成了一个被侵略者和其中一个侵略者相爱的故事；还有大家在某些影视作品中看到的，明明是写一个人如何通过努力和付出成为人生赢家的故事，却变成了偶像剧，主人公获得成功的原因居然是谈恋爱。这就是典型的分场景写作与故事框架割裂的情况。

出现这种情况的原因大致分为两种。第一，在进行具体的分场景写作之前，创作者有知难而退的恶习。创作从来就不是一件轻松的事情，每一个创作者要面临的问题都是对自我的不断要求和不断推翻。当现有的情节或者细节设定无法满足目标表现功能时，创作者要做的不是换一个目标表现功能，而是换一个情节或者细节设定来完成现有的目标。当然这个过程势必是非常艰难和痛苦的，但是只要冲破瓶颈，离好的剧本就不远了。第

二，在写作过程中对已经定型的故事框架有所遗忘，这也变相说明了原有的故事框架经不起推敲，需要重新解构。

这两种原因都会导致剧本的分场景写作出现重大偏差，进而出现不伦不类、故事混乱以及剧本不被人看懂的情况。

二、在写作中搞清楚每场戏的目的和作用，避免出现没用的戏码

麦基在他的《故事：材质、结构、风格和银幕剧作的原理》一书中曾经用了整整一章来解释一场戏失败的原因。在他的书里，影视艺术的文本就是完成的剧本本身。而每一场戏都有首要确定的因素。“首先要问，是谁驱动这一场景，是谁促使它发生？任何人物或力量都有可能驱动一个场景，即使是一个无生命物体或大自然的作为也可以。然后，深入这一人物或力量的文本和潜文本，并自问：他（或它）想要什么？欲望永远是关键。用一个目的状语来表述这一欲望（或者用演员的行话：场景目标）：如，‘为了做这个……’或‘为了得到那个……’。”[①]这句话麦基很好地诠释了每场戏的要求，那就是明确写一场戏的目的和作用。每一场戏在讲述故事的过程中都有自己的作用，或用来推进情节，或用来感染观众。而当一场戏没有任何目的却出现在剧本中时，毫无疑问，这是一场没用的戏。

那么如何判断一场戏是否有用，有几个简单的标准供初学者参考：1）整场戏中有无推进情节的信息交代；2）是否为了展示人物的情绪，唤起观众的情感共鸣；3）是否存在推进情节发展的矛盾冲突；4）是否完成了人物在这场戏中的目标；5）是否需要设置必要的悬念以及铺垫。每场戏至少存在其中一种作用，而好的剧本则可以通过一场戏完成多个目标。

当剧本中的每场戏都存在必要的作用时，才能基本判定这是一个合格

① 麦基.故事：材质、结构、风格和银幕剧作的原理［M］.周铁东，译.北京：中国电影出版社，2001：302.

的剧本，而如果初学者希望自己的剧本可以提升一个层次，那么本章第三节内容会对此有所帮助。

三、分场景剧本的创作方式以及影视作品所需要的场次

在前文中提到，剧本创作需要以下几个环节：故事梗概、人物小传、完整剧本。但其实在现实的操作中，编剧在时间充裕的情况下还会为自己先行创作一个分场景剧本，也就是一个剧本的分场景提纲。这个分场景提纲不会把每场戏的内容完全展示出来，而是先展示每个场景的大致内容，不用写出台词和动作细节等，主要目的是更直观地检查每场戏是否都是有用并且有意思的创作。当分场景剧本完成以后，编剧就要检查每一场戏，看看是否有需要删除、合并或者拆分的文本，并在此基础上调整整个剧本结构。

通常，国内的电影，按照国家规定为90—100分钟，也就是需要100—150场戏。这就是行业里俗称的“标长”电影所需要的体量，剧本字数在3万—5万。随着互联网的兴起，网络电影开始产生，按照国家现有的规定，网络电影和院线电影同等时长。而好莱坞电影则与我国电影不同，好莱坞电影的时长标长为120—150分钟，需要150—200场戏的体量，英文单词也和汉字的统计不尽相同。而国内的电视剧以及网络剧基本上是以单集时长45分钟左右为标准长度，需要40—60场戏，剧本字数在每集15000字左右。电视剧和网络剧的总长度与电影不同，根据其具体集数来定夺。以此类推，各类短剧、微电影的创作体量也就不难知晓。

有了分场景剧本，真正剧本的创作就会简单很多。此后，编剧就会全面进入正式的剧本创作中，为每一场戏细化每一个细节。当一个为银幕服务的故事有了骨架、血脉、灵魂之后，剧本的分场景写作就是它的皮肉。没有一个人希望自己是一个烂皮烂肉的人，对于创作剧本的编剧来说，也希望自己的剧本有一副极好的皮相，供人观赏。

第一节　剧本的格式要求

很少会有剧作老师提到剧本的格式，很多剧作老师以及剧作书的创作者并不认为格式是一件很重要的事情，但是对于初学者来说，格式至关重要。它标志着初学者正式从一个无边无际的想象世界中回到画面中来，将这种想象戴上枷锁，时刻提醒着创作者笔下的每一个字都要有能在画面中展示的可能性。“每一场景都是叙述链条上的一个节，它又由一个或多个事件组成，这个或这些事件又组成了一个基本单元。”①由此可见，剧本需要场景，那么在这一章中反复强调的场景究竟是什么意思呢？“场景是由镜头组成的。这是个单个镜头，还是一组镜头，无论多少，或者镜头类型是什么，都无关紧要……场景是用主镜头或者若干局部镜头写成的。主镜头覆盖一个总的区域，如一个房间、一条街道、一个休息厅。而局部镜头专门拍摄房间的某个部分，如房门，或者一条街道的某个商店的门前或者某一座建筑物。”②简单来说，就是具备独立空间的条件即可称为场景。那么场景在剧本的格式中应该如何展现呢？

一、标头的写法

前文提到不同的影视作品需要多少场戏，但是在具体的写作时，场景的数量不可能靠一个一个地数数，于是剧本中的标头就至关重要了。有了标头，对于每一场戏的体量以及整个剧本的场数统计就变得简单很多。

在写作任何一个剧本时，都需要以场次为单位来进行写作。因此，在写剧本的时候，空白的文档上居中写完了片名之后，另起一行的正文部分

① 让.剧作技巧［M］.高虹，译.北京：中国电影出版社，2005：74.

② 菲尔德.电影剧本写作基础：从构思到完成剧本的具体指南［M］.鲍玉珩，钟大丰，译.北京：中国电影出版社，2001：182.

就是标头的写作了。标头首先要有场号，场号为阿拉伯数字的1、2、3、4……每一场戏写完以后，场号顺延。最后整个剧本写完，只要通过场号就可以推断剧本有多少场戏、时长为多少了。

在场号写完以后，就是场景名的标示。场景名要如何写？实际上，场景名就是这个场景的称呼，前文已经反复强调过，剧本是给剧组工作人员使用的工具，而并不作为文字读物供读者赏阅。因此场景名也不需要起得特别富有文学色彩，生活中这个场景怎么称呼，在场景名的写作中就可以如何写。但是场景名一定要写清楚、写具体，在剧组的工作中，所有工作人员要知道这一场戏在哪里进行拍摄。有的初学者容易把场景名写得十分含混不清，比如卧室、客厅，谁的卧室？谁家的客厅？在剧本中如果出现不止一个家的卧室或者客厅要如何区分？比如，××的家里，一般的家庭有客厅、卧室、厨房、洗手间，这个××的家里指的是哪个空间？在拍摄时所有的工作人员要在哪个空间拍摄？因此场景名必须明确、具体，让阅读的人一看就知道具体的空间在什么地方。

当场号、场景名写完之后，接下来需要标注的就是时间。相信大多数看过影视作品的人都知道，在观赏任何一个影视作品时，我们都无法在画面中给出准确时间以及判断出故事发生的准确时间，我们唯一可以判断的就是故事发生在白天还是黑夜，黄昏还是凌晨。也就是说，如果剧情里没有告知准确时间，我们判断影视作品中的时间依靠的其实是光的变化。在实际的拍摄中，很多的光源都可以模仿，唯独日光无法模拟，尤其是在户外时。影视技术发展到现在依然不能在户外拍摄时模仿太阳的光照，于是影视作品的时间以太阳为准绳分为日戏和夜戏。有的初学者也许会问，日戏和夜戏有必要明确区分吗？当然有必要。人类的行为根据昼夜的区分而形成适合自身的习惯，大部分人会在白天工作，夜晚睡觉；大多数公共场合也是白天开放，夜晚关闭；而一些娱乐场所则恰恰相反，它们会在夜晚营业，白天关门。夜晚总能给人们带来神秘、静谧的感觉，适合在夜色的掩盖之下进行一些见不得人的交易。而白昼则给人以朝气、生机的感觉，适合在阳光下展示整个世界的面貌以及完成一些有生机的工作或活动。在写一场戏之前，先要想好这场戏是白天发生好还是夜晚发生好，想清楚以后在场景名的后面写上时间的标注：日、夜、晨、昏。初学者或许会问，晨和昏为什么也是需要标注出来的时间？因为光线发生了变化，晨的光线往往还有一些灰白，给画面带来一些肃杀的气氛，而黄昏的光线则会带有一些金黄，给画面带来一丝暮气，往往预示着什么事情即将落幕。时间的标准有效地提高了工作的便捷度，让每场戏在被阅读时更容易被理解。

时间之后的标注就是标头的最后一个项目，即内外景的解释。有的初学者也许会问，既然标注了场景名为什么还要标注内外景？其实内外景的标注是很有必要的。在具体的拍摄过程中，故事发生的很多场景内外景都是连通着的，比如，门口、洞口等，在分界线的两侧有内外之分，那么此时内外就变得很有必要，有的故事必须发生在门里，有的故事则必须发生在门外。比如，某人在门外敲门、撞门，而门里的人则用力顶住门不让门外的人进来，那么在写剧本的时候，门里是一场戏，门外就是另外一场戏，因此标注内外是非常重要的一件事。

有了场号、场景名、时间以及内外景标注，一个标头就完成了。一个剧本里根据时长或故事的长度有不同数量的标头。接下来就需要了解什么情况下会开始新的标头，毕竟一个剧本里不可能只有一个标头。根据拍摄需要，当场景、时间、内外景中有一个发生变化时就需要新起一个标头，场号顺延。当场景名发生变化时，意味着场景发生改变，必须要另起标头；当时间发生变化时，意味着接下来发生的事情时间发生了变化，也需要另起一个标头；当内外景发生变化时亦然。新的标号意味着新的剧情发生，故事由此发展、绵延，最终形成一个完整的剧本。

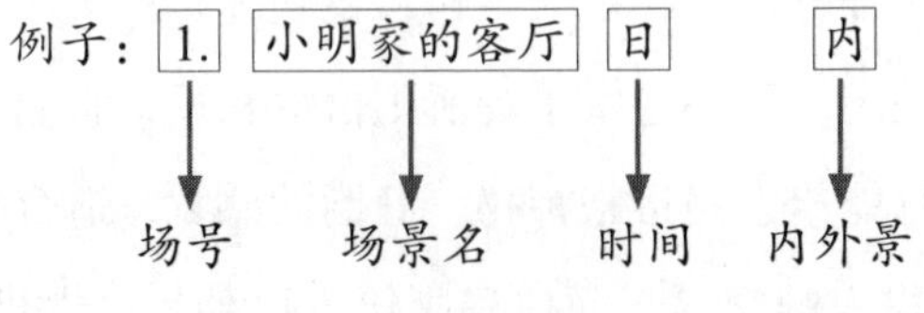

二、分场景剧本中具体内容的格式

有了标头以后，分场景下的具体内容就可以进行有效的创作了。一般对于初学者的要求是在写每一场戏之前，首先设想一下这场戏的作用和目的，之后再进行写作。在写作中，要求严格按照画面所能展示的内容进行描述，画面不能展示出来的内容一律不允许出现在剧本里。在《电影剧本写作基础：从构思到完成剧本的具体指南》一书中，悉德·菲尔德对这句话的定义是“找出你的镜头的主体”。“摄影机或者在你前额正中的那只眼睛看到了什么？在每个镜头的画面中发生了什么事情？如果比尔走出了公寓，向汽车走去，那么这个镜头的主体是什么呢？是比尔，还是公寓或者汽车呢？比尔是镜头的主体。如果比尔进入汽车，沿街行驶。那什么是镜头的主体呢？是比尔，还是汽车或者街道呢？汽车是镜头的主体。”① 由此可见，场景下的内容需要有一个画面展示的主体，其他内容都是为了展示这个主体服务的。所以在分场景剧本写作中，每场戏的主人公至关重要，他的动作、语言、表情，甚至造型、环境都是为了展示他要做什么而产生作用。

在这里就不得不提到一件事，新手编剧惯常出现的问题之一是每场戏都是台词，整个剧本用大量台词堆砌，使整个剧本看上去不像影视作品的剧本，更像是相声脚本，全部用说来解决问题。这在剧本中是大忌讳。在画面里，人物会和其他的人或者环境通过动作以及表情等发生关系，不仅仅是语言。所以，在每一个标头的下面，除了要有台词外，还要有必要的动作描述、环境描述。在环境描述中又分为声音环境的描述和视觉环境的描述。每场戏中都有描述、有台词才能成为剧本。

① 菲尔德.电影剧本写作基础：从构思到完成剧本的具体指南［M］.鲍玉珩，钟大丰，译.北京：中国电影出版社，2001：185-186.

电影《至暗时刻》剧本节选

……一片吵嚷。首相内维尔·张伯伦（71岁）与执政的保守党多数坐在议院一侧……

……反对党党魁克莱门特·艾德礼（57岁）与工党议员坐在另一侧。

他们两军对峙般面向对方，叫嚷、指责，手势夸张。纸片飞舞。混乱无序。①

通常情况下，一个主语一句话。当更换主语时，需要另起一行。而台词则是单独成行。在剧本中需要特别注意的是台词不用像小说一样加双引号，只需要在人名之后加上冒号即可。

例子：

某某某：…………。

三、分场景剧本中的特殊情况下的格式

1.闪回

在影视专业的学习中，所有老师都会提到电影作为第八大艺术门类的鲜明特点之一就是打破时空的界限，这种打破不光体现在区别于舞台剧中的空间局限，更表现为时间界限的更高自由度的使用。在影视故事中，可以展示几十年、上百年的发展，也可展示几分钟甚至是几个小时中在不同空间发生的事。格里菲斯执导的《一个国家的诞生》电影中，“最后一分钟”的营救宣告蒙太奇的使用可以冲破时空的壁垒来讲述故事。然而，影视作品不但可以横向地打破时空的局限，更可以纵向打破，就是用现在进行时

① 麦卡滕.至暗时刻［J］.罗德赛，译.世界电影，2018(3)：73.

的故事叙事方式来表现过去发生的事。其中，回忆是最鲜明的例子，在剧本的写作中，如果一场戏中需要加入过去完成时的画面，那么在专业上被称为“闪回”。“闪回的目的很简单，它是一种揭示有关主要人物的信息或推动故事向前进展的时空桥梁。”[①]很多时候，闪回的交代有效地推动了故事前进，在剧本中“闪回”也有其自己的格式。

通常情况下，在场号和场景名之间用小括号的形式标注出“闪回”，意思是这场戏是过去完成时，不管闪回几场戏，在闪回结束的那一场戏的结尾处依然要用小括号标示出“闪回完”。

例子：

24.（闪回）漆黑的小路　夜　外

×××××××××

×××××××

×××××

（闪回完）

在剧本中有时还会出现幻觉、梦境等展示需要，格式与闪回相同。

2.打电话的场景

在当下的剧本表现形式中，经常会出现打电话的动作，这种动作出现的时候，往往人物不在画面内，但是声音会出现。这时只要在人名之后、冒号之前，用小括号括起来“电话”两字即可。

例子：

×××（电话）：…………。

---

① 菲尔德.电影剧作者疑难问题解决指南：如何去认识、鉴别和确定电影剧本写作中的问题［M］.钟大丰，鲍玉珩，译.北京：中国电影出版社，2002：216.

一般情况下，打电话的动作不建议使用太多，因为在影像的审美体系中，这样的画面并不具备审美情趣。

3.画外音

画外音的形式在影视作品中十分常见，往往作为故事的补充说明，当画面无法展示出创作者的全部意图时，画外音就会出现。通常画外音有三种情况：

一是说话人与剧本故事无关，以局外人的身份对故事进行补充说明。

二是说话人是剧中人，通常以回忆的口吻对故事进行补充说明，或是介绍自己在情节发生当下的感悟或体会。

三是说话人内心的心理活动，不通过台词的形式表达出来。

以上三种情况在格式上有些许差别，但是不管哪一种画外音都需要与画面相配合。

第一种例子：

画外音：…………。

第二种例子：

画面描述。

×××（O.S.）：…………。

第三种例子：

×××（独白）：…………。

画外音的使用在影视作品的创作中一直存在争议，一些评论者和剧作家认为画外音是编剧无法用影像展示内容的无能表现。但也有人认为画外音加强了影视作品的文学性，会给观赏者带来新的审美体验。因此谨慎的使用画外音是非常重要的技能。“戏剧化的解说能达到两个目的：其首要目的是推进直接冲突；次要目的是传达信息。急于求成的新手会颠倒这一顺序，将解说职能置于戏剧必要性之前。”[①]对于初学者来说，尽可能减少使用画外音，因为这不利于对于用画面讲述故事的文字能力训练。

随着影视行业的发展，很多内容可以通过画面展示，大家可以根据具体情况具体操作，只要标注清晰，能让阅读的人清楚明白即可。

练习：

（1）写10场戏左右的片段，体会剧本的格式。

（2）选择一个5分钟的短片，将其还原成剧本的格式，和原片做对比。

第二节 剧本的台词

在有声电影出现以后，演员可以通过语言来传达更多的信息和内容。观众也可以通过演员的台词来获得更多的审美情趣。语言本身的魅力和光影艺术相结合，让影视作品更加精彩。当然，任何手段的使用都不能过度，过度地使用无效的台词或者对白只会让故事看上去拖沓、啰唆甚至令人厌恶。所以台词的使用变得尤其重要。对于大多数初学者来说，最先练习的就是没有台词的剧本。“不要让你的人物来讲述他们的处境，而是让他们以更为视觉化的方式即以自己的行动来揭示故事线。动作就是人物。一个人的所为就是这个人自己。电影就是动作。”[②]由此可见，台词是在动作无法表述的情况下，又或是用台词来表现更为精彩的时候才会使用。

① 麦基.故事：材质、结构、风格和银幕剧作的原理［M］.周铁东，译.北京：中国电影出版社，2001：389.

② 菲尔德.电影剧作者疑难问题解决指南：如何去认识、鉴别和确定电影剧本写作中的问题［M］.钟大丰，鲍玉珩，译.北京：中国电影出版社，2002：61.

台词又叫对白，影视作品不是舞台剧，自说自话的表现方式除了一些风格化极强的作者电影以外，在大多数商业类型片中是不适宜使用的，因为这样做会冲淡观众的沉浸感，不利于观众的情感投入。而且在日常生活中，我们也很少能见到不停地自言自语的人。因此在剧本中，台词往往出现在两个或者多个对象之间的对话中，又被称作对白。那么剧本中的台词要具备哪些要求呢？

一、台词要能体现人物的性格特点以及背景特点等所有设置

语言是一种极其特殊的表达方式，有科学家甚至证实，在所有动物中，人类的语言能传递最丰富的信息。而不同的人，其语言表达方式也有所不同。前文讲到人物时提到，人物的生活、成长、教育、职业、性格等因素让这个人活灵活现地出现在故事中，也同时出现在观众面前。那么人物所说的话也要符合人物的所有设置，否则这个人物就是跳脱的、虚假的，无法引起观众的情感共鸣，情节也无法正常向前推进。初学者在写台词的时候经常犯的一个错误就是不知道自己设置的人物该怎么说话，于是整个剧本中的台词看上去十分相似，谁说都可以。

而要想摆脱这种局面，就需要创作者有丰富的生活阅历，对于现实中不同类型的人说话的方式有深入的研究和细致的体验。在写作之前一定要先思考一下剧中人物类型说话的方式，否则就会出现人物的台词没有特点的现象。比如，有的初学者会在设置人物时，让人物性格比较内敛、沉稳，但是在剧本中呈现出来的人物却是一个话痨，丝毫没有看出他的沉稳。有的初学者还是尚未进入社会的学生，在写一个上市公司老板的台词时，显得幼稚和可笑。这都是没有深入研究人物的缘故。那么，什么样的台词可以体现人物的特点呢？可以看看接下来的例子。

电影《至暗时刻》剧本节选[①]

我们看到温斯顿·丘吉尔(65岁)躺在床上，他腿上放着早餐托盘，身穿一件粉色丝绸睡衣(下身裸露)。他的公文箱放在床边，敞着口，里面高高地堆了一摞电报。他的橙色斑猫探戈坐在床尾，温斯顿正在读一封电报，同时口授道……

温斯顿：致法国大使。快点儿——

温斯顿抬头看伊丽莎白是否已开始记录。她还没就位——

温斯顿(继续)：——写电报！

伊丽莎白惊恐地意识到口授已经开始，她赶紧来到打字机旁。

纸已经装好……她开始快速打字——节奏短促——

这一段内容出现在丘吉尔作为主人公首次亮相时。相信懂得历史的初学者应该知道，这位“二战”历史上的英雄有着极富特点的传奇色彩，至今为人称道。那么要展示一个如此有特点的人物，台词至关重要。可以看到，剧本中的台词几句话就勾勒出了丘吉尔的一部分性格特点以及身份。

通过描述不难看出丘吉尔的不修边幅，而台词里并没有传统意义上第一次见面的客套，而是不管不顾地直接工作。通过这样的台词不难看出，丘吉尔在工作面前是个并不注重礼貌的人，同时也可以看出他对自己工作的看重以及对当下自己所从事的工作所表现出来的专注度。

这样的台词才是剧本需要的台词，而不是无意义地按照自己的生活逻辑去编写台词。初学者需要注意一点，你所创作的人物不是你自己，这个人物有自己的说话方式和说话逻辑，和你不一样。

① 麦卡滕.至暗时刻[J].罗德赛，译.世界电影，2018(3)：75.

二、台词要简明且有效地交代只有台词才能交代出来的信息

前文提到，当出现实在无法使用动作以及画面交代的内容时才可以使用台词，这里的“无法使用”有时和影片的时长、节奏以及拍摄现实有关。而台词出现时必须简明且有效地交代出必要的信息。很多初学者写的许多生活场景对话没有传递出实质性信息，有的初学者甚至花了很大篇幅来写日常的无聊闲谈，毫无意义，废话连篇。

这里也许有人会问，如何判断台词是否有效？当你尝试把这句话删除时，看看是否影响整个剧本的理解和情节发展，如果没有，就说明这不过是一堆废话。那么什么样的台词是交代必要信息的台词呢？接着来看例子。

电影《至暗时刻》剧本节选[①]

乔治六世（焦虑不安）和即将下台的首相内维尔·张伯伦谈话，后者面带病容、憔悴虚弱。

张伯伦注视着国王。

乔治六世：怎么没选哈利法克斯？我器重他。

张伯伦：我想让哈利法克斯上台，贵族们也想，他自己同样想。

乔治六世：那，那为什么我被迫去请丘吉尔呢？

张伯伦：他是我们党内唯一能得到反对派支持的人选。

乔治六世：他的履历就是一连串的灾难。加里波利损失了两万五千人，加上印度政策、俄国内战、金本位，还，还，还有退位的事。现在又跑到挪威“冒险”，多少人，一千八百？

① 麦卡滕.至暗时刻[J].罗德赛，译.世界电影，2018(3)：79.

张伯伦：一艘航母，两艘巡洋舰，七艘驱逐舰，还有一艘潜艇。

乔治六世：温斯顿缺乏判断力。

张伯伦：他对希特勒的判断可没错。

乔治六世：就算钟不走了，一天还有两次事准点呢。

这是一段长对话，交代的信息量非常多。一个被所有人厌恶的丘吉尔是怎么上位的，以及丘吉尔前半生失败的履历，甚至是当下局势，都在这几句话里清楚明白地交代了出来。创作者不能指望观众都是高级知识分子，有着渊博的知识，有些必要的信息需要通过最简单的方式交代出来。如果这段对话换成人物的动作或者其他画面，那将是一部全新的电影——丘吉尔的人物传记。而这里几句对话就交代出了丘吉尔的履历，并且将其他人对于丘吉尔做首相这件事的态度展现得淋漓尽致。其中张伯伦的回答更是简明扼要，重点突出。

这就要求初学者在编写台词的时候明确知道自己为什么要写这句话，有没有更好的替代方式，如果没有，那么恭喜你找到了在当下的场景中最适合的台词。

三、台词要符合人物当下的情感逻辑和现实逻辑

很多初学者在剧本创作的时候会出现这样的困惑，虽然交代了必要的信息，意思也清楚明白，但是当演员说出台词时却十分滑稽。角色的反应不符合当下的情境。比如，有的初学者在写一个少不更事的女学生面对警察的盘问时居然可以对答如流，丝毫没有紧张的感觉，这就让人怀疑，这样的女学生还是少不更事吗？人物虽然是创作出来的，但必须要符合人物的情感逻辑和现实逻辑，否则说出来的话很难让人信服，更不能为了推进剧情而不去思考语言的合理性。

四、台词能被演员自然而然地演说出来，是精练的生活化表达

影视作品不同于舞台剧，观众和舞台之间存在明显的界限，且舞台剧的欣赏模式单一，而影视作品在互联网技术的兴起之下，观赏模式多种多样，对故事沉浸感的要求越来越高。如果人物的台词脱离生活，让观众听起来十分做作，会极大地影响观众的审美体验。当然一些特殊的作品会特意将台词文学化处理，是为了符合影视作品中的生活现实。

练习：

（1）为一张图片写一段台词，不能少于15句。

（2）分析电影《至暗时刻》中某10场戏的台词，找到其亮点。

第三节　单场戏与多场戏的写作要求

一、单场戏

如果说视听语言是以镜头为基本单位，那么对剧本来说，单场戏就是一个剧本的基本单位。好的剧本不会浪费任何一场戏，因为那代表着浪费了不断吸引观众的宝贵时间。而每场戏除了要满足基本的存在价值以外，还要满足观众的戏剧审美。“在场景中，人物通过在压力之下选择采取一个或另一个行动来追求他的场景目标。但是，从任一或所有冲突层面却产生出一个在他意料之外的反应。其效果时，在期望和结果之间裂开一道鸿沟，把他的外在时运、内心生活或二者同时从正面转向负面或从负面转

向正面，其衡量标准是观众所知道的押上台面的风险价值。”[1]麦基给了场景中的内容一个标准，可能有些初学者不明白这句话的意思，简单来说就是对任何一个场景而言，其中的内容都要有明确的矛盾冲突（过场戏不算在其中）。而建立这种场景内部的矛盾冲突可以通过不同的方式。比如，制造跟观众期待相反的内容，当观众期待这个人会赢得这场比赛时，人物却输掉了；当观众期待所有人会逃出生天时，突然出现了绝境等。这样观众就会持续性地有所期待。还有一种方式就是在单场戏中强调其本身就存在的人物与人物之间的矛盾冲突，让每一场戏都充满不同程度的紧张感和矛盾冲突，调动观众的期待值以及审美趣味，吸引其继续往下观赏。

当然，说起来容易，做起来却非常困难，要将以上所有要求融进一场戏中是需要不断练习和揣摩的。很多初学者不理解这么复杂的要求，于是经常把单场戏设计成不是打架就是吵架，看上去很热闹，却并没有调动起观众的期待值。此时，初学者会进入的误区就是把矛盾冲突和打架斗殴混为一谈。不是说不可以吵架、打架，而是要知道为什么吵架，为什么打架，吵架和打架要解决的问题是什么？什么样的吵架观众爱看，什么样的打架观众看得索然无味？这就必须提到类型片中的动作片，如果所有的动作片都是没有目的的斗殴，那观众还不如直接看搏击赛过瘾。正因为好的动作片中每一个打斗场景下都有着强烈的内在矛盾冲突，动作片才成为一种特定的类型片，备受观众喜爱。曾经的票房神话《哪吒之魔童降世》就是一个鲜明的例子，哪吒在电影中从出世到最后化身莲花，都带着与命运和偏见抗争的内在矛盾，同时又时刻提醒着观众哪吒所遇到的美好都会消失，因此具备了极高的审美趣味。接下来，通过例子看一下。

---

① 麦基.故事：材质、结构、风格和银幕剧作的原理［M］.周铁东，译.北京：中国电影出版社，2001：272.

电影《至暗时刻》剧本节选[①]

温斯顿（失去耐心）：爱德蒙！你就不能——用你自己的话——告诉我们，眼下是怎样的烂摊子吗？情况究竟怎样？

艾恩赛德：好。（稍顿）截至昨晚10点，德国人已包围了六十个英国、比利时和法国的师。我方高特勋爵统领下的所有部队现在已经撤退，或正试图撤退到法国海岸，到敦刻尔克，但我们无法接应他们。纳粹击沉的船只堵塞了海港入口，而德国空军掌有制空权。

张伯伦：我们有多少人被困住了？

艾恩赛德：所有人。（停顿）我国全部职业军人。而且……（停顿）我们想不出该如何营救他们。

沉寂。

温斯顿：将军，你的意思是在未来几天内我们将失去整个英国军队？

艾恩赛德：没错。

艾德礼：法国人采取了什么行动？

艾恩赛德：雷诺总理发来一条无线电消息。他预计巴黎很快将失守。

温斯顿：我们必须反击。谁赞成？

（沉默）不会吧——

艾恩赛德：德军在各方面都占优，并且距离海岸只有五十英里。他们在把我军往海里逼。

艾德礼：五十英里！我的老天！

格林伍德：对于一辆德国坦克，也就要两天。

温斯顿：不能让敌人推进到海边！在我们的人撤离前绝不能！伊

① 麦卡滕.至暗时刻[J].罗德赛，译.世界电影，2018(3)：93-94.

斯梅将军，你有什么方案？

大家都向伊斯梅看去。

伊斯梅：就目前情况来看——要想及时将我军任何部队撤离，我看不到有多大希望。

大家都倒抽了一口气。温斯顿很难接受这条消息。

温斯顿：一个人都不行？我们不能这样任由敌人宰割！

哈利法克斯的反应：他勉强保持缄默。他看向张伯伦，但张伯伦回避他的目光。

温斯顿（继续）：将军，我们下一步该怎么做？

艾恩赛德：我不敢说，阁下，我们还有下一步。

沉默，仿佛一团阴影笼罩。伊斯梅望向艾恩赛德，他闭口不语。张伯伦和哈利法克斯也交换了一个眼神。

温斯顿：那么？到哪儿去寻求救助？（沉默）谁有想法？说啊！都说话啊！

艾恩赛德：我们在加莱还有驻军。在敦刻尔克西面25英里。

温斯顿：好啊，你为什么不早说？！我们在那儿有多少人？

艾恩赛德：大约四千人。

温斯顿：那就命令他们向东行进——与前往敦刻尔克的德军纵队交锋。为咱们争取一点时间，把德军注意力从敦刻尔克引开。与此同时，我们把大部队从海上撤走。艾恩赛德，这可以实现吗？

艾恩赛德：这将意味着巨大的牺牲。

艾德礼：四千名年轻人！

温斯顿：为了拯救30万人！（停顿）加莱驻军由谁指挥？

伊斯梅：尼克尔森准将。

沉默。重负落在丘吉尔身上……

温斯顿：很好——告诉……

温斯顿的图章戒指敲打着椅子扶手，显露出一丝的迟疑。

温斯顿（继续）：……告诉尼克尔森，他的部队要把敌军的坦克、大炮和轰炸机从敦刻尔克引开。对于这个岛来说这至关重要。——吸引敌人的怒火——如果必要，战斗下去，直至殉国。

会议室内阴云笼罩，几乎令人窒息。

……

这场戏是整个电影的重场戏和转折点，篇幅虽然长，但丝毫不影响它的精彩。这里只截取其中一部分为大家举例。熟悉“二战”历史的人都知道著名的战役“敦刻尔克大撤退”。而这场戏虽然用大量台词来交代，但是每一句话都极具分量，每一个动作的描述、场景的描述都彰显了矛盾的极致与转化。起初将军汇报目前英国的军事情况几乎毫无胜算，所有人束手无策，矛盾冲突跃然纸上，悬念迭起。进而丘吉尔的反应彰显了他作为主人公的独特性，在所有人都放弃的时候丘吉尔不断地逼问，不愿投降，直至最终完成了“敦刻尔克大撤退”的艰难决定。然而，这种铤而走险依然留下了悬念，因为内阁其他成员并未完全赞同丘吉尔弃车保帅的行为，那么这个决定究竟是如何成功的呢？带着这份好奇，剧本成功地把观众引入下一场戏中。

二、多场戏

在一个完整的剧本中，所有单场戏都需要前后衔接，而衔接的大逻辑就是故事的框架，没有人愿意自己的皮肉和骨架是不匹配的。所以，要想让皮肉和骨架浑然一体，就需要知道单场戏之间的衔接办法，即多场戏的写法。

1. 蒙太奇式衔接法则

相信在电影史以及视听语言的学习中，大家对蒙太奇三个字并不陌生，那么在剧本中，蒙太奇就运用在具体的多场戏的衔接中。“每一个场景内的动作都有从开端到结束的完整过程，但在大部分的场景中，我们都只选择其动作的某一部分而不是完整地表现场景内的人物动作。”[①]

电影《至暗时刻》剧本节选[②]

内景　唐宁街10号　地道　夜

温斯顿乘电梯上去。

内景　唐宁街10号正门过道　夜

温斯顿走出电梯，开始爬楼梯。

内景　唐宁街10号　客厅　夜

克莱米：你做得很棒。

温斯顿：过去十年里只有我向民众讲真话。可是今晚……根本没有前进，情况一团糟。我们正在全面撤退。

克莱米：难道你今晚让大家都睡不成觉，把孩子们都吓坏，就是服务于人民了吗?

温斯顿：即便恐怖正在逼近?!

克莱米：正因为恐怖在逼近！以后有足够的时间讲真话。

他点头接受，走开了，但仍然感到焦虑。克莱米看着他，充满担心。

除了利用动作的内在时空连贯性作为场景衔接的要素外，也可以利用整个故事的因果逻辑来衔接前后场次，比如由上一场的内容导致了下一场的内容。有时，上下两场戏是同一时间线上的不同空间，有时在展现另外一条叙事线索。但整体逻辑依靠情节推进的力量和人物的动机完成。

2.矛盾冲突不断，故事需向前发展

在前文中提到，情节的发展是层层推进的，人物不能突然一下就进入高潮，也不能突然之间就有所改变，需要有一个循序渐进的过程。而事

① 周涌.影视剧作艺术教程［M］.2版.北京：中国传媒大学出版社，2011：120.

② 麦卡滕.至暗时刻［J］.罗德赛，译.世界电影，2018(3)：91.

情也不能突然之间就发生变化，矛盾冲突是不断累积叠加的。多场戏铺排需要让故事不断向前发展，后一场戏需要比前一场戏更接近结果，而前一场戏是后一场戏的铺垫。例如，相信大家都对著名的爱情灾难电影《泰坦尼克号》十分熟悉，在影片中有一个与爱情无关的场景，那就是一个记者在采访船长时力劝船长为了实现自己的最后一次远航破纪录的梦想，加快行船速度，而之后的场景中，船长照做了。在两个主角因为爱情而在船头欢快的嬉戏时发现了冰山，而女主角的未婚夫却将男主角绑了起来，阻止他去报信。这里我们可以看到事件最初的铺垫是船长盲目提速，两位主角不为世俗所容的爱情导致了冰山没能被及时发现，使得行船越发地靠近冰川，导致冰川近在眼前时，“泰坦尼克号”已经因体积过大而撞上了冰山。这就是典型的将故事向前推进的多场戏铺排，如果仅仅是为了表现爱情的伟大而突然撞上的冰山，那么整个故事就会显得单薄很多。

除此之外，场与场之间转换可以考虑通过剪辑的流畅性来进行多场景中的单一场景转换。比如，台词转场，上一场台词的最后一句由下一场的第一句回答；道具转场，特殊的道具通过叠画的方式转到下一场景；造型转场和道具转场类似，不同的是更强调时间跨度。

结语

首先必须强调一下，这一章大量使用了电影《至暗时刻》的剧本节选，因为是英译版本，所以很多格式和本章强调的不尽相同，请大家忽略格式。剧本的整体写作方法讲到这里也就告一段落。而此时，初学者按照上述方法培养自己的思维习惯以及方法，进行剧本练习，相信会有不小的收获。剧本创作是一件艰难且枯燥的工作，请用丰富的画面想象力去疏解这种痛苦，并将其转化为文字。

练习：

请完成一个10分钟的完整剧本。

第七章　剧本初学者的常见问题

当一个故事有了人物、情节、结构、主题并且开始简单实施场景写作以后，一个剧本就逐步形成了。我们必须强调一个问题，正如这本书的写作初衷一样，对于初学者而言，过于复杂的剧本结构以及更加高级的场景写作方式都不太适合，这不但会增加初学者的难度，更会挫败初学者的自信心。而对于那些并非剧本创作专业的学生，或是对剧本创作怀有一腔热情但没有受过专业训练的爱好者来说，他们面对的问题可能会更多。

比如说，很多初学者会有一些困惑，到底怎么做才算成为一个编剧？什么时候才能参与创作一个有可能被搬上银幕的影视作品剧本？上述两个问题也就是怎样入行的问题。很多已经参加工作的爱好者十分困惑，已过了念书的年纪，是否需要为了梦想继续考学、参加进修班、拜师？还是需要自己悟，抑或从责编或者实习生干起？这样的疑问不胜枚举。这大概是剧本创作专业的学生和其他剧本创作爱好者之间比较大的区别。还有很多初学者在刚进入剧本创作这个行业的时候，不知道应该如何学习，如何在专业方面去提升自己。大部分的专业书籍对于从没接触过剧本创作，又非专业学生的他们来说，往往是有些晦涩且艰深的，即使都看懂了，在真正的实操中也依然不知道如何是好。所以很多初学者发现，看书与写作其实是两个不同的概念，乃至对自己的能力产生极大的怀疑。下面我们就来解决一些初学者遇到的非剧作技巧方面的问题，然后再来讨论一些常见的技巧问题。

一、如何判断自己是否可以进入编剧行业

没有作品，没有经验，又不是科班出身，仅凭着一腔热血如何进入这个行业？毕竟编剧是一个技术工种，唯一的衡量标准就是手上的作品以及创作的经验。而在没有任何人脉、关系的状况下又该如何拥有作品和经验？这样的悖论成为很多已经离开学校或非剧作专业的学生的困扰。更有甚者，面临着生活上的压力，经济上的拮据，一心想把自己呕心沥血才写出来的剧本推销出去，成为很多新手急不可耐要做的事情。然而这一切都不是个人能决定的，更不是一个编剧需要考虑的问题。也正因为如此，影视行业逐步进行着属于自己的生存淘汰机制，不适合或者条件不符的人自然就需要另谋生路。

一个准备进入编剧行业的初学者首先要明白一件事：任何行业都会有一个基本的门槛，而这个基本的门槛没有人可以帮你跨过。当你发觉不管是生活中还是主观意识上，自己都无法满足这个门槛时，就要考虑自己是否适合这个行业了。

能否排除生活与现实的压力来学习这门专业？能否接受长期以来的进展缓慢？能否接受行业内现存的风险？是否具备相应的文字处理能力？这些都成为这个行业的门槛。

二、如何才能让编剧的梦想照进现实

成为一个编剧与成为一个写手是两个完全不同的概念。但是不管是哪种情况，不管你想成为上述哪一种人，首先要做到的都是会“写字”。这里的写字不是我们传统意义上所讲的写字，而是对于文字的把控能力以及理解能力。这种能力大概可以通过两种方式进行考核。第一种考核方式就是考学，这也是考核这种能力的一个基本方式。如果你现在是一个高中生或者初中生，那么检测你的文字把控能力和理解能力最好的方式就是考学，行业领域也默认了这种方式。因此，对于尚未踏入大学校门的学生而

言，考学是最快捷、最便利也是最稳妥的方式。因为专业的艺术院校能提供的不仅是所谓的技巧，更多的是氛围、思想以及对于学生认知的全面塑造。因此，针对年纪偏小的，并且对影视有自己的执着和热爱的学生，通过艺考的方式走进专业院校的大门是目前来说比较常见的方式。

另一种考核方式则更加严苛一些。失去了专业院校的天然平台，依然要进入这一行业的初学者就需要有极大的热情和毅力。因为不会再有任何一处环境能够包容你的学生气和不成熟。如果你确定对影视、对故事、对剧本创作依然有浓郁的渴望，那么下述的一切才可行。大部分非专业出身的编剧初学者在刚开始接触剧本创作时思维上会有极大的不适应，然而不管是什么样的因缘际会让他们成为创作者，社会上对于他们的包容度都会少之又少。要想在科班生面前有竞争力，他们就必须快速适应并且快速成长。要么靠自己，要么找一个可以允许其快速成长的环境。要想不被淘汰，他们往往要具备以下特点：（1）对生活的感悟超越了他自己的经历，有些天赋异禀的初学者对事物的理解虽然是通过间接经验完成的，但却能准确地把这些间接经验直接嫁接成可以“欺瞒”观众的直接经验；（2）对于剧本的技巧也能快速熟练掌握。当一个初学者具备了这两个特点时，剧本创作的行业大门将会毫不犹豫地对其敞开。

诚然，这样的人毕竟是少数，而其他人则需要找一个可以允许其快速成长的环境。比如说找一个成熟的编剧做老师，当然这个条件也是双向的，就像古时候的拜师学艺一样，师父也会看徒弟的基础。这就是前文所说的考核方式更严苛的核心之处。

而找到一个好的老师，可以有如下的帮助：第一，调整你的技巧，编剧既然是一个技术工种，肯定有它基本的套路、技巧，而一个行业里的成熟编剧恰恰能够做到这一点；第二，一个好的老师不仅能解答初学者对剧本的困惑，还能解答其他方面的问题。因为一个好的编剧，不仅会对剧本有困惑，对人生的各个方面也会有不同程度的困惑。

而找到一个好的老师往往需要初学者展示出过人的优势，这个优势必得让领你进门的老师认为，他值得在你身上投入相应的时间和精力。至于这个优势具体是什么，就因人而异了。

不管是哪一种考核方式，要想通过考核都需要看你是不是对自己足够了解。不论是对文字的把控能力、视听画面的想象能力，抑或是自己的忍耐度和坚忍性都会成为是否能很好地进入这个行业的重要指标。只有对自己有清晰的了解，才能区分什么是梦想，什么是梦，才能知道怎样做才能让梦想照进现实。

三、初学者在职场中如何选择第一份与编剧有关的职业

很多毕业生都会进入相应的影视公司，从责编或者实习生干起，虽然我十分不建议从责编或者实习生干起，但是事事无绝对，合适与否因人而异。如果初学者的成长环境、生活条件让他能频繁地接触到剧本，在我看来，这样的起步其实大可不必。如果初学者的成长环境、生活条件使他完全没有接触过剧本，甚至是影视相关的工作，那么责编也好、实习生也罢，不妨一试。因为在多数影视公司中，这样的职位普遍的工作内容就是大量阅读剧本，而这种超越极限的剧本阅读，会对之后的剧本创作大有裨益。初学者可以先从判断优秀剧本这个基本功做起，能否辨别一个优秀的剧本也是一种能力。

当然，这样的方式也有弊端，因为它会在一定程度上让人丧失自我独立思考的能力。此时，创作者所有的思考都需要建立在一个蓝本之上，如果没有这个蓝本，创作者应当思考自己如何创作这个蓝本？

很多初学者也许会认为，自己如果在整个行业里没有人脉，也就失去了从业的可能性，影视公司会是一个获取人脉的最佳方式。然而，真正的人脉从来不是这么简单获取的。简单来说，编剧需要的人脉更多的是需要被雇佣者看到，而这种看到却不是看到编剧这个人，而是看到编剧自身的剧本创作能力。所以，初学者一定要避免进入一个误区，那就是自认为这是一个靠人脉就有饭吃的工种。只有拥有精益求精的技术，以及强大的精

神世界，并且大胆尝试，才有可能在众多的科班和非科班出身的初学者中杀出一条血路，而并非全部依靠人脉的多与广。

四、剧本创作的心态问题

很多人会把成为编剧和金钱挂钩，认为成为一个编剧，就可以赚很多钱。其实，这是对一个技术人员最不利的心态。不管从事任何一个技术工种，首先要做到的就是让自己的技术更加完善，而只有如此，才能有随之而来的其他收益。在任何一个技术行业里，金钱都只是其中一种衡量标准，而不是最终结果。一个编剧的最终结果是要创作一个可以打动观众的故事。当本末倒置的时候，剧本创作的思维就会出现严重偏差。俗话说“酒香不怕巷子深”，一个真正优秀的剧本势必会获得与其价值等同的报酬，这就是一个剧作者必须要熟知的事情。

五、关于剧本大赛的相关问题

也有一部分初学者会渴望通过参加一些剧本大赛获得认可。必须强调的一点是剧本创作虽然是为银幕工作，但对剧本的审美口味会因人而异。如果不考虑剧本大赛的胜负，那么参赛无疑是一个很好的锻炼方式，因为一般剧本大赛的评价标准和普通观众的审美趣味相比较而言，范围比较狭窄，往往有固定的评委或是固定的需求。参加者还需要考虑很多创作以外的其他因素。然而其好处在于评委的人数虽然有限，但是审美水准相当高。如果你的剧本满足了评委的审美趣味，也是一个很好的开始。至于是否得奖，建议初学者放平心态，锻炼和学习才是这一阶段最为重要的任务。

六、关于剧本评价的标准问题

从剧本到成片还需要经历拍摄、剪辑等再创作过程，于是有人会问，剧本的评价标准是什么？什么样的剧本才算好剧本？标准问题也涉及审阅问题，该怎样检查自己的剧本，给自己纠错？

其实，对于一个熟练掌握视听语言的剧作者来说，做到这一点非常容易。当剧组工作人员拿到你的剧本时，通过想象实现的画面足够精彩，能够引起审美体验，这就是好剧本的标准。但是这个问题又涉及一些细节性的东西，比如说开场几分钟应该出现什么样的情况，节奏应该如何把握，主角应该几分钟内出场，什么样的情节有用又不会拖慢节奏等。这些是好莱坞剧作里的基本要求。本书在介绍情节和人物时，也有很详细的说明。然而，在所有的内容中，只有一条是任何一本剧作书都无法清晰解释和介绍的规则，那就是如何创作出让观众耳目一新的情节。这需要创作者有大量的积累、不断地思考以及不停地学习才能做到，任何剧作者首先要做到的一件事就是比观众高明，而要做到这一点，就要加强自身的学习积累。

七、对于初学者而言，要如何积累

这部分内容，在前言部分有所涉及。初学者除了多看电影、看书，从理论层面不断积累以外，还有一部分内容需要在生活中不断积累。对于一个剧作者而言，在观察人物及事件上的训练必不可少。在前文中，我们反复强调了人物的功能和作用，并说明了建构一个故事应当先从思考一个人物开始。为此，很多专业院校会在学生大一刚入学的阶段要求学生做一项训练，叫作观察笔记。观察笔记是要求学生观察身边不熟悉的人，通过他的动作、语言、神态、做事情的风格、做事情的套路来判断他的性格，进而推演出这个人可能遇到的事情以及会产生怎样的需求，又会有什么样的举动。这其实是一种反推，在剧本创作中这样的思维模式非常重要。在剧本创作中，创作者要能根据自己所创造出的人物性格推理出人物能做出什么样的行为，人物做事的风格，人物会说什么样的话，人物会在什么样的地方出没。因此，观察笔记的训练就变成非常有效的积累。而一个合格的编剧，是能做出这样有效的判断的从业者。

在生活中，我们经常会听到，朋友之间议论某个人时会说：“你说他这人是怎么想的。”如果听众不是一个剧作者，对于这样的问题不会过于在意和思考，但是对于一个剧作者而言，他必须认真地去考虑这个问题。也就是说，他必须要认真地去想“这个人到底是怎么想的”。这是一个剧作者要养成的习惯。只有养成了这个习惯，才能在完成故事的过程中，有效地推导出人物的行为，进而完成对情节的设置。只有从人物的性格出发，设置的情节逻辑才是合理的，也才能成立。如果一个剧作者连通过行为来分析想法都做不到的话，那么塑造人物对他而言简直就是天方夜谭；如果人物的性格、行为和语言都是割裂开来的，整个故事也就成了一个毫无逻辑的、无法让人信服的故事。因此，这种在生活中的训练也能成为一种能力的积累。

除了这些生活上的积累，初学者做的积累主要是关于影视作品的阅读和书籍的阅读。不可否认，这些影视作品也好，书籍也罢，甚至如今出现的互联网短视频的相关自媒体，它们的观众层级虽然不尽相同，但也有所交叉。作为影视工作者来说，尽可能地吸引更大范围的观众才是终极目标。那么，当你进入这个行业之后，就要试图去了解，为什么观众会喜欢这个不喜欢那个，这个过程就是对选材和感知层面的思考方式的积累。

另外，很多人在初学阶段会经常思考一个问题：我到底是应该坚持自己的想法去创作自己喜欢的故事，还是为了生活，违心地去写自己不喜欢的故事？然而，一个真正的剧作者是不会问这个问题的。因为一个真正的剧作者并不是为了满足自己的情感需求，他在任何题材和任何类型中都会找到刺激自己同时也能刺激观众的情感需求点。而一个专业的剧作者所创作出来的故事，总是可以打动某个层级的观众，所以说专业的剧作者是不会思考这个问题的。如果你心里想的东西打动不了任何人，那你还不是一个专业的剧作者，而顶多算是在写日记，满足自己的发泄需求。如果你是一个专业的剧作者，或者你想成为一名专业的剧本创作人员，甚至影视创作者，不要将个人的情绪放大，而是去寻找自我与大众之间的共鸣。换句话说，就是思考如何让自己的想法被观众接受甚至认可。当一个剧作学习者到达这个境界的时候，他本人是谁就不再重要了，他的故事、他想表达的内容能否被观众接受和认可才是最重要的。

剧作者和文豪之间的差别就在于此，文豪可以直抒胸臆，用文字来表达自己的情感；但剧作者要直抒的不仅是自己的想法，还要把这种想法变成观众的想法。

法国文学理论家罗兰·巴特在1953年发表过一篇文章，名叫《写作的零度》，他提出，零度写作方式多指作者在文章中不掺杂任何个人的想法，完全是机械地陈述。零度写作并不是缺乏感情，更不是不要感情；相反，是将澎湃饱满的感情降至冰点，让理性之花升华，使作者得以客观、冷静、从容地抒写。从剧本创作的角度来讲，创作者要将自己澎湃的情感放置在一个剧本可以容纳的框架之内。观众关注这个作品本身，通过作品产生审美快感，至于它是谁写的、谁拍的，这些都不重要。在很多文学作品当中，这叫读者反应论，引申到影视作品当中就是观众反应论。试想，你把自己完全抛开，进入观众的视野中，努力让自己成为观众。这时候你就可以完全抛弃观众，因为你自己就是观众。这也是一个心理过程的积累。

八、规避风险问题

在初学者阶段，不建议初学者去规避风险问题。换句话说，初学者不应该规避任何问题，反而应该尽可能地把问题全部展露出来，越多越好，因为只有展露出来的问题才有可能被解决。如果初学者一直把问题深藏不露，不肯将它暴露出来，它就会像病灶一样，一直长在那里，越长越大，永远不会被处理。

以上是很多初学者可能会问到的相关问题，接下来探讨在剧本创作的过程中，初学者可能会遇到的技巧上的问题。

第一节　片段式的想象力：主线缺乏

在学习了剧本的全部写作过程之后，初学者会从故事梗概或人物小传开始练习。在编写故事梗概时，一些写作习惯和思维方式的问题就会凸显出来。比如，有些学生在主观意识上已经接受了故事的编写方法，但在具体的操作中仍会不自觉地继续之前的写作习惯，其中最明显的就是依然会出现主线缺乏的问题。比如，在创作故事的时候忘记了人物的目标，或者在创作的初期过于从自我的情感出发，而忽略了给人物设定目标，因此导致整个故事没有主线，看上去不知所云。又如，有的学生在交作业时会讲这样一个故事，男孩儿喜欢女孩儿，但是一直偷偷地喜欢女孩儿，什么也没有做，最后看到女孩儿和别的男孩儿在一起以后黯然神伤。到此故事结束。这样的文字如果形成小说或是一种网络短视频，或许没有什么问题。但是在影视作品中，这样的故事呈现效果就没有那么乐观了，原因是观众没有期待感，不知道期待什么，也不清楚自己要将视线聚焦在什么地方，纵使设置的故事细节很感人，也很难引起观众的兴趣。而这样的故事其实稍做调整，情况就会大不一样。比如，男孩儿喜欢女孩儿，为了向女孩儿表白做了各种各样的努力却总是未行动，等到最后他终于排除万难可以跟女孩儿表白的时候，女孩儿却接受了别人的表白，男孩儿黯然神伤。这样一来，人物就有了目标，并且为了这个目标努力付出，其中的过程就是观众所需要聚焦的过程。因此，要时刻注意，人物不是原地不动的，而是需要努力去实现设定的目标。因此在编写故事梗概时一定要时刻谨记，当人物遇见激励事件之后，必须要产生一个明确的目标，且为这个目标努力做些什么。

之所以叫片段式的想象力，也是因为故事没有主线，大多数是片段式的，没有一个完整的前因后果。很多初学者会以为人物只要为了实现目标而努力了就算是有了观众感兴趣的动作，实际上并不是这么简单的。整个主线需要一个完整的叙事逻辑，正如我们在前文讲过的，情节就是事件按照因果逻辑所排列出来的。因此在主角有需求的同时，还要告诉观众主角为什么有这样的需求，以及主角为什么这么做。例如，学生交上来的故事里，一个警察要去逮捕一群毒贩，过程紧张刺激，最终抓住毒贩，将其绳之以法。这个故事乍一看没有什么大的问题，主线似乎也十分清晰。然而，问题就出现在主线上。观众看到一个影视作品的时候会做出最初的假设，就是警察为什么要逮捕毒贩？为什么是这个警察和这群毒贩，而不是别的警察或者别的毒贩？不能因为短片的体量问题就忽略了整个故事的前因后果，这样依然会造成故事主线的不完整，形成片段式的错觉。

“当你在发展一个电影剧本时，你就把所有的东西建构或者组织在一起而成为一系列的相互关联的事变、片段或者事件。它必须指引你朝向最后的戏剧性的解决，即你的故事。首先你建构它，然后你结构它成为完整的部分——开端、中段和结尾，而这些整体和部分以及两者之间的关系最终要组织成为一个有机的整体。”①这是悉德·菲尔德在其著作中重点描述的部分，也说明了缔造一个主线结构的重要性。盲目地下笔只会导致更多的问题出现，而主线结构不清晰更是初学者最容易犯的错误之一。

当然，很多初学者即使设置了目标，甚至给人物设置了障碍，但整个剧本完成后依然会让人觉得看不到主线，视觉失焦。有的初学者不明白，为什么梗概已经写得很清楚了，但落到剧本上时却有这样那样的问题？这就涉及单一场景写作时对于情节设置的问题。有的初学者会在剧本的场景写作中用大量的台词或者缺乏展现力的方式来表现矛盾冲突，然而这样的矛盾冲突往往不够强烈或是深邃。观众从单一的场景中既感受不到人物的极度纠结，也看不到人物对于实现目标的迫切性，一切都像是刻意安排好的，没有形成顺理成章的逻辑。

① 菲尔德.电影剧作者疑难问题解决指南：如何去认识、鉴别和确定电影剧本写作中的问题［M］.钟大丰，鲍玉珩，译.北京：中国电影出版社，2002：22-23.

例如，一个学生曾经写过一个剧本，女生甲和女生乙都希望能得到饰演某电影女主角的机会，然而两个人一直都在通过对话去交代她们是如何付出努力的，遇到了哪些困难，她们又是怎样与困难相抗争，最终发现对手居然是彼此。又经过了一番唇枪舌剑，女生甲放弃了机会，让给了女生乙。整个故事的反馈很糟，学生很委屈，不明白到底哪里出了问题。其实这样的剧本也不能完全算是主线缺失，毕竟在她构建故事的时候，人物的动作、目标以及前因后果都还是相对完整的，问题就在于形成剧本的时候，这些动作、目标以及前因后果没能通过视听语言的方式有效地展示出来，造成了整个剧本完成后出现没有矛盾冲突的尴尬情况。

由此可见，一个故事的主线缺失，不仅需要从故事结构上进行完善，而且需要从剧本的呈现方式上进行完善。也许有人会说，上述例子中，单纯地依靠对话来支撑全片的电影也不是没有，其中不乏优秀的电影作品。然而，这位学生的作品如果是那种从对话的字斟句酌中洞见含沙射影或彰显高妙的逻辑悖论的类型，也就不会被称为糟糕的故事了。正是因为其对白中单纯地展现出了事件的整个过程，且没有任何的起承转合，就像在叙述一个新闻事件，让人对接下来人物的对话毫无期待，才出现了这种局面。而诸如美国的《这个男人来自地球》或者日本的《笑的大学》这类将语言和细节安排到极致的作品，对于大部分初学者来说是极难做到的事情。因此对于初学者而言，通过外部的视听描写充分调动起叙事中的时空表现力，才能有效地完整叙述一个故事，也才能更好地表达。正如北京电影学院文学系的刘一兵老师曾在文章中提到过的那样，“从事艺术行业的人与从事其他工作的人在一点上是相当一致的，那就是他们都希望将复杂的问题简单化，找出能指导从事那一工作的规律来，从而能够更快地成为那个职业中的行家里手。比如学书法的人，会临摹颜、欧、柳、赵等不同的字体。他们甚至从描红模子开始练习。一个人最终能够建立自己的字体风格，那是以后的事情。如果连临帖的阶段也没有，就想创造自己的字体，那是不可能的”[①]。所以，对于一个完整的影视作品的剧作结构而言，让人物实现目标的过程是一个行动着的过程，一个能够通过时空的改变而展现出来的过程，同时是一个不只被听到也是可以被看到的过程就变得尤为重要。

剧本写作不是一蹴而就的事情，需要大量的练习，将这种思维逻辑灌入血液里才能让自己的故事更好地展现在观众面前。

这时，也许有人会问，那么要如何表现呢？这就涉及一个统领全篇的问题了。“一个电影剧本就是由画面、对话和描写来讲述出来一个故事，而且所有的这些东西都被设置在戏剧性结构的情境之内。”[②]当你有了人物设定，有了激励事件，有了人物目标之后，接下来的动作就是去思考这个人物究竟要怎么做。比如你的人物要去寻找一个人，那么他或者她首先要做的事就是去确定这个人的身份。怎么确定身份？要和这个人物本身的特性以及当下的环境和故事发生的可能性相结合，既不能凭空捏造也不能忽略不提。当人物的身份确定了，接下来就是寻找他或她的行踪，通过打听还是查找？抑或是更高端的手段。在这个过程中是否有人阻止？这个人的目的地是否会是一个难以抵达的地点？诸如此类的问题。当想明白了这些问题后，剧本中关于主线的描述就剩下动作描写、环境描写、对话设定等，整个过程会形成一个完整的以视听语言呈现的故事，以此让观众明白你的主人公经历了什么，而不是透过主人公的嘴来告诉观众主人公经历了什么。

在影视作品发展迅猛的当下，各种各样的剧作结构层出不穷，甚至有“反好莱坞”倾向的电影在弱化主线或者剔除主线的情况下完成整个电影剧本的创作。然而，这些电影的观众接受度也就可想而知了。更有甚者，在原有的单线叙事的结构基础上开发出了多线叙事结构以及复合式叙事结

① 刘一兵.电影编剧教学笔记系列（七）：电影剧作模式论［J］.电影文学，1999(12)：29-34.

② 菲尔德.电影剧作者疑难问题解决指南：如何去认识、鉴别和确定电影剧本写作中的问题［M］.钟大丰，鲍玉珩，译.北京：中国电影出版社，2002：23.

构，然而所有的变化都要在原有的结构上不断生发出新的探索和尝试。对于初学者而言，在还没有熟练掌握基础技法的时候，做不同类型的尝试简直就是揠苗助长，最后大概率会面临着并不好的受众反馈。

影视作品的形式有很多种，以电影为例，没有了主线结构的故事，会让很多坐在电影院里看电影的观众出现厌烦、不知所云的感官体验。而电影这种特殊的观影模式也造就了剧作结构以及展示方式的视听诉求。即使是很多初学者所尝试的短片剧本创作，在没有主线的支撑下，也很难通过在有限的篇幅中搭载的细节去完成一个完整的故事。所以，初学者在构建短片故事时，或是在剧本创作阶段时就一定要注意，让你的人物活动起来，千万不要只是待在原地靠台词来完成叙事。影像的多样化是吸引观众看下去的一个重要因素，也是让主线结构不至于缺失的重要因素。

一个故事片的主线结构往往决定了这个影片的调性和风格，没有明确主线结构的故事也就相当于没有明确的风格，造成的负面后果不言而喻。所以，初学者在剧本写作的时候一定要时刻提醒自己，所有的情节安排不能脱离主线，所有的人物设置也都要围绕着主线。有的初学者很喜欢在写剧本的时候插入无意义的情感关系，比如爱情或者亲情，使得主线结构出现混乱，导致在剧本写完时都不知道自己写了些什么。我们早在前言部分就讲过这个问题，剧作者是戴着镣铐起舞，必须改掉写作时随心所欲的坏习惯，同时克服自身面对创作困难时盲目下笔的问题。只有这样，才能养成构思影视作品故事的良好习惯，而不是仅停留在写文学小品或是自媒体上的文字形式的阶段，只有如此，才能不断向一个合格的剧本创作者迈进。

练习：

请完成一个10分钟左右的剧本，并在剧本中明确地标出主线剧情的表现都有哪些？

第二节　按下葫芦起了瓢：剧本修改中的取舍

在很多的剧作书中都会看到这样一句话“好剧本，是改出来的”。这句话也成为很多剧本创作者奉为经典的一句话。只有极少数天才能让剧本在第一稿出来之后就变成一个完善的可被拍摄的定稿，大部分初学者甚至从业者都需要不断对剧本进行修改才能得到一个令人满意的剧本。这是由人的思维方式以及生理结构所决定的。所以当初学者面临剧本修改时大可不必如临大敌，或者觉得自己写的内容有多糟糕，那只不过是剧本创作过程中稀松平常的一个环节而已。当你接受了这个观点时，可能接下来的环节才是让你更痛苦的，那就是剧本中内容的取舍。对于一个负责任的剧作者而言，自己写下的每一个字都是呕心沥血的工程，赫然删改，从情感上总有些难以接受。那么究竟剧本中什么样的内容才需要被删改，剧作者又需要做什么样的取舍呢？

第一，当剧本中出现明显的逻辑漏洞时，剧作者必须要对其进行修改。

“‘漏洞’是另一种失去可信性的方式。有漏洞的故事缺少的不是动机，而是逻辑性，在原因和结果之间缺少必要的关联。”[①]当剧本中存在明显的逻辑漏洞时，观众看到后会对故事真实性产生质疑心理。故事是不是真实的不重要，作为一个合格的剧作者，能够让观众相信故事是真实的就可以了。当观众不再相信眼前的故事时，就会质疑自己之前被代入的所有故事情境，进而失去了和人物的情感连接，甚至放弃继续观看这个故事。所以，当剧本中出现明显的逻辑漏洞时，剧作者一定要设法弥补这种漏洞。比如，在大量影片中总被观众诟病的一点就是当反派抓住主人公后为什么

---

① 麦基.故事：材质、结构、风格和银幕剧作的原理［M］.周铁东，译.北京：中国电影出版社，2001：434.

不直接杀死，还总要说一些废话？而剧作者知道主人公可以陷入困境，但是却不能死。为了这一原则，只能让反派话多，进而拖延时间，为主人公获救赢取合理的时间。可就是这一漏洞常常遭到观众的诟病，因此，如果剧作者想让主人公活下去，反派不是不能说废话，而是要在这之前就做好逻辑铺垫，这个反派为什么话多？为什么不直接杀了主人公？只有清晰地交代出这些内容，才能让故事不至于出现逻辑漏洞，让观众质疑，进而影响审美快感。

第二，当故事的情节过于沉闷乏味时，剧作者需要用一个更有效的情节去替换。

初学者经常会在剧本创作时犯的错误就是整个剧本似乎所有元素都有，但就是看上去不够吸引人。初学者不知道问题出在哪儿，而观众也给不出答案。其实对于一个剧作者而言，这样的情况是很容易出现但却不容易修改的。不同于逻辑漏洞那种明显的错误，在剧本中，沉闷无聊往往就像一个人生了一种很奇怪的病，浑身不舒服，但就是说不上来具体哪里出了问题。而其实出现这种沉闷无聊的情况更多是因为剧作者创造出了一个沉闷无聊的人物。我们不是说塑造一个性格上沉闷无聊的人不可以，这里的沉闷无聊是说在塑造好人物之后，人物所遇到的激励事件以及人物之后所产生的目标看上去都是意料之中的，没有任何可以被猜测和期待的空间。就好像很多年轻人诉说自己的生活一般，从20岁就能看到自己80岁时的样子。观众一看到故事的开头，不但能够猜到结局，甚至能猜到中间的过程，这就是沉闷无聊的一个典型表现。即使外部的矛盾冲突足够强，依然会让人觉得索然无味。

“好的电影剧本写作时常是通过强有力的人物和强有力的动作体现出来的。所以，如果你以你的主要人物作为衡量的标准，并且感到主要人物不够强有力、对话太多了或者缺乏足够的视觉性动作的话，你就很容易可以认定你的主要人物太弱和太被动了。”[①] 这个问题也就是我们之前所说的

① 菲尔德.电影剧作者疑难问题解决指南：如何去认识、鉴别和确定电影剧本写作中的问题［M］.钟大丰，鲍玉珩，译.北京：中国电影出版社，2002：83.

剧本的问题不难发现，但是却不容易修改。因为人物是一个剧本的核心，所有的情节都要围绕着人物来进行，一旦人物出现了问题，那么很多情节的设置都可能要推倒重来。而这也是最让初学者头疼的问题之一。推倒重来是对初学者而言非常具有打击性的修改，无论是从自信心的建立还是从剧本的构思层面来说都极具挑战性，然而这却是剧作者提升自己的绝佳时机。当一个剧作者在尚未构思好人物就开始动笔时势必会造成这样那样的问题，而这样的修改，会让剧作者重新审视自己的人物以及由人物搭建起来的故事，并使其更加完善。当人物变得有趣之后，人物关系也会随之发生变化，情节的设置、矛盾冲突的建立也就有一个提升的机会。比如，我们设置一个刚正不阿的警察去抓一个十恶不赦的罪犯，这样的故事总让人觉得欠缺一些有趣的色彩，而当我们改成一个刚被释放的贼伪装成警察去抓一个跟自己有关系的贼时，情况就会变得不一样。美国电影《笨贼妙探》虽然是一部1999年上映的影片，但是它的情节设定依然值得初学者学习。《笨贼妙探》讲述了两年前，天才珠宝大盗麦尔斯被警察围剿，迫于无奈的情况下，把刚到手的价值2000万美元的钻石藏在一处建筑工地里。麦尔斯从监牢里出来之后，第一件事就是取回当年放在工地里的钻石，然后才开始重新做人，然而他却赫然发现两年前的工地如今已成了洛杉矶警察局。当下取回钻石的唯一方法就是混入警察局里去，麦尔斯苦思许多旁门左道，却一直不得其门而入。于是，他决定采取终极的招式——假扮警察蒙混进去。麦尔斯万万没想到，由于对于犯罪招数如数家珍，他居然阴差阳错地成为警察局里最风光的警探，带领着“菜鸟”伙伴一路冲锋陷阵，又是飞车追逐，又是枪林弹雨，将罪犯一网打尽。麦尔斯一路从昔日的罪犯摇身变成今日的英雄。

我们可以看到这样的故事设定中人物的强大动机以及合理性，主人公身份的倒错加之其强大的主动性和行动力，让整个故事给人一种耳目一新的感觉，这样的故事自然也就不会沉闷乏味了。

第三，故事缺乏悬念、意外太多，但都不是情理之中时，剧作者需要调整整个剧本的讲述方式。

一个剧本完成之后，我们要想象一下它成为影像的基本面貌。当剧本以影像的方式出现时，如果我们发现整个影片根本无法调动起观众的好奇心，那么这个剧本就出了问题。“好奇心便是一种意欲回答问题和闭合开放模式的智力需要，故事正是利用人类这一普遍的欲望反其道而行之：提出问题并开放情境。”[①]一个故事的基本功能就是充分调动起观众的好奇心，并能引领这份好奇心走到结尾，进而使观众拥有一种独特的审美体验。而当一个故事失去了观众的好奇心，也就意味着这个故事失去了它本应具有的魅力。初学者经常会犯这样的错误，就是在剧本写作的过程中，将事情的进展事无巨细地展现在观众面前，让观众对这个过程充分了解，进而失去了兴趣；又或者每一个矛盾冲突都安排得非常流畅，没有出乎意料的情节，更准确地说就是没有情节点的出现。我们在前文就清晰明确地阐述过情节和情节点的区别。情节点的一个至关重要的作用就是将主人公的命运转向故事进行的方向，所以剧作者也可以把情节点理解成一个转折点，而这个转折点抓住的就是观众的好奇心。当观众看到人物原有的平衡被打破之后，就会产生本能的好奇心，接下来主人公会怎么办？他还能不能恢复原来的平衡？又或者剧作者在设置障碍时，让主人公自身的实力和障碍之间存在着天壤之别，观众也会产生本能的好奇心，这个人究竟要怎样克服障碍？只有当诸如此类的情节设定出现在剧本中时，观众的好奇心才会被不停地牵动，这样的设定也就是我们在剧作技巧中常说的悬念。

好的剧本势必要有悬念，在每两场戏之间悬念都需要存在。比如说上一场戏，一个人从陡峭的悬崖上掉下去了，如果下一场戏不交代这个结果，而是在描述另外一条叙事线上的情节，这个时候观众就会好奇，那个从悬崖上掉下去的人究竟有没有死？他发生了什么？为了找到答案，观众也只能看下去。这个时候有的初学者会反驳说，自己的剧本中也有

① 麦基.故事：材质、结构、风格和银幕剧作的原理［M］.周铁东，译.北京：中国电影出版社，2001：405.

这样的情况，为什么依然没有形成悬念？那是因为在很多初学者的剧本当中，转折充满巧合，却不在情理之中。剧本中的故事不是不允许使用巧合，而是这个巧合要使用得恰到好处。任何一个事件的出现都要有一个起因，而情节就是事件按照因果逻辑的顺序排列起来的。所以，巧合可以使用，但是要在“情理之中、意料之外”。比如说，一个人被抢劫了，这时人物要找到抢劫他的人以便拿回自己的东西。这是一个突发事件，同时也是一个巧合，那么我们如何让这个突发事件在情理之中、意料之外呢？那就需要在剧本中先交代这一事件，之后再说这个人为什么被抢劫，比如说他日常炫富又小气，早就被有心人盯上了，到最后抢劫他的人可能就是他身边最亲近的人。这样一来，巧合就被合理地解释清楚了，而悬念也就合理地存在了。另外，合理的铺垫也是解决这一问题有效的方式、方法。

第四，针对初学者而言，短片剧本的故事体量较小，导致故事没有讲完。此时，剧作者需要修改自己的故事主线，也就是人物的目标。

在初学者中，还有一个问题就是故事的体量无法控制。我们经常能在银幕或者网络上看到很多完整的成片电影或者电视剧，短则90分钟，长则三四个小时，电视剧就更甚，一般都有几十集。面对这样的现状，剧本创作的初学者很难不被影响，写出一个“鸿篇巨制”。比如，一个小镇青年如何通过自己的努力成为某家上市公司的老总；一个爱好唱歌的大学生如何成为一个炙手可热的大歌星。这样的设定不是不可以，只是从大部分短片要求的时长和体量来说，这样的设定根本无法在规定的时长内展现得淋漓尽致，更多的是一种走马观花式的叙述，甚至连这一点都做不到。因此剧作者在修改剧本时一定要注意，当出现无法控制体量的情况时，一定是故事中给人物设定的目标出了问题。由于是短片，我们可以给人物设置一个对他而言有些难度但不大的目标，越具体、越形象越好，切忌过于宏大。使得人物可以在8—15场戏就能完成目标，而不是需要一个几十集电视剧的体量才能完成。至于具体什么样的目标才合适，这就需要具体问题具体分析了，当有了大量积累之后，自然也就知道什么样的目标最适合这个体量的剧本了。

练习：

对自己写过的某一个剧本进行修改，不少于三次，分析每次修改完后自己和剧本的变化。

第三节　真实与虚拟真实的分歧：关于“编”字的魂

关于剧本中故事真实性的问题，很多剧本创作的初学者都有相应的疑惑。如果是真实存在的故事，为什么不能用剧本呈现出来？诚然，在电影诞生的这100多年来，关于电影本体的讨论也围绕着是否展示真实的故事展开过。然而，我们在前言部分已经讲过，本书只探讨好莱坞经典类型片的剧作模式，而在这样的剧作背景下，我们来探讨什么才是银幕上的真实才具有合理的意义。

我们来解读一下剧本写作这个职业的名称——编剧。在英语里，编剧对应的英文单词为“screenwriter”，也就是银幕的写作者，但是到了汉语中，我们把它翻译成了编剧。重点不在于这个“剧”字，而是在于这个“编”字。对于一个呈现在银幕上的故事来说，它是不是真实的对观众来说并不重要，重要的是要让观众相信并认可这个故事发生的可能性和合理性。也就是说，故事的逻辑是真实的，那么我们就界定这个故事是真实的。作为一个剧作者，要时刻牢记这一点。

有时会有学生很委屈地说，自己的故事是真事，是发生在自己身上的抑或是发生在自己身边的真事，为什么这样的故事会没人相信？原因就在于不是每个真实的故事都适合在银幕上表达，都适合被剧作者写成一个剧本。而那些适合被搬上银幕的真实故事，大多需要剧作者做一个动作，那就是改编。改编就是把一个真实发生的事情加入戏剧化的结构，使之呈现出一种虚拟真实感，一种可被观众接受的真实感，一种可以带来审美快感的真实感。

我们在创作剧本时从不抗拒生活，更不抗拒真实事件，有时候生活远比剧本中的故事更加戏剧化。然而在生活中我们往往很难找到事件发生的逻辑，而在影视作品的故事中我们却要给观众交代一个逻辑、一段前因后果。所以当我们用审美的眼光去看待影视作品中那些被改编过的故事时就有了不同的视角，产生了不同的感觉。但这并不影响我们对真实事件的接受和理解，因为这些真实事件都是我们创作故事的素材，正如那句经典的名言所说“艺术来源于生活，却又高于生活”。

这个时候，依然会有学生感到困惑，自己在生活中的经历以及想要表达出来的主题究竟要如何操作才能成为适合银幕的故事？要做到这一点，首先，要审视事件中的人物，在整个事件中，这个人物是否满足我们所说的故事所需要的条件；其次，在事件中按照故事的标准去完善整个过程，并做出必要的修改。比如去掉一些偶发性的因素，或是给这些偶发性的因素加上一个更加合理的外在逻辑，让其成为情理之中、意料之外的事情，再对比真实情况下那个吸引人的点，让其成为整个故事的动作核心或事件核心。

剧本创作的初学者都要明白一点，即使是一个真实事件，也有不同的切入点用以平衡讲述方式，思考让观众从哪个角度来看待这件事比这件事本身的意义更重大，这也是影视作品改编的意义。

对于剧本创作的初学者而言，剧本创作的学习依然是任重而道远的，常见的问题也不可能只有以上几种，这里我只是挑出了几个典型的例子进行分析和讲解。然而，剧本创作中的常见问题也会随着观众审美品位的提高而有所变化，可以这样说，如果这些问题是剧本创作的初学者会遇到的问题，那么还有很多其他问题是所有剧本创作从业者都会面临的问题。而作为一名文字工作者，面对自己写出来的文字存在的问题，首先应该找到问题的根源，再去探索解决的方法，盲目的修改或者是推倒重来对于剧本创作来说都不可取，善于发现自己的问题并解决问题才是一个剧作者成长的必然过程。

当你谨记所有的要求，并且严格按照这种方法进行实际操作，你会发现做一个剧本创作有时比你想象的要难，有时也比你想象的简单。而剧本创作的魅力恰恰就在于它为银幕服务的特殊文字属性，也是剧本创作的初学者最为头疼的问题。当解决了这些问题之后，展现在你面前的势必就是一个更好的故事，一个更优秀的剧本。

练习：

找一个真实的故事或是新闻，将其改编成一个10—15分钟的剧本。

后 记

至此，这本写给那些对剧本创作怀抱热血，却又是非专业人士的初学者及各学校非剧本写作相关专业学生的书就全部结束了。这当中有我多年上课的经验，也有一定的剧本写作经验。而作为一个剧本创作专业的毕业生，我在剧本创作的过程中仍然在不断地学习、不断地改变。剧本创作就是如此，没有一个编剧敢说自己已经不用提高，已经是编剧领域的最高峰。所有的编剧都会在写剧本的痛苦和酣畅中来回游走，这也是这个行业的特殊性所在。这本书也是我自己学习剧本创作时的一些心得，仅供参考。在本书的最后，只想给所有对写剧本有兴趣或者有恐惧的初学者说，剧本创作是一个神圣的过程，是一个人调动全部所学来完成的一项任务。在创作时，要尽可能地把本书所提到的内容消化吃透，把所有的规范和要求融进你的血液里，形成一种本能，只有这样才能继续谈故事的精彩度和可看性。

最后，感谢支持本书完成的每一个人。正是因为有了你们的支持，才能让本书最终完成并出版。它虽然不能解决剧本创作的所有问题，但是希望能给那些有梦想、想学习剧本创作的人以启发，为他们提供一个更容易上手的剧本创作模式。

剧本节选

电影《秘术》剧本节选

第8场

场景：临时拆迁安置房二楼　内

时间：夜

人物：忠哥　苏魅可

忠哥蹲在二楼的平台处。

地上放着一个煤油炉的简易小锅。

锅里呼呼地冒着热气。

忠哥的边上放着三个碗，碗里盛着面汤。

忠哥用筷子搅拌着锅里的面条。

这时，苏魅可走了下来。

忠哥听见脚步声回头看了一眼苏魅可。

忠哥：没什么好吃的，煮碗面你们将就一下，好歹是热乎的。

苏魅可：真是给你添麻烦了。

忠哥：没关系的，老太太还记得你是他们家什么人吗？

苏魅可：我也不知道，婆婆什么也说不出来。

忠哥：没事，慢慢来，只要人在这里就行，总会有办法的。

苏魅可（走到忠哥身边，露出担忧的神情）：找了十几年，好不容易找到一些线索，真没想到是这样的结果。

忠哥：这个结果也不算太坏，起码比我强。

苏魅可（惊讶地）：比你强？

忠哥：我也是一个孤儿，父母在我很小的时候就走了，我再也没见过他们，也不知道他们去了哪里。

苏魅可：那你后来有没有试着找过他们？

忠哥（无奈地摇摇头）：找不到，我连他们是死是活都不知道。

苏魅可：你还知道自己姓什么，我的名字还是在孤儿院的时候院长给我起的。

两人陷入悲伤的沉默。

突然，楼上传来一声闷响。

苏魅可和忠哥互相看了一眼，迅速跑上去。

第9场

场景：临时拆迁安置房老太太房间　内

时间：夜

人物：苏魅可　忠哥　老太太

苏魅可和忠哥冲进老太太的房间。

老太太的一半身子趴在地上，眼睛盯着苏魅可的挎包。

椅子倒在地上，苏魅可的挎包掉在一边。

苏魅可和忠哥惊慌地扶起老太太。

苏魅可：婆婆！

苏魅可和忠哥把老太太扶回床上。

忠哥的眼神有些变化。

苏魅可：婆婆，你需要什么？我帮你。

忠哥：她可能是饿了。

[同场叠画。

苏魅可和忠哥蹲在地上把老太太扶着坐起来。

忠哥把一碗面端到老太太面前，另一碗面放在苏魅可身边。

老太太躲了一下，警惕地看着忠哥。

老太太看了一眼苏魅可的挎包。

苏魅可回头看了一眼挎包，又回头看了看老太太，脸上带着不解的表情。

苏魅可走过去把椅子扶起来，把挎包放在椅子上。

苏魅可走过来。

苏魅可：我来吧。

苏魅可（接过那碗面，喂老太太吃饭）：婆婆，吃点儿东西吧？

苏魅可（端起碗筷，把面条夹起来送到老太太面前）：吃一口吧，婆婆。

老太太看着苏魅可，眼神很复杂，张开嘴，吃力地咀嚼着。

忠哥站起来走开。

苏魅可喂老太太吃一口，就拿纸巾为老太太擦擦嘴。

苏魅可：婆婆，慢点儿吃，小心烫。

忠哥拿了个马扎放在老太太门口，端着一碗面条一边吸溜着吃，一边看着老太太。

老太太吃一口看一眼忠哥，再看看苏魅可。

忠哥吃了两口，笑了。

忠哥：其实我自己做的东西自己都不爱吃。

苏魅可：你不是厨师吗？

忠哥：哪有，我只是在工地上做帮厨，混口饭吃嘛。苏小姐，你是做什么工作的？

苏魅可：我是私人定制设计师。

忠哥（想了想）：私人定制设计师是干什么的？

苏魅可：嗯……就是帮人设计怎么穿衣服，怎么梳头，也是混口饭吃。

忠哥：哦，这个行业肯定能挣不少钱吧。

苏魅可：这年头人要想凭良心挣钱，发不了大财。

忠哥：也是，那你之后有什么打算？

苏魅可（想了想，摇摇头）：我也不知道。

忠哥：你如果真是这家人，你就算找到家了，而且这家人看着还挺富裕的。

苏魅可：我可没想那么多。

两个人沉默了一阵。

苏魅可：忠哥，这附近有宾馆之类的吗？我想带着婆婆住到外面，这里条件太差了，婆婆身体不好，我想好好照顾她。

忠哥：这附近荒郊僻壤的，也没有宾馆、酒店之类的，而且这么晚了这里很难找到出租车，不方便挪动老太太，要不明天再说吧。

苏魅可（点点头）：那我晚上就先在这里凑合一晚上吧。

忠哥：你先吃点儿东西，等一下我帮你收拾出个地方。

苏魅可：又麻烦你了。

忠哥：别客气。

忠哥笑着看着苏魅可和老太太。

［叠画。

第10场

场景：临时拆迁安置房苏魅可房间　内

时间：夜

人物：苏魅可　忠哥

苏魅可的房间里有一个柜子和床架子，地上零散地堆着一些拓片和瓷片。

忠哥把立着的床垫放到床架子上。

苏魅可拖着行李进了屋。

苏魅可：忠哥，真是不好意思，还麻烦你帮我整理房间。

忠哥：应该的，不然你一个小女生，哪儿抬得动这些。

忠哥（环顾了一下四周）：你一个人在这里没问题吧？

苏魅可：没问题，我从小一个人习惯了。

忠哥：我觉得你胆子挺大的。

苏魅可：我从来不信这些鬼啊神啊的。

忠哥：也对，我也不信。

忠哥（四下看着，边看边嘟囔着）：我那天帮他们家搬东西的时候把被褥放哪儿去了？

苏魅可：你不用麻烦了，我自己找吧。

忠哥：别别别，这里这么乱，你怎么找得到。

忠哥离开苏魅可房间，苏魅可跟在忠哥身后。

第11场

场景：临时拆迁安置房客厅　内

时间：夜

人物：忠哥　苏魅可

忠哥和苏魅可走下楼梯。

苏魅可看了看客厅里的陈设，下意识地躲开那口棺材。

忠哥（一边翻找，一边说）：这家人好东西真多，你跟老太太在这里还真要小心点儿。

苏魅可掀起白布，落着的灰尘飘荡在空中。

苏魅可皱着眉头，用手扇了扇。

苏魅可：我觉得这里面似乎没有太多值钱的东西，反而是文献、资料复制品、拓片比较多。

苏魅可一眼看到了地上散落的一些画轴和瓷器。

苏魅可走过去捡起画轴和一些拓片，仔细欣赏。

忠哥看到苏魅可的反应。

忠哥：你还懂这些啊？

苏魅可（点点头）：喜欢但是懂得不多，没什么机会好好学。

忠哥（走到苏魅可身边）：我是个粗人，不懂这些。

苏魅可拿着手机一边看周围的东西，一边把画拍下来。

苏魅可把拍到的照片发到微信朋友圈。

苏魅可转过头去看别的东西，忽然被一个倒在地上的撬杆绊了一下，险些摔倒。

忠哥：哎哎哎，小心小心，怎么样没摔着吧？

苏魅可（摇摇头，忽然发现了什么，皱着眉头向下看）：没事。

忠哥：你小心点儿，别磕着。

苏魅可蹲下看着白布下面。

苏魅可看到白布盖着的桌子底下有个烛台。

苏魅可蹲下，捡起烛台。

苏魅可端详起烛台，发现烛台上有一个图案。

苏魅可皱着眉头仔细端详。

烛台上的图案跟苏魅可的项链花纹一样。

忠哥：这个图案跟你项链上的一模一样。

苏魅可：看来我真的跟这家人有关系。

忠哥：恭喜你啊，找了这么多年，总算找到了这个家。

苏魅可：忠哥，你也一定会找到你的家人。

苏魅可和忠哥两人陷入沉默。

忠哥脸上带着若有所思的神情。

［叠画。

第12场

场景：临时拆迁安置房走廊　内

时间：夜

人物：忠哥　苏魅可

柜子被打开，忠哥从里面抱出一套被子、枕头。
苏魅可好奇地打量着柜子。
忠哥抱着被子离开。

苏魅可：忠哥，还是我自己来吧。
忠哥：没事。

苏魅可侧身，让忠哥走出走廊。
苏魅可跟在忠哥身后。
柜子门突然间自己打开了。

第13场
场景：临时拆迁安置房苏魅可房间　内
时间：夜
人物：忠哥　苏魅可

忠哥帮苏魅可铺好床铺。
苏魅可感激地看着忠哥。

忠哥：那你先委屈一晚上吧。
苏魅可：行，这样就可以了，已经不早了，你也早点儿回去吧。
忠哥：好，我把我的手机号留下，有什么事就给我打电话。

苏魅可点点头。
两人拿出手机互留手机号。

［叠画。

第14场

场景： 临时拆迁安置房老太太房间　内

时间： 夜

人物： 苏魅可　老太太

苏魅可推开老太太房间的门，走进来看了看老太太。

老太太闭着眼睛，睡得很沉。

苏魅可走进来看着老太太，带着一种很复杂的表情。

苏魅可叹口气，站起来走到老太太房间门口，把老太太房间的灯关上，转身离开，顺手把门关上。

［叠画。

第15场

场景： 临时拆迁安置房苏魅可房间　内

时间： 夜

人物： 苏魅可

苏魅可走进自己的房间。

苏魅可的房间还是有些凌乱。

苏魅可弯着腰把摊在地上的东西简单地放在墙角。

苏魅可随手把手机放在床上。

苏魅可打开行李箱，从里面拿出化妆包和洗漱包。

这时，苏魅可的手机响了。

苏魅可拿起手机。

手机上显示经纪人发来了一条微信。

经纪人（微信）：魅可，还生气呢？你在哪儿呢？

苏魅可（微信）：我跟你说，我这次可能真的找到我的家了。

经纪人（微信）：什么情况？

苏魅可（微信）：孤儿院给了我一个地址，我就来碰碰运气，结果真的发现一些和我有关系的东西。

经纪人（微信）：就是你之前发的那个图吗？这个地方在哪儿啊？我怎么看见屋里还有一口棺材啊？

苏魅可（微信）：那就是个收藏，你就当个工艺品理解吧。

经纪人（微信）：哦……那你们家的品位真够独特的，不过还是得恭喜你，需要帮什么忙尽管说。

苏魅可（微信）：我现在不需要帮什么忙，就是暂时回不去。

经纪人（微信）：别啊，这儿一堆工作等着你呢，你要继承遗产什么的让公司法务去，你自己别回头再让人给骗了！

苏魅可（微信）：不会的。

经纪人（微信）：你把你的定位给我发一个，有什么事我也好能找到你。

苏魅可笑了一下，把地址定位发了过去。

苏魅可（微信）：发过去啦！你还怕我跑了呀？

经纪人（微信）：我这是关心你，你可别怪我多嘴啊，我怎么觉得你那儿那么瘆得慌。

苏魅可（微信）：怎么了？

经纪人（微信）：我怎么看都觉得你那儿那么像一个墓啊。

这时，外面传来响动。

苏魅可：谁呀？婆婆？忠哥是你吗？

苏魅可把手机扔到一边，站起来走下楼。

第16场

场景：临时拆迁安置房客厅　内

时间：夜

人物：苏魅可

苏魅可走下楼。

一阵木门的晃动声传来，“吱呀”“吱呀”地响个不停。

苏魅可循着声音看到了来回晃动的木门。

苏魅可皱着眉头走过去，把木门关好离开。

[叠画。

第17场

场景：临时拆迁安置房洗手间　内

时间：夜

人物：苏魅可

苏魅可在洗手间的镜子前敷着面膜。

苏魅可的双手在脸上轻轻拍打着。

这时，苏魅可看见镜子里有一道影子，从门口一闪而过。

苏魅可猛地回头，身后什么都没有。

苏魅可小心翼翼地走出洗手间。

第18场

场景：临时拆迁安置房走廊　内

时间：夜

人物：苏魅可

苏魅可跑到洗手间外面查看。

走廊上依然什么都没有。

苏魅可狐疑地转过身，走回洗手间。

第19场

场景：临时拆迁安置房洗手间　内

时间：夜

人物：苏魅可

苏魅可走到镜子前继续整理自己的面膜。

这时，镜子里又闪过一个影子。

苏魅可露出有些恐惧的神情。

苏魅可慢慢地转过身，试探地询问。

苏魅可：谁在外面？

苏魅可探着头看向门口，随即战战兢兢地走出洗手间。

第20场

场景：临时拆迁安置房走廊　内

时间：夜

人物：苏魅可

苏魅可走到走廊上，来回看了一下。

走廊上依然什么都没有。

突然，灯全部熄灭。

苏魅可在黑暗中吓了一跳，一只手下意识地捂住了胸口。

苏魅可镇定了一会儿，伸出双手在黑暗中向客厅方向摸索。

步伐缓慢且谨慎。

第21场

场景：临时拆迁安置房客厅　内

时间：夜

人物：苏魅可

苏魅可用手脚感知着碰到的东西，扶着被盖住的家具走到桌子前。

苏魅可双手摸索着找到烛台。

烛台亮了。

一团黄色的光映出苏魅可的脸。

苏魅可举着烛台摸索着找到电闸。

苏魅可一手举着烛台，一手把电闸推上去。

屋里的灯全亮了。

苏魅可把烛台吹灭，露出狐疑的表情。

苏魅可拿着烛台转身准备走回客厅，忽然发现地上有一排女人带着脚趾的湿脚印。

苏魅可愣了一下，下意识地顺着脚印看过去。

苏魅可发现脚印是从棺材的方向过来的，棺材盖打开了一条缝，脚印一直延伸到棺材里。

苏魅可发现脚印从地上直接上了墙。

苏魅可惊讶地捂住嘴，看着墙上的脚印。

此时灯一下灭了。

苏魅可发出一声惊呼。

烛台上的火苗再次一点点亮起。

苏魅可的呼吸很粗很急。

苏魅可用烛火照映着走向走廊。

第22场

场景：临时拆迁安置房走廊　内

时间：夜

人物：苏魅可

苏魅可走到电闸前面。

借着烛火，苏魅可推动了一下电闸。

苏魅可四下看了看，灯并没有亮起。

苏魅可试着多推了几次电闸。

周围依然一片漆黑。

这时候，客厅突然传来“砰”的一声。

苏魅可被吓了一跳，下意识地往回走。

第23场

场景：临时拆迁安置房客厅　内

时间：夜

人物：苏魅可

苏魅可走到客厅，发现棺材盖合上了。

苏魅可摸了摸棺材。

里面传出来指甲抠木板的声音。

苏魅可战战兢兢地后退。

声音突然消失了。

苏魅可把烛台靠近了棺材仔细打量着。

这时，棺材突然晃动了几下。

苏魅可惊恐地向后退。

这时，门口传来声音。

苏魅可靠近大门，把头伸到门上猫眼的位置。

苏魅可隐约看到一个披头散发的女人穿着一身旗袍站在猫眼处。

苏魅可的精神开始更加恍惚。

苏魅可倒退了几步，转身跑向楼梯口。

第24场

场景：临时拆迁安置房楼梯　内

时间：夜

人物：苏魅可

苏魅可刚走上楼梯。

楼梯的下方伸出了一双形如枯槁的双手。

苏魅可没有察觉依然向上看。

这双手突然抓住了苏魅可的脚踝。

苏魅可尖叫一声，一边踹着挣脱一边倒退。

烛台掉落在地，烛火熄灭了。

第25场

场景：临时拆迁安置房二楼平台　内

时间：夜

人物：苏魅可

注：苏魅可不敷面膜，区分她实际上已经进入深度幻觉状态。

苏魅可退到了二楼的平台上看到楼梯间什么都没有。

苏魅可手里的烛台不知为何又燃了起来。

苏魅可吓得浑身发抖，扶着墙战战兢兢地站起来，转过身。

苏魅可猛地发现二楼墙角里，有一个穿着白色衣服的女人头顶着墙角，身后的麻花辫及腰。

苏魅可（小心翼翼地问）：谁在那里？

苏魅可凑近烛火，晃了晃头。

苏魅可：婆婆，是你吗？

苏魅可走过去拍了女人一下。

女人慢慢转回头。

女人的正脸还是一个大辫子。

苏魅可尖叫着贴住了墙壁，惊慌得无法动弹。

这时，这个女人突然手脚并用迅速爬上三楼，跑进老太太房间。

老太太房间的门“砰”地就关上了。

门内不断地传来各种尖叫。

苏魅可跌跌撞撞地撒腿就向三楼跑去。

三十集电视剧《爱情最美丽》剧本节选

1.校长办公室门口　日　内

马锦魁站在门口敲了敲门。

（O. S.）校长：请进。

马锦魁推门进去。

2.校长办公室　日　内

马锦魁拉开门刚走进办公室。

马锦魁：校长，你找我有事？

校长突然退到窗户边上。

校长：别动！别动！你站那儿就行！

马锦魁惊讶地看着校长。

马锦魁：怎么了？校长，你怎么见我怕成这样啊？我又不是妖怪，能一口吃了你。

马锦魁笑着走到校长桌子前面，拉开校长对面的椅子坐下。

校长：哎，嘿，你别……

马锦魁：行了，这么大的校长还跟小孩儿似的。别闹了，赶紧说事，我还得上课呢。

校长：你这种情况怎么带学生啊？老马，不是我说你，有病就要赶紧去医院治疗，你说你这带着病毒跑来跑去，还上课带学生，万一学生有个三长两短，你说我怎么跟家长交代啊。

马锦魁：谁有病啊？我看你才有病呢，病得还不轻。

校长：老马，你就别死撑着了，小牛都跟我说了，你就放心住院吧，有什么心愿我们认识这么多年我一定帮你完成，你可千万别祸害学生呀。

马锦魁：不是，这小兔崽子打我什么小报告呢，我跟你说校长，你别听他瞎说，这人看着道貌岸然，实际上污秽不堪，你是一校之长，你得擦亮你的眼睛啊。

校长：你亲口承认的，还能有假？

马锦魁：不是，我承认什么了？

校长：你不是说你得了肝癌了吗？

马锦魁愣了一会儿，随即转身冲出了校长办公室。

校长：哎，你别乱跑，赶紧去医院吧。

校长用纸巾包着电话听筒举起来打电话。

校长：后勤吗？叫清洁工带着84消毒液、滴露、威露士，总之所有能消毒的东西，把校长办公室里里外外、上上下下、犄角旮旯都好好擦擦，还有，跟医院联系一下，我们组织一次全校师生的体检。

校长挂上电话，脸上的表情扭曲成了一团。

3.体育教研室　日　内

牛小北正在办公室里整理教案。

马锦魁气冲冲地冲进教研室，指着牛小北，气得直哆嗦。

牛小北：前辈，您怎么还在这儿啊？

马锦魁不说话，不住地点头。

马锦魁：高！实在是高！你这招釜底抽薪用得真是相当高明，我说你一个体育老师不好好领操，怎么净在我背后搞这些小动作。

牛小北：前辈，我……

马锦魁：马老师！

牛小北：马老师，您说这话我怎么听不明白啊？

马锦魁：你少揣着明白装糊涂，你自己跟校长说过什么你自己心里清楚。

牛小北：我跟校长说了很多啊，关于咱们学校的体育教育改革，提高学生的身体素质，还有在学校建立篮球队、排球队、足球队、乒乓球队……

马锦魁：行行行，谁问你这个了，是不是你跟校长说我有肝癌的？

牛小北：是啊，马老师，我已经帮您上网查过了，也和校长说了。我觉得您带病坚持工作，精神实在值得我们后辈学习，而且肝癌通过体液和血液传染，正常的交往不受影响。我跟校长商量希望学校组织师生一起给您捐款，而且在校内开展一些肝癌防治和关爱肝癌患者的活动，告诫大家要尊重肝癌患者，陪他们一起共渡难关，帮他们树立战胜肝癌的信心，不能歧视他们。

马锦魁坐在椅子上气得哭笑不得。

马锦魁：我说你那个脑袋里到底装的是什么东西，我真想扒开看看。我说我有肝癌，是……我……我就那么随口一说，你就信啊，我这身体这么好，像有肝癌吗？你见过肌肉如此发达、脸色如此红润、目光如此炯炯有神的肝癌患者吗？

牛小北：所以我才觉得马老师您精神可嘉，战胜病魔指日可待，我们全校师生都看好你呀。

马锦魁指着牛小北，气得说不出话来。

马锦魁：你给我等着，我一定会用事实来教育你们这些红口白牙、造谣污蔑、人身攻击的小兔崽子。

马锦魁气呼呼地冲出体育教研室。

牛小北：马老师，您千万别生气，气大伤肝！

牛小北看着马锦魁的背影，一脸的同情和敬佩。

4. 校长办公室　日　内

一只手“啪”的一声将诊断书拍在了校长办公桌上。

马锦魁指着诊断书。

马锦魁：看看，好好看看，这是全市最权威的肝病医院的检查结果，两对半，肝功能和病毒DNA，B超，阴性。懂什么叫阴性吗？就是没事，懂吗？

校长拿起来仔细看了看。

校长：我说老马，这我就不明白了，你没事咒自己干什么呀？

牛小北：对啊，马老师，身体这种事可大可小，以后可千万不要拿自己的身体开玩笑。要是平时有什么不顺心的事，可以找我聊聊，千万别想不开啊。

马锦魁：谁想不开，你才想不开呢。我现在可是把铁一般的事实摆在你们面前了。别整天看我跟看病毒传染源似的，我身体健康，体魄强健，什么毛病都没有。尤其是某些人，自己屁股都还拿瓦盖的，还管别人家里漏风漏雨。想挤掉我就跟我真刀真枪地干，动这些歪心思，你真当我马锦魁在体育界是吃素的吗？怎么说我也是教师界的达人，体育界翘楚，被你这么个小毛孩撂倒了，以后就不在九中圈里混了。校长我跟你说像他这种人就是嘴上没毛、办事不牢，像我就不一样，鼻头有肉，心中无毒。

牛小北：马老师，我没那意思，我……

校长：好啦，都别吵了，小牛啊，你先忙去吧，我还有点儿事要和马老师说。

牛小北：知道了，那你们慢慢聊。马老师，阳光点儿吧。

牛小北走出校长办公室。

马锦魁：校长，你看看他刚才那副小人得志的嘴脸，是可忍孰不可忍啊？

校长走过来，重重地拍了拍马锦魁的肩膀。

校长：老马，人生如雾亦如梦，缘生缘灭还自在，去吧……

马锦魁：啥意思啊？

马锦魁迷惑地看着校长。

5.街心公园　日　外

牛小北坐在街心公园的长椅上看着手中的一张黑白照片发呆。

这时一双手忽然蒙住了牛小北的眼睛。

牛小北笑了。

一个女人故意变粗的声音：不许动，中情局办案，你可以保持沉默，但你现在说的每一句话都会成为我们婚礼上的证词，说你的现任女朋友马晓灿干过什么坏事。

牛小北：长官，我现任女朋友马晓灿干过的最大的坏事就是和我在三个月前的同学聚会上一见钟情。

马晓灿一脸的喜悦幸福，松开的手揽住牛小北的脖子。

马晓灿：算你识相，这次就放过你，看什么呢？

马晓灿拿过牛小北手里的照片。

马晓灿：这是你爸妈吗？看不出来嘛，我未来公公年轻的时候还挺俊俏，怪不得我被你迷得神魂颠倒、六亲不认呢。

牛小北：其实我也没见过他们，我对他们的印象就只有这张照片，不过我还是能够感觉得到他们一定在这个世界的某个角落一直关注着我。哦，对了，你这几天工作找得怎么样？

马晓灿：边走边说吧，在这儿坐着多无聊啊。

牛小北站起来，搂着马晓灿的肩膀离开。

6.街道　日　外

马晓灿挽着牛小北的手臂，亲密地走在一起。

牛小北：你还没告诉我，你工作的事怎么样了呢？

马晓灿：那还用问吗？我马晓灿是谁，人见人爱、车见车载、花见花开，找工作这种小case当然不在话下。一家贸易公司已经聘我做出纳啦，待遇还不错呢。你呢，当年师范体育专业的风云人物有什么新的江湖传闻啊?

牛小北：什么风云人物，也就是在你眼里是个宝，在别人眼里还指不定是什么呢。我终于实现了自己的理想，成了一名光荣的人民教师。

马晓灿：哇，太酷了。快说说，哪家学校这么幸运，以后咱儿子就是教师子弟啦，得跟校长说看在你的面子上少收点儿学杂费。

牛小北轻轻地揉了揉马晓灿的脸。

牛小北：你呀，满脑子都是什么稀奇古怪的想法，我真是彻底被你打败了，我在第九中学教体育。

马晓灿忽闪着大眼睛半天没说出话来，她没敢说出自己的爸爸也在第九中学，叫马锦魁。

马晓灿：啊，没有，我以前也是那儿毕业的。亲爱的，我们两个太有缘分了，这就是传说中的姻缘天定吧。

牛小北：哎，可惜工作不太顺利，有个前辈总为难我，可是我也不怪他啦。我工作得好，他就要提前退休。哦，对了，他也姓马。

马晓灿：呵呵，真巧。

牛小北：我本来也挺高兴的，校长对我很好，其实我能理解他，可是我觉得他的教学态度和教学手段很有问题……

牛小北回头看见马晓灿目光呆滞，嘴巴微张，魂不守舍。

牛小北：晓灿?晓灿?你怎么了?没事吧?是不是哪里不舒服啊?

牛小北关心地握住了马晓灿的手。

马晓灿：没……没事，我听着呢，你不是不喜欢你们学校的老体育老师吗?

牛小北：对啊，我觉得他在对待体育教学上面思想有些保守，要知道体育教学在整个教育系统当中也是至关重要的一环。

马晓灿：也……也许你刚去，不……不太了解情况，可能你们之间有什么误会吧?

牛小北：唉……希望吧，反正他也快退休了，我还是做好自己的工作最重要。

马晓灿突然停了下来看着牛小北。

马晓灿：小北，你以后不会离开我吧？

牛小北轻轻点了点马晓灿的鼻尖。

牛小北：说什么傻话呢？怎么想起问这个了？

马晓灿：你先回答我嘛，如果你小姑和我爸死活不同意我们在一起，我们虽然不能学罗密欧与朱丽叶，但是也得抵死抗争一下，好不好？

牛小北：好！

牛小北把马晓灿紧紧地拥进了怀里。

7.市中心广场　日　外

马晓灿和牛小北在中心广场的喷泉旁边照相，相机的快门记录下两人一幕幕甜蜜的笑容。

8.冰激凌店　日　内

马晓灿手里举着冰激凌咬了一口。

奶油蹭到了马晓灿的脸上。

牛小北用纸巾为马晓灿擦去脸上的奶油。

马晓灿把冰激凌送到牛小北的嘴里。

两人相拥着走出冰激凌店。

北京美丽乡村国际微电影艺术节获奖短片《纪念日》剧本

1.村里公路　黄昏　外

夕阳西下，村民们收工行走在回家的路上，一边扛着农具一边彼此闲聊。

路的拐角，远处老朱（村支书）正卖力骑车与村民们反向行驶在村中的大路上。

老朱一边骑一边擦汗，脸上都是焦急的神色。

张菊花（村支书夫人）拎着菜向村民们回家的方向愉快地走着。

老朱的车在张菊花身边飞快驶过。

张菊花下意识地闪了下身，再转过身来才似乎想起什么，急忙回头。

张菊花（对着老朱的背影）：哎，你晚上回家吃饭不?

老朱头也不回，骑着自行车很快就在拐弯处消失了。

张菊花郁闷地看看篮子里的菜，再看看老朱的背影，生气地转过身快步向前。

2.镇医院（诊所）　黄昏　内

手术室外一个中年妇女焦急地走来走去，手术室的灯还亮着。

老朱火急火燎地跑过来。

中年妇女看见老朱有些惊讶。

老朱抬头看了看手术室的灯。

中年妇女：书记，你咋来啦?

老朱：三儿咋样了?

中年妇女哭了起来。

老朱指了指椅子。

中年妇女微微点点头。

老朱和中年妇女坐在走廊的椅子上。

老朱：你倒是说话啊？

中年妇女一边哭，一边看着老朱。

中年妇女：大夫说要住院，可是那住院的钱……

老朱对中年妇女做了个手势，示意她不要再说了。

中年妇女又开始哭了。

老朱想了想，缓缓叹了口气，从衣服的口袋里拿出一沓钱，掰开中年妇女的手。

中年妇女：书记，这是……

老朱把中年妇女的手指推回去，生生地把她的手按回去。

老朱：快去交钱吧，我在这儿看着。

中年妇女感激地看着老朱，想把手里的钱还回去。

老朱死死地按住中年妇女的手，冲她皱着眉头使了个眼色。

中年妇女点点头，站起来正准备走，又转过头对着老朱鞠了一躬。

老朱对着中年妇女摆摆手，示意她快去。

中年妇女拿着钱快步离开。

老朱看看手表，叹了口气。

3.老朱家客厅　夜　内

客厅的圆桌上摆满了饭菜。

张菊花和5岁的女儿坐在餐桌旁。

饭菜已经不冒热气了。

女儿伸手够桌上的肉。

张菊花打了一下女儿的手，瞪了女儿一眼。

女儿怯怯地低下头，看着桌上的菜。

一阵咕噜咕噜的声音传来。

张菊花生气地叹了口气。

这时，老朱疲惫地推开门，刚一转身就愣住了。

张菊花和孩子看见老朱。

女儿：爸爸。

张菊花翻了个白眼，不看老朱。

老朱环视了一下满桌的菜，又抬头看了看表。

表上的指针指到晚上十点多。

老朱：咋还不吃饭，把孩子饿坏了可不行。

张菊花一拍桌子站了起来，把围裙扔在地上，转身进了里屋。

孩子吓得哭了起来。

老朱心疼地走到孩子身边坐下，把孩子抱在怀里，哄着孩子，又看了看里屋的门，露出无奈的神情。

女儿扯了扯老朱的衣服。

老朱看着女儿。

女儿（哭着）：爸爸，你今天怎么这么晚才回来？

老朱给孩子擦了擦眼泪。

老朱：爸爸有点儿事，你们怎么这么晚还不吃饭？

女儿擦了擦眼泪。

女儿（抽泣）：妈妈说今天是你们十周年结婚纪念日，必须等你回来一起吃饭。

老朱愣了一下，看着桌上的鱼和肉，又看了看墙上的挂历上那个用红笔圈住的日子。老朱用力地拍了下脑袋，脸上的愧疚神色更加剧了。

4.老朱家的院子　黄昏　内

老朱打开大门，把自行车推到玉米堆旁边的空地上停好，看着满院收回来的粮食。

老朱：花儿，我回来啦，今天就别做饭啦，咱们仨出去下馆子去。

老朱从口袋里掏出一个草编的戒指兴高采烈地冲进家门。

5.老朱家客厅　黄昏　内

老朱走进客厅，发现客厅干净整齐，只是圆桌还是靠着墙立着，没有打开。

老朱走向卧室。

6.老朱家卧室　黄昏　内

老朱家的卧室里摆着一张大双人床，床的对面是一个柜子，柜子上除了一些生活用品，边上都是老朱的文件。

床铺收拾得整整齐齐。

老朱走到衣柜前打开衣柜，发现里面全是自己的衣服。

老朱愣愣地坐在床上，拿起床头柜上一家三口的合照，拍了下大腿。

老朱想了想，放下合照，把草编的戒指放进口袋，站起来，冲出卧室。

7.老朱家的院子　黄昏　内

老朱冲出门走到自行车旁边，拿出钥匙开车，把车推出院子。

院子的大门在老朱身后锁上。

8.公交车站边上　日　外

张菊花一手提着大大的行李包，一手牵着孩子。

女儿看了看张菊花。

女儿：妈妈咱们去哪儿？

张菊花一脸的气愤，不住地看向公交车来的方向。

张菊花：姥姥家。

女儿：那爸爸呢？

张菊花看了看女儿，没说话，皱着眉头，拉紧了女儿的手，继续看着公交车来的方向。

这时，一辆三轮车驶来，停在公交车站牌的不远处。

女儿看着张菊花。

女儿：妈妈我想吃饼干。

张菊花看看女儿，不耐烦地把行李包放在地上打开。

这时，从三轮车上下来的人突然冲到张菊花身边，抱起女儿就跑。

张菊花反应过来抬起头时，女儿已经被抱上三轮车了。

张菊花疯了一样跑过去。

张菊花（边跑边喊）：哎，闺女，闺女，来人啊，抢孩子啊……

三轮车掉了一个头，快速离开。

张菊花追了半天看追不上，急得坐在地上号啕大哭。

这时，张菊花的手机响了，张菊花难过地接起手机。

张菊花一边听着手机一边缓缓地从地上站起来，露出惊讶的神色。

张菊花：好好好，我马上就去，不让别人知道，你别伤害孩子！

张菊花挂了电话快速跑开，边跑边哭，焦虑的神色一览无余。

9.荷花池边上　日　外

杜庄屯的荷花池旁绿草如茵，游人不绝。

荷花池上碧水蓝天，视线所及还有几朵荷花在一片碧绿的荷叶簇拥中傲然开放。

村干部甲和村干部乙在荷花池边上吵架。

周围的人都在看。

张菊花慌慌张张、气喘吁吁地跑进荷花池，目光四处环视。

村干部甲看见张菊花来了，指着张菊花。

村干部甲：张大姐来了，咱们让她找书记评评理。

村干部甲和村干部乙走过来一把拉住张菊花。

张菊花正在焦急中，这时两个人一把拉住张菊花。

村干部甲：张大姐，您给评评这个理，我说造游船好，他非跟我唱反调。

张菊花：我……

村干部乙还没等张菊花说话，就打断了张菊花。

村干部乙：好啥！花不少钱不说，那船污染多严重啊！

张菊花看着村干部甲和村干部乙的嘴在自己面前动来动去，渐渐地仿佛听不到两人说话，眼前一阵天旋地转，脚下一软，张菊花险些摔倒，幸好被人扶住。

村干部甲：哎哎哎，张大姐，您没事吧？

村干部乙也扶着张菊花。

村干部乙：啥也别说了，叫书记出来评评理！

张菊花的手机又响了。

张菊花拿出手机一看，发现是一条短信，短信上写着：解决问题，接回孩子。

张菊花愣愣地看着两人，又环视了下荷花池，看了看周边的游客，深呼吸了几口气。

张菊花挣脱开村干部甲、乙两人。

张菊花（大喊）：都别吵吵！

众人都愣住了，全都看着张菊花。

张菊花：不……不就是造船吗？你……你们书记好像和我说过。造船是好事，能挣钱，你们没钱，我们家出大头，那个，那个污染的事……

张菊花努力地回忆着。

张菊花：那个污染找人来清理，完了拿利润给人家开工资！

张菊花说完战战兢兢地看着周围的人。

村干部甲和村干部乙面面相觑，想了想又点点头。

村干部甲和村干部乙又都赞许地看着张菊花，不自觉地拍起了手。

围观的人跟着拍起了手。

张菊花勉强地笑了笑，不好意思地弄了下头发，又整了整衣服。

张菊花忽然想起什么急忙转身，准备冲出人群。

村干部甲拉住张菊花，拿出一个塑料袋。

村干部甲：哎，张大姐，我都忘了，刚才有个人让我把这个给你，还说让你去垂钓园找孩子。

张菊花着急地接过塑料袋，打开一看是一条裙子。

张菊花一头雾水，想也不想拿着裙子就冲出了荷花池。

10.垂钓园　日　外

垂钓园中是六个四四方方的大水池。

中间有一条可以通车的小路。

路的尽头是一家餐馆，门口还停着游客的车。

钓鱼池的周围柳树环绕，绿草如茵。

张菊花火急火燎地跑进垂钓园，四处寻找，边找边扯着嗓子喊。

张菊花（把手放在嘴边喊）：闺女，闺女……

张菊花走到最里面的一个钓鱼池边上，看见四周围满了人。

张菊花一眼看见孩子的鞋在钓鱼池的台阶上，立刻冲过去扔下手里的裙子，拿起孩子的鞋，眼泪止不住地往下掉，随即要往池子里冲。

张菊花（一边哭一边冲）：我的孩子啊……

旁边的人赶紧拦住张菊花。

正在张菊花痛哭的时候，手机又响了。

张菊花痛苦地接起电话，听着听着，张菊花不再往池子里冲，松了口气坐在台阶上。

张菊花：好好好，我照办，你别伤害孩子。

张菊花挂了电话，仔细看着池子，又看了看别的池子才发现，自己所在的这个池子不冒泡了。

张菊花从台阶上站起来，快步跑到垂钓园门口，看见看门的大爷，拉着他上气不接下气地指着最后的那个钓鱼池。

张菊花：快叫老王过来，那个钓鱼池的氧气机不灵了，赶紧叫人修。

大爷探着头看了看，急忙拿出手机。

张菊花缓缓地走到最后一个钓鱼池边上，看着池子。

钓鱼池终于开始重新冒泡了。

张菊花松了一口气。

随即，张菊花走进餐厅。

11.垂钓园边上的餐厅包厢　日　内

张菊花跑进一个带着炕和炕桌的包厢。

炕桌上放着一盘炖好的鱼。边上已经准备好了筷子。

张菊花快速上炕，拿起筷子吃鱼。吃了两口，张菊花疑惑地看着鱼，咀嚼的速度也放慢了。

张菊花发现不对劲。

鱼肚子里有东西。

张菊花用筷子挑了挑，从里面发现了一张纸。

张菊花放下筷子，用手拿起纸，把上面的油擦掉，仔细看了看。

纸上面写着两个字：果园。

12.果园外的小路　日　外

张菊花满脸是汗，头发也已经散乱，在果园外的小路上扶着篱笆艰难地前行。

张菊花一边走，一边看。

13.果园　日　内

张菊花走到果园门口，看见门是开着的，急忙冲进去。

果园里的果子都已经被摘完了。

张菊花看见远处几棵苹果树上还有苹果。

张菊花边走边找。

张菊花走到还有苹果的苹果树下面，抬头看见一个纸袋挂在一个苹果树的树杈上。

张菊花爬上树把袋子拿下来。

张菊花打开袋子，里面是一个鞋盒。

张菊花拆开鞋盒发现里面是一双高跟鞋。

张菊花愣住了。

此时那个抱走孩子的人走近张菊花。

张菊花抬头看见他，扔下手里的鞋就追了过去。

张菊花：你站住！你把孩子还我！

那人看见张菊花追过来，掉过头就往果园门口跑。

张菊花追着那个人跑出了果园。

14.果园外的公路　日　外

张菊花追着那个人到了公路上。

那辆三轮车已经在公路边发动好了。

张菊花一出来，三轮车上下来两个人，架着张菊花就往三轮车上送。

张菊花：你们干什么？救命啊，来人啊……

两人架着张菊花到三轮车边上，那个抱走张菊花孩子的人拿块布蒙住了张菊花的眼睛。

张菊花挣扎不脱，只得被三人架上三轮车。

三轮车带着人快速离开。

15.村委小礼堂　日　内

张菊花被大力推进了小礼堂。

张菊花踉跄了几步，险些被推倒。

失去了束缚的张菊花急忙扯掉眼睛上的布，发现自己身在小礼堂。

小礼堂空无一人，舞台上的幕布被风吹得轻轻摆动。

这时，张菊花的手机又响了。

张菊花拿出手机。

张菊花：喂，你把我孩子藏哪儿了？

一个声音从电话那头传来。

电话：妈妈，我没事。

张菊花：丫头，你在哪儿呢，急死妈妈了。

张菊花接着电话，眼泪就流下来了。

电话：妈妈，你别哭，先把眼睛闭起来，我们要给你一个惊喜。

张菊花面对着舞台，拿着手机，闭上了眼睛。

老朱抱着孩子蹑手蹑脚地推开门。

孩子的手里还举着电话，不住地窃笑。

老朱用食指在嘴上比了一下，示意孩子不要出声。

老朱抱着孩子走到张菊花的身后，对孩子抬了抬下巴，示意孩子可以说话了。

孩子：妈妈，你可以睁眼啦。

张菊花睁开眼睛，觉得不对劲，猛地转身，看见老朱抱着孩子站在自己面前，笑着流出眼泪。

老朱放下孩子。

孩子扑到张菊花的怀里。

孩子：妈妈。

张菊花蹲下紧紧地抱着孩子。

老朱走过来。

张菊花擦了擦眼泪，站起来，拉着孩子看着老朱。

老朱笑眯眯地不好意思地看着张菊花。

老朱：急坏了吧？

张菊花生气地看着老朱。

张菊花：你这是干啥？想吓死我是吧？

张菊花推了老朱一把。

老朱笑着摇摇头。

这时，四周的音乐突然响起。

村民们涌进了礼堂。

幕布后面穿着演出服的人员扭着秧歌、跳着舞出来。

张菊花惊讶地看着周围，又看着老朱。

老朱：今天累坏了吧？我每天的工作可比你今天干的要多好几倍！

老朱撇撇嘴。

张菊花：就你累，我不累啊！

老朱抓着张菊花的肩膀。

老朱：咱们都累，这不也是为咱村做贡献吗？

张菊花挣开老朱的手，把身子转向一边，使劲绷着脸上的表情，装着生气。

老朱：我知道，你气我忘了咱们的结婚纪念日，其实我没忘。

老朱从口袋里拿出那个草编的戒指，递到张菊花面前。

老朱：三儿干活的时候受了伤，我那天去医院给他垫医药费去了，顺便帮他媳妇照顾照顾他，所以才回来晚了。

张菊花接过那个戒指，转身看着老朱。

张菊花：就这？

老朱憨憨地笑了笑。

老朱：等挣了钱，给你买个真的！

村民们在一边开始起哄。

村民甲拿着裙子和鞋。

村民甲：嫂子，这都是书记给你买的，你看他对你多好。

老朱拿过张菊花手上的草编戒指，给张菊花戴在手上。

张菊花再也憋不住了，看着周围的情景，笑了出来。

老朱张开双臂。

张菊花撒娇似的捶了老朱两下。

村民们推了张菊花一把。

张菊花摔进老朱的怀里。

周围一片锣鼓欢庆的声音。

老朱抱起孩子，再把张菊花抱在怀里。

一家三口在众人的簇拥下幸福地笑着。

北京美丽乡村国际微电影艺术节开幕短片《社戏》剧本

1.村口　日　外

张琪娜背着书包一路狂跑着进了村口。

路边的村民对张琪娜投去异样的眼神。

张琪娜跑过长峪城村的村口。

2.小路　日　外

张琪娜背着包沿着古城墙的小路一路跑。

张琪娜在一个拐角处跑进巷子。

3.农家小院　日　外

张琪娜跑进自家的小院，门口种着好看的花草，顶上搭着各种装饰用的塑料水果饰品。

张琪娜在院子门口站了站，环视了一下院子。

正门和左边的客房门都是敞开着的，从外面可以依稀看到里面简单的农家摆设。右边的房门紧闭着。

院子里摆放着一张桌子，桌子上的茶已经不冒热气了。

张琪娜走向那间关着门的房间。

父亲这时从房间里面走出来，轻手轻脚地关上门，转过身看到张琪娜大汗淋漓地站在院子里，肩上背着书包。

父亲匆忙地走到张琪娜身边，拉起张琪娜走到院子口。

张琪娜使劲挣扎着，挣脱开父亲的手。

父亲一直不敢动静太大，拉着张琪娜往外走。

张琪娜挣脱开父亲的手，冲进那扇关着门的房间。

父亲一脸焦急地看着张琪娜，无奈地跟进去。

4. 卧室　日　内

张琪娜冲进房间，脚步突然放缓，愣愣地看着眼前的一幕，眼泪在眼眶里打转。

卧室的床上躺着张琪娜的母亲，面容十分憔悴，盖着被子躺在床上，眉头紧紧皱着，闭着双眼，露出痛苦的神情。

床头的柜子上摆着唱社戏用的行头还有髯口。

张琪娜慢慢走向母亲，发出沙沙的脚步声。

母亲艰难地睁开眼睛，看见是张琪娜，脸上立刻露出喜悦的表情，把手从被子里伸出来，伸向张琪娜，嘴巴一张一张地，却说不出话。

张琪娜过去一把抓住母亲的手，紧紧握着，然后把她的手又放回被子里。

父亲轻轻地走过来拍了拍张琪娜的肩膀。

张琪娜回过头看着父亲，眼泪已经流了下来。

父亲给张琪娜使了个眼色，转身向门口走去。

张琪娜亲了亲母亲的脸颊，站起来，依依不舍地转身。

父亲拉开门走出去。

张琪娜哭着看见母亲充满笑容的表情，一咬牙转身出门，把门关上。

5. 农家小院　日　外

父亲的脸上尽是伤心的表情，走到墙角处拿起暖壶，又走到桌子旁，一手拿下茶壶上的盖子，给茶壶续上热水。

张琪娜走到父亲身边。

张琪娜：妈不是在医院吗？怎么突然回来了？

父亲把杯子里冷掉的茶水倒掉，从茶壶里重新倒了一杯热茶递给张琪娜。

张琪娜：爸，你说话呀！是不是医药费太贵？

父亲皱着眉头。

父亲：你大老远跑回来，嘴都干了吧，赶紧喝点儿水。

张琪娜挥手打掉父亲手上的杯子。

杯子“啪”地碎在地上。

张琪娜：你怎么能让妈回来？万一妈的病恶化了怎么办？

父亲无奈地坐下，擦了下眼角的泪水，转身不去看张琪娜。

张琪娜走到父亲面前，蹲下看着父亲。

张琪娜：爸，你别着急，我不上大学了，把给我攒的钱给妈治病。

父亲一下站起来。

父亲：瞎说啥！就不是钱的事！

父亲转过身，生气地不看张琪娜。

张琪娜：那为啥把妈接回来？大夫咋说的？

父亲深呼吸一口气，转过身来看着张琪娜。

父亲：这几天好好陪陪你妈，别让她不高兴。

张琪娜愣住了，双手下意识地抓紧裤子两侧。

张琪娜：不可能，让妈去大医院，肯定有办法，我去打工，挣钱！

张琪娜转身跑出了院子。

父亲（喊着）：小娜！

父亲看着张琪娜的背影，拍了下大腿。

6.城墙上　黄昏　外

张琪娜坐在村里的城墙上看着整个村子，不住地擦着忍不住流出的眼泪，两条腿荡下来，来回摇晃。

黄昏落日的余晖洒在张琪娜身上，和整个山景融合在一起。

父亲走到城墙下，抬头看着张琪娜，深深地叹了口气。

父亲：娜娜，回家吃饭吧，你妈还等着跟你说话呢。

张琪娜看见父亲在城墙下，站起来拍了拍身上的土，对着父亲大喊。

张琪娜：你不送妈回医院，我就不下去！

父亲叹了口气。

父亲：你先下来，下来再说。

张琪娜擦了擦眼泪，倔强地看着父亲。

7.新城城口　日　外

父亲坐在城口看着远处的山脉，手上挑着新换的澄黄的小米。

张琪娜走过来，坐在父亲身边。

父亲叹了口气。

父亲：不是我要接你妈回来，是你妈自己想回来。大夫说了，你妈这个病再治也就这样了，就算做手术，也不知道能不能成功。

父亲把换好的小米装进口袋里。

张琪娜：那……

父亲打断了张琪娜。

父亲：不是因为钱，书记带着村里的乡亲给咱家捐了一笔钱，足够给你妈做手术的，你放心念你的书。

张琪娜皱着眉头看着父亲。

张琪娜：那是为啥？

父亲叹口气。

父亲：娜娜，你知道咱这村是个古村，留下来的这些城墙还有这些个石头房子都是从明朝的时候修的，你妈对这儿有感情。

张琪娜生气地站起来。

张琪娜：那也不能不治病啊，咱村又不能长腿跑了。

父亲也跟着站起来，眼睛依然看向远处的山脉。

父亲：好多事你太小，不知道。

父亲看着远处的山脉，开始了回忆。

父亲：村里的社戏是祖传的艺术，从六百多年前传下来的，老艺人有规矩，唱戏的得有模相，这模相女人学不来，所以几十年前不让女人唱戏。

8.（闪回）戏台上　日　内

年轻时的母亲穿着戏服，站在戏台上，低着头，一脸的委屈。

一个茶杯摔在了地上。

一个老年人的背影撩开帘子，走进后台。

年轻时的母亲擦了擦眼泪。

9.戏台后台　日　内

穿着戏服的年轻时的父亲在镜子前化妆。

年轻时的母亲扯着父亲戏服的袖子，眼巴巴地看着父亲。

父亲拿着画笔看着母亲委屈的表情，无奈地点了点头。

10.戏台上　日　内

父亲和母亲在台上唱戏。

琴瑟和谐，眉眼之间露出情愫。

11.（闪回完）农家小院　日　外

父亲背着手走进小院。

张琪娜跟着父亲走进小院。

张琪娜：爸，你还是没说，妈为啥不回医院。

父亲停住脚步，回过头看着张琪娜。

父亲：你妈想再上台，再唱一回戏，她知道上了手术台能不能下来只有老天爷知道。

父亲转身走进紧闭着的房间。

12.卧室　日　内

父亲走进卧室，看见母亲躺在床上痛苦地呻吟。

父亲冲到母亲身边抱起母亲。

父亲：又难受了？

父亲焦急得不知如何是好。

张琪娜冲进卧室看见父亲抱着被病痛折磨的母亲。

父亲：药在抽屉里，快点儿。

张琪娜来不及难过，急忙翻开抽屉，拿出一个药瓶。

张琪娜把药和水递给父亲。

父亲扶着母亲，打开药瓶，倒出几片药，喂进母亲的嘴里，又拿着水喂给母亲。

母亲喝了药，痛苦没有减轻，父亲抱着母亲，脸上露出更加痛苦的表情。

张琪娜看着父母，站在原地，不知如何是好。

13.农家小院　夜　外

父亲坐在桌子旁发呆。

张琪娜拉开房门走到父亲身边。

父亲：睡了？

张琪娜点点头。

父亲叹了口气。

父亲：早知道这样，我当初就不教她唱戏了。

父亲擦了擦眼泪。

张琪娜坐在父亲身边。

张琪娜：妈的身体连下床都困难，别说唱戏了。

父亲摇摇头。

父亲：她的心愿，我以前就没辙，现在更没辙。

张琪娜想了想突然冲进对面的房间。

过了一会儿，张琪娜穿着戏袍出来，在父亲面前转了个圈。

父亲愣愣地看着张琪娜，缓缓地站起来。

张琪娜：爸，你看我跟我妈像吗？

父亲流着泪，笑着点点头。

14. 卧室　日　内

母亲虚弱地靠在床上，盖着被子，欣喜地看着张琪娜。

张琪娜端着碗，拿勺子喂母亲喝粥。

张琪娜：妈，您觉得这样行吗？

母亲：这哪儿行，你又没学过。

张琪娜：那我学不就行了。

母亲有些愧疚地看着张琪娜。

张琪娜笑着给母亲擦了擦嘴角。

15. 农家小院　日　外

父亲教张琪娜练习身法。

（闪回）父亲教母亲练习身法的时候。

张琪娜努力练习。

16. 水库边上　日　外

父亲教张琪娜面对着波光粼粼的水库练声。

（闪回）父亲教母亲练声的时候。

17. 戏台后台　日　内

张琪娜紧张地站在班主身边。

班主拿着茶壶，对着嘴喝了一口茶。

班主：你别说啦，刚学了几天就想上台，这是祖辈上传下来的东西，不能由着你糟蹋。

张琪娜还想说什么。

班主已经站起来走了。

18.农家小院　日　外

张琪娜垂头丧气地走进农家院。

屋里传来碗打碎的声音。

张琪娜听到声音急忙冲进紧闭房门的房间。

19.路上　日　外

班主背着手走在路上。

张琪娜气喘吁吁地跑到班主面前。

张琪娜：求求您，就让我跟我爸唱一回吧，就一回。

班主不耐烦地看着张琪娜。

班主：你这孩子……我不是说了……

张琪娜急哭了。

张琪娜（哭着）：我妈必须赶紧做手术了，她就这么一个心愿了，您就……

班主伸手打断张琪娜。

班主皱着眉头看了看张琪娜。

班主：你早说是……行行行……

张琪娜含着眼泪，笑着给班主不停地鞠躬。

20.戏台后台　日　内

张琪娜坐在后台。

母亲坐在椅子上为张琪娜化妆。

21.戏台上　日　内

张琪娜和父亲在台上唱戏。

母亲坐在台下，微笑着流下眼泪。

22.医院手术室门口　日　内

手术室的灯一直亮着……

三十集电视剧《裸养》人物小传

姓名：江小鱼

性别：男

星座：水瓶座

血型：A型

出生日期：2月17日

年龄：22—26岁

身高：178cm

体重：70kg

学历：大学本科

出生地：南通

家庭环境：

江小鱼是家中独子，生于南通一个小康家庭。由于父亲身体不好，家里总是母亲当家，幼年时受到母亲的管教颇多。父亲早亡后，母亲带他改嫁到张家。年幼的江小鱼总以为母亲是迫于无奈才下嫁继父张大志。继父张大志丧偶，自己开一间洗车行，母亲终日跟着继父忙碌。江小鱼便经常自己管理自己，为了不让母亲难做，江小鱼出奇地懂事，拼命读书。继父的洗车行生意不错，自小江小鱼的生活从来无忧。然而继父毕竟不是亲生父亲，所以对待江小鱼虽好，但是多少有些疏离，江小鱼幼时与继父的关系较为尴尬，不好不坏，但是该有的客气和礼貌两人谁也不少。

但是对于母亲，江小鱼一直心存感激。所以有时候明知母亲胡搅蛮缠不讲理，也愿意靠着嬉闹玩笑的方式化解母亲的情绪。在江小鱼幼年时，母亲总会用洗车行的一些机械设备假装玩具来哄江小鱼玩，久而久之，江小鱼对于理工和电子类专业有着浓厚的兴趣。

江小鱼自以为当初母亲嫁给张大志主要是因为生计，所以总希望自己能够尽早独立、赚钱。所幸江小鱼从小到大学习一直名列前茅，母亲一直当他是自己的骄傲，逢人便夸。加上有继父张大志的孩子做对比，母亲更是觉得自己的儿子百里挑一，与众不同。

职业：

江小鱼学的是计算机视觉专业，在当年是大火的新兴专业。江小鱼凭借在计算机方面的天赋，在学校期间接触到了关于VR（Virtual Reality，虚拟现实）和AI（Artificial Intelligence，人工智能）的相关理论知识，在当时VR和AI技术还不成熟的时候，就对这两个领域的未来有着属于自己的美好幻想。

彼时，江小鱼和大学时代的同窗共同建立了工作室，从事技术研究方面的工作，不仅解决了自己的生活费，还能有一些积蓄。大四的时候，江小鱼和几个同学一起合伙搞研发，想做一个手机的外接屏幕，当所有的软件开发就绪、投资基本就位的时候，没承想被人骗了专利，四年的投资血本无归。在学校的招聘会上，江小鱼通过对未来科技市场的前瞻性判断，得到了某上市公司高管的赏识，邀请他进入公司做管培生。

这时，赵左左怀孕，作为一个男人，尽管年轻但也知道要承担起养家的责任。于是为了家庭，江小鱼选择接受一家上市公司的管培生邀请，进入这家上市公司。

彼时，江小鱼作为管培生，按照规定要在其公司的门店柜台站台六个月才得以经过HR推荐“上楼”进入各部门。可这时，赵左左怀孕生产，两人的生活给初入社会职场的江小鱼带来极大的不便。

后来江小鱼为了保护同期门店站台的另外一位管培生，而因为触犯规定被解除管培生的身份。

急需养家糊口的江小鱼为了工作，在赵左左闺密的介绍下，进入一家游戏公司的产品部，做产品研发。

江小鱼进入产品部后，凭借自己在专业领域的过硬技术以及出众的外貌，诚恳地跟客户打交道，很快得到了当时的客户苏晚晴的赏识。江小鱼所在的产品部为苏晚晴在国外的公司提供VR内容的游戏模型，江小鱼看到自己已死的梦想似乎重新发光了。

可这时公司里也难免有了嫉妒他的人，江小鱼为苏晚晴的公司制作的VR游戏模型遭到外泄，险些让江小鱼在整个行业领域再无立足之地，幸亏有苏晚晴的帮忙才得以挽回。

孩子丢失后，江小鱼万念俱灰，把所有的心思都投入到了事业和工作中，并接受了苏晚晴的邀请，开始了自己的微创业。

孩子丢失后的三年，科技在市场上逐渐获得大幅认可。VR和AI行业异军突起，江小鱼的创业公司在拿到了天使轮的投资后，很快就走向了弹尽粮绝。可这时孩子却失而复得。江小鱼既希望弥补和孩子失去的三年亲子时光，又不想放弃刚刚建立起来的梦想。

江小鱼在对二者的选择和平衡下逐渐成长，可是苏晚晴却与他渐行渐远。为了弥补苏晚晴，江小鱼放弃了公司，从头再来。经历了生活洗礼的江小鱼脱去了稚气和迷茫，在朋友和亲人、爱人的助力下，东山再起，并将生活与VR和AI相结合，朝着自己的梦想迈进。

生活诉求：

作为一个理科生，江小鱼对生活的诉求不高，虽然希望挣钱，但是自己却是个有点儿钱就够花的人。金钱是他能力的体现，也是他对身边人爱护的表现。他对吃什么、穿什么都没太大要求，只是有一样，电子设备必须是最好的。只是为了追求赵左左，江小鱼开始注意自己的着装，加上人长得帅，穿什么都好看，整个人看起来不似一般的工科男，而给人一种“高端、大气、上档次”的感觉。

有了老婆孩子以后，江小鱼一直希望能给家人最好的条件，住大房子，喜欢的东西都买得起。最重要的是实现当初对赵左左的承诺，在向赵左左求婚的时候，江小鱼自己做了3D立体模型的城堡给赵左左投在了教室的投影仪上，此后他毕生的梦想就是给赵左左一个真的城堡。

后来孩子失而复得，江小鱼发现物质并不是一个孩子最需要的，于是他重回少年心境，再次出发，把少年时的梦想以及成为孩子日后的骄傲作为新的生活诉求。

相貌描述：

俊朗。

性格描述：

作为一个南方男人，江小鱼十分体贴，尤其是在对待女人的态度上。因为自幼看着母亲辛劳，所以他对女人素来心疼，嘴甜，会哄女人。由于幼年丧父，所以在他的潜意识里父亲的形象是缺失的，即使后来继父给他的生活条件十分优渥，尽量满足他的要求，可也无法让江小鱼感受到父亲的感觉。由于自己的身世有些尴尬，所以江小鱼一直不喜欢别人提到他的家庭，尤其是继父。他潜意识里对出身有着极大的自卑感，以至于为了掩饰这种自卑感故意变得阳光、自信、朝气蓬勃，但是这种盲目的自信也给江小鱼带来了有些激进和冒失的性格特点。

1990年后出生，江小鱼有着“90后”独特的思维方式，敢想敢做，对未来虽不完全清楚，但却抱着执着的幻想。他对科技有着很深的执着，相信科技在未来的发展会给人们带来更好的生活。毕业以前，江小鱼对自己的人生充满自信，是当时班里成绩最好、接活儿最多的学生，人人称羡，这种生活助长了江小鱼的盲目乐观，以至于之后的结婚生子都是仓促完成，丝毫没有考虑后果。

毕业后，他成为某上市公司的管培生，每天的工作是站柜台、坐地铁提货、发传单，心理上极大的落差让江小鱼极其不适应。

但是，也正因为江小鱼生活在一个有些残缺的家庭之中，所以他对家庭生活十分看重，有着一个男人应有的责任感，正义，讲义气，对待朋友十分仗义。

在该上市公司做管培生期间，江小鱼结识了同期入职的管培生——吊儿郎当的魏明白，他不但没有因为之前被同学诈骗而对人性存疑，反而和这个同事处成了莫逆之交。在魏明白站柜台时违反规定险些被开除的时候，他毅然挺身而出保护了魏明白，自己却遭到开除。为此不惜和赵左左的母亲针尖对麦芒。

在家庭方面，江小鱼不喜欢丈母娘总摆出一副教务处主任的做派，他这个理科生和丈母娘文科生的思路经常对不到一块儿去。可对待赵左左又完全不同。

江小鱼很喜欢赵左左身上那种天马行空的特点。自己在学校受人瞩目时，唯独赵左左对他视若无睹，江小鱼反而被激起了征服欲。可赵左左的活泼、古灵精怪又让他束手无策，在情感上被赵左左吃得死死的，两人一吵架，结果总是自己低头。曾经认为自己和赵左左是天造地设的一对儿，可是随后的生活让江小鱼发现，光有自信和特立独行不能解决生活的全部问题。

起初，江小鱼可以和赵左左站在同一条战线上，对抗社会的现实和婚姻当中的种种问题。可是随着孩子的出生、江小鱼的工作带来的心理落差，两人的矛盾逐渐加剧。江小鱼的工作和梦想接连受到冲击，他很希望得到赵左左的理解，却没想到初为人母的赵左左也是焦头烂额，也需要别人的理解。

苏晚晴的出现，像一股清风吹进江小鱼水深火热的生活里。苏晚晴理解江小鱼的焦虑，聆听江小鱼的心声，最重要的是苏晚晴和江小鱼的人生有着惊人的相似，还带着江小鱼进入VR领域。江小鱼从来没想过自己会和苏晚晴怎么样，只是希望能在生活中有这样一个红颜知己。

离婚和孩子的失而复得，让江小鱼迅速成长，他不再像过去那样经不起困难、挡不住诱惑，反而能积极地面对伤疤、失败甚至是从零开始，依然阳光，依然有少年时的意气风发。

社会关系：

在学校时，有一起合作的几个同学组成的小团队，但是毕业后各奔东西。后来因为在招聘会上的出众表现，被某上市公司的高管看中进入该公司做管培生。高管本来对江小鱼青睐有加，可惜江小鱼那个时候并不成熟，完全不会处理家庭、情感和工作的关系。高管认为江小鱼需要磨炼，如果他日被生活磨平棱角，还会有共事的机会。

从该上市公司离开的江小鱼经人介绍进入一家游戏公司，被他维护下来的魏明白后来也加入了这家游戏公司，两人再次成为搭档。江小鱼因为优质的外表和专业能力有了出色的表现，受到了自己上司产品部经理的嫉妒，以至于险些掉进上司的陷阱，幸好有苏晚晴的搭救，江小鱼才幸免于难。

在之后的创业中，江小鱼在美国硅谷再次遇见当初的上司，并携手合作，开启了事业的新篇章。

家庭关系：

江小鱼对母亲十分孝顺，只是对于继父张大志，江小鱼总是有些芥蒂。心里明知道继父是为自己好，可还是要反抗，仿佛是故意的。

继父张大志对江小鱼的有些行为提意见，甚至是出钱解决江小鱼的困难都没能让江小鱼感到更好，反而让其有更大的亏欠感。

后来赵左左和孩子加入家庭当中，江小鱼发现赵左左的家庭和自己的家庭有着很大的冲突。在工作之余江小鱼经常要在两家老人之间斡旋、调和。江小鱼内心深处是反感岳母的某些做派的，但是自己的出身以及经济条件使得他总在岳母面前矮半头，能迁就尽量迁就。但是不知道为什么，自己在赵左左和母亲身上屡试不爽的口才在面对岳母的时候总是完全“哑火”，压根儿发挥不出来。

两家父母一南一北，对孩子的养育问题有着不同观念，两对父母总是明争暗斗。后来因为户口上姓氏的问题，江小鱼和丈母娘翻了脸。

孩子丢失后，江小鱼的继父也因为家庭因素生了重病，不日去世。直到这个时候，江小鱼才知道继父和母亲之间是有爱的，原来自己一直以来对继父的看法都是自以为是的固执，继父是真心想对他们娘俩好，是真心想做江小鱼的父亲。可是江小鱼所有的悔恨都换不来继父活过来。

江小鱼和赵左左离婚三年后，接受了苏晚晴的表白，当和苏晚晴的孩子相处时，江小鱼才明白了作为继父的难处，对于自己的生活有了更多审视。

孩子失而复得之后，江小鱼在和孩子的相处中与孩子一起成长。

朋友关系：

毕业时江小鱼跟一起合作的同学各奔东西，入职后认识了魏明白。魏明白虽然吊儿郎当，但是在江小鱼替自己背下黑锅后，毅然选择与江小鱼同进退，离开上市公司，来到游戏公司。当江小鱼备受冤枉的时候为江小鱼四处奔走，是全公司唯一相信江小鱼的人。也正是魏明白通过努力，加上苏晚晴的帮助，才找到了江小鱼并没有泄露游戏模型的关键证据。

江小鱼为此很重视这个好朋友，后来江小鱼和苏晚晴走得越来越近。魏明白好言相劝，甚至不惜和江小鱼翻脸也要提醒江小鱼。事后，江小鱼冷静下来才发现魏明白是值得深交的好兄弟。

江小鱼在和赵左左离婚后，应邀加入苏晚晴的创业团队。魏明白成为江小鱼创业团队的第一个人，并利用自己的特长为江小鱼劝说那些脾气性格古怪的计算机工程师。

爱情关系：

江小鱼这辈子最爱的人就是赵左左，不管两人怎么吵，江小鱼都不曾意识到自己不爱赵左左。在江小鱼这个工科生眼里，赵左左就是他生命中最明艳的一抹色彩，曾经年少的他以为自己这一辈子都不能失去赵左左。

结婚有了孩子的江小鱼依然没有放弃这个想法，他还会在百忙之中带着赵左左看星空，还会陪她在大冬天吃冰激凌，看不得她受一点儿委屈。可那个时候的江小鱼毕竟太年轻，生活的艰难和现实的残酷逐渐让他迷失了当初的这份简单到没有杂质的感情，他们不再无话不谈，甚至开始互相埋怨。新手爸爸和新手妈妈的焦头烂额也成为他们彼此感情的分化带。

苏晚晴的出现的确让江小鱼眼前一亮，可他从没想过离开赵左左。对于此时的江小鱼而言，赵左左就像是一种他难以戒掉的习惯，早已成为他生命中的一部分，可是有些事情总会让人意想不到。叠加的矛盾以及苏晚晴和赵左左的上司Will D的出现，让两人的婚姻千疮百孔，最终走向了离婚。

冲动离婚后，江小鱼不留神把孩子弄丢了，当初跟赵左左离婚后的藕断丝连算是彻底断干净了。眼看着身边的苏晚晴一直希望和自己有进一步的关系，江小鱼答应了，没想到这时候孩子找到了。

找回孩子后，江小鱼不仅有了弥补孩子的机会，而且有了和赵左左重新相处的机会。而这时的赵左左有了自己的室内设计工作室，需要江小鱼的VR技术，两人的交集再次多了起来。江小鱼发现自己对赵左左从来没有忘却过，自以为放下了，可是根本没有，他依然看不得赵左左流泪，依然愿意为了赵左左变成一个少不更事的少年和别人大打出手。

苏晚晴看出江小鱼的心思，惋惜之余，平静地离开了江小鱼。

姓名：赵左左

性别：女

星座：双鱼座

血型：B型

出生日期：9月21日

年龄：22—26岁

身高：162cm

体重：45kg

学历：大学本科

出生地：沈阳

家庭环境：

赵左左出生在沈阳一个相对富裕的家庭。母亲是一个双语国际小学的教导处主任，又是学历史出身，对于赵左左的管理严格到近乎苛刻。父亲则是林业局的后勤干部，为人老实，就喜欢摆弄些花花草草。全家只有赵左左这一个女儿，父母对她宠爱有加。母亲对于赵左左行、走、坐、立都有要求，在学习上更是希望她能考上北大、清华这样的高级院校，再不济也得是哈尔滨工业大学这种离家近一些的一本A类大学。虽然自己家不是什么名门大户，但她也希望赵左左能做个大家闺秀。可赵左左并不以为然，母亲的这种严厉管束反而造就了她的叛逆性格，赵左左迫切地希望能有属于自己的世界。

随着赵左左慢慢长大，母亲对她的管束也越发严格。毕竟是女孩儿，生怕她出什么问题。可是赵左左越被管越叛逆，不喜欢母亲把教务处主任的作风拿到家里显摆，所以总是跟母亲对着干。

而对于父亲，赵左左是很依赖的，每次母亲不同意的事情，只要找父亲说，父亲都能同意。赵家三代单传，赵左左连个堂兄弟姐妹都没有，自然事事都是全家的焦点，父亲更是不忍心责备女儿，事事都由着女儿。

考大学的时候，学习成绩并不差的赵左左想学设计，可母亲非要她学经济，说是找工作方便，赵左左和母亲大吵了一架，还是选择了自己热爱的专业并且考到了离家很远的上海。在江小鱼的问题上，赵左左也同理处置，不管母亲怎么反对，有父亲撑腰，赵左左就无所顾忌，没毕业就领了结婚证，还生了个孩子。

虽然总是觉得母亲管教颇多，但是赵左左内心清楚母亲是爱自己的，所以尽管总跟母亲对着干，但是到了关键时刻，她也会对母亲心疼不忍，甚至是依赖不舍。而对于父亲，赵左左觉得那就是自己找老公的榜样。而年轻时的赵左左并不知道其实家里的大政方针都由父亲来把控，只要她不出格，每次母亲的妥协退让，都是在父亲的劝说下才得以实现的。

职业：

赵左左在大学时学的专业是室内设计，她也很喜欢这个专业。对于童话世界充满幻想的赵左左，一直以来都希望能由自己来设计一座城堡的内饰。可是赵左左的天马行空在室内设计这种应用性极强的艺术领域中却并不容易被接受。因为赵左左的设计在学校老师的眼里总是不切实际的，可赵左左却认为是老师不懂欣赏她的才华，只有江小鱼和自己的闺密懂得自己。

一次偶然的机会，赵左左的设计获得了一位业界知名室内设计师的赞许，先锋式的设计感搭配明艳的颜色，彰显了赵左左这一代“90后”年轻人反传统、反常规的设计理念。这位设计师所在的设计公司也是全球顶尖的，赵左左在毕业之前顺利找到了实习单位，连江小鱼都有些危机感。

可这个时候，赵左左却发现自己怀孕了。面对HR的询问，赵左左毫不犹豫地说了实话，然而对于一个私营公司来说，一个孕妇的成本太高了。赵左左在梦想和孩子之间挣扎之后，毅然选择了孩子。

此时的赵左左并不知道，江小鱼刚刚因为专利被骗走而失去了自己所有的积蓄，可怀着孩子的赵左左却对两人的经济问题无能为力。

因为怀孕时的妊娠反应剧烈，赵左左没能认真完成毕业论文和毕业设计，导致其毕业答辩没过。孕妇本身就在招聘中处于劣势，更何况是一个初出茅庐的学生孕妇。可为了减少家里的经济负担，赵左左瞒着江小鱼偷偷接了私活。盯装修材料、看板材和涂料等一系列的工作，赵左左挺着大肚子自己完成。可是其间还是出了问题，赵左左在和装修工人争执的过程中出了意外，孩子提前出生。

有了孩子，赵左左被两家的老人以及江小鱼要求至少有四个月的时间不能工作。每天围绕着孩子和家庭转，赵左左离自己的梦想也越来越远。可她并不甘心，生完孩子两个月后，赵左左希望再入职场，却遭到了全家人的反对。此时的江小鱼刚刚从管培生离职，收入大减，赵左左的要求有了不少的现实根据。江小鱼无奈，只好答应了赵左左的请求，还帮助她说服了家里人。

可没毕业就结婚生子的赵左左哪里有什么工作经验，为了生存，赵左左只好拉下脸皮去求那个曾经看好她的知名设计师。从前他们给赵左左提供无数的优越条件，原本可以作为主设计师的助手参与项目。而现如今，这些优越的条件全无，赵左左必须从底层做起。赵左左咬牙同意。

赵左左一边带孩子一边工作，辛苦异常，却发现职场里哪儿还有自己的位置，更何况原来就没有。

从怀孕到生产结束，像赵左左一样的大学毕业生早已经进入公司，面对赵左左的回归，小姑娘是百般刁难，赵左左一面见招拆招，一面照顾孩子，疲惫不堪。

曾经设计一座城堡的梦想在赵左左的脑中逐渐模糊，如今的她能在马桶上坐着睡着。终于赵左左有了一次可以参与设计的机会，可她点灯熬夜做出来的设计却被客户全盘否定，理由是根本不是客户需求。赵左左在工作上陷入了迷茫期，她不知道自己对于专业的热情到底是不是一厢情愿，简单来说就是是不是没这个天分。

这时，赵左左的闺密一直从旁鼓励，赵左左曾经为闺密演出所在的酒吧所做的设计获得了一致好评，让闺密对赵左左的才华深信不疑。可这个时候的赵左左却被客户投诉了。

事业上的困境和生活上的艰难，让赵左左左右为难。就在赵左左束手无策的时候，曾经暗恋她多年的上司Will D出现，到了赵左左的公司后，他点名要求赵左左为自己在上海的新房做室内设计。赵左左靠着上司Will D的帮助逆转了在公司的危机。可那个时候她并不知道，自己努力选出的设计方案虽然被上司Will D照单全收，却被其他同事，尤其是被那个小姑娘嘲笑。

和江小鱼离婚后，赵左左毅然选择继续留在上海。她不甘心，不甘心自己闹腾了这么久却灰头土脸地回去，也不甘心就这样输给命运。于是她毅然加入单亲妈妈的行列，一边照顾孩子，一边工作。

终于赵左左的工作有了起色，可这个时候孩子却丢了。赵左左的生命忽然像缺了一块儿一般，事业、梦想都消失殆尽。整整三年，赵左左在上司Will D和闺密的帮助下终于重新站了起来，开了自己的设计工作室。彼时的室内设计需要VR展示样板间的元素，江小鱼再次出现在赵左左的生活里，不过两人已经时过境迁。

可这个时候孩子却重新回到了她的生命里。彼时，家装设计已经不是什么稀罕的行业，竞争力颇大。赵左左在江小鱼的启发下，将人工智能的思维引进家居设计界，逐步意识到了室内设计的真谛，对于家装二字来说，家比装更加重要。

生活诉求：

赵左左对钱没什么概念，喜欢什么就买什么，反正父亲无论如何都会满足她的愿望。成年后，她最大的愿望就是离亲妈远点儿，所以特意跑到上海去读书。

到了上海后，赵左左爱上了江小鱼，生活诉求就变成了和江小鱼过一辈子，也希望江小鱼能一辈子对她好。她喜欢所有漂亮的、美的东西，穿衣打扮不求最贵，但求最美、最时髦、最特别，对自己的外形很在乎，高跟鞋几乎就是生活必需品。

有了孩子以后，赵左左的生活诉求就变成了孩子，孩子健康、幸福、平安是她最大的希望。可赵左左不愿意为了孩子彻底失去自己。所以当闺密请赵左左去看自己的摇滚乐演出时，赵左左抱着孩子去了喧闹的现场。

家庭、职场、孩子同时夹击着这个年仅23岁的新手妈妈，她不得已脱掉了自己最钟爱的高跟鞋，开始换上了简单利落的帆布球鞋在职场中四处奔走，逐渐她发现原来帆布球鞋才是最适合生活的存在。

孩子丢了以后，赵左左痛定思痛，以前迷茫的状态开始发生改变，她有了清晰的目标，那就是要为了孩子坚强起来，坚定自己的梦想，和孩子一起成长。

相貌描述：

体型较好，相貌出众。

性格描述：

自小在家人娇惯和母亲管教下长大的赵左左养成了任性但是有主见的性格，对自己认定的事很坚持。有求于人时就会撒娇耍赖。骨子里有些傲气，不按常理出牌，是个古灵精怪的姑娘。十分同情父亲一直被母亲压迫，看不惯母亲那种事事都要插手的做派。可是并不影响她对母亲的疼爱，虽然任性但并不是不懂事，只不过向来古灵精怪的她连孝顺母亲都让亲妈哭笑不得。

在父亲的娇惯下对钱没什么概念，结婚并有了孩子以后，花钱还是那么大手大脚，为此没少跟江小鱼拌嘴。

“90后”的她，对未来其实没什么具体的想法，满满的都是美好的幻想。什么都想要，却又说不清具体最想要什么。可对于设计，赵左左却一直都充满热情。赵左左一直希望能设计一座属于自己的城堡，并且相信这个梦想有一天会有王子替她实现。

交朋友的时候从不看朋友的背景，自己的闺密是摇滚乐队的主唱，打扮和行事风格都有些特立独行，可赵左左并不介意，她认为只要人好，就可以成为朋友，并不介意别人的看法。

闺密开演唱会，她挺着大肚子或抱着孩子去支持，让江小鱼的母亲十分反感。但是她却不以为然。闺密的第一次音乐节演出，赵左左没出月子就赶过去支持，甚至为此遭到了全家人的声讨。

从来不欺负人，但也不能随便让人欺负。赵左左不喜欢那种当街骂街的行为，但是会偷偷想办法把仇报回来。撒娇卖萌是惯用伎俩，但是真要吵起来，她也可以不带脏字地让对方噎到吐血。

也正因为她不顾及别人看法的性格，所以当欣赏她的上司 Will D 出现在她的生活里时，她也毫不避嫌地和上司 Will D 接触。两人虽然坦荡，但却惹得江小鱼猜忌，最终导致婚姻破裂。

离婚后的赵左左知道自己以后无依无靠，不能像过去那般任性。为母则刚，赵左左选择坚强起来，除了古灵精怪的性格没变，为人稳重了许多，不似从前那么冲动。她从职业角度重新审视了自己的创意，骤然发现自己的创意虽然足够新颖，但却失去了人文关怀。做过妻子又做过母亲的赵左左将自己性格当中的那些自我怀疑彻底去除，在切身考虑了客户的需求之后，赵左左开始体会每一个设计要求背后的故事。

可不幸的是孩子丢了，赵左左唯一的生活重心瞬间失去，失魂落魄之余，她的性格也发生了很大变化。隐忍、强装坚强是赵左左在失去孩子后的三年里的变化。工作成为她唯一的生活重心。她不再撒娇，不再总和母亲对着干。她开始变得有耐心、有责任心，吵架的时候也学会了主动退让。

当孩子失而复得后，赵左左那种埋藏极深的母爱瞬间喷发出来。她觉得自己曾经不是个好妈妈，现在一定要把孩子照顾得无微不至，只是这当中难免会和江小鱼有交集。由于自己参加工作多年，她开始反思当初自己对江小鱼的态度。只是当初的勇敢劲头却逐渐被消磨殆尽了。

经过工作的瓶颈、感情的变迁，赵左左发现孩子其实喜欢她身上那种与众不同的状态。于是为了孩子，她决定打破自己的顾虑，变回那个勇敢的赵左左。

社会关系：

赵左左在学校时就跟自己的老师不合，总觉得老师故意针对她，所以才总给她的设计打低分。毕业时遇见赏识自己的顶级设计师，可因为怀孕生子错过了与之合作的机会，只能生产后从底层做起。客户、上司和同事均对其设计有着极大的怀疑，让赵左左甚至怀疑自己的水准。

生产后进入公司的赵左左又遇到了女上司新招的女大学生，比她年轻，比她能吃苦，最重要的是没结婚、没孩子，也就没有顾虑。

后来赵左左意外地发现这个女同事居然也怀孕了，出于善意，赵左左帮助了女同事，有了自己在职场上的好友。

在赵左左最艰难的时期，闺密和这个女同事为赵左左出谋划策，甚至和赵左左一起成立了工作室。

家庭关系：

赵左左和父亲的关系很亲密，跟父亲的相处方式比较随意，时而撒娇、时而耍赖、时而没大没小。只是跟母亲总是冲突不断，不过对于母亲，赵左左其实并不是单纯地对抗，她更希望得到母亲的认同。

在赵左左怀孕后，双方家长浩浩荡荡地赶来准备“大干一场”。赵左左知道母亲不会同意，于是哭着和母亲诉说自己的心里话，没想到母女之间的心结竟然就此解开，赵左左知道母亲是关心她，但也希望母亲能理解自己。

和江小鱼从男女朋友变成夫妻，再从夫妻瞬间变成父母，过程快得她自己都适应不了。双方父母的介入让赵左左完全不能适应，好不容易对付了母亲，却不承想又来了婆婆。一家六口人，赵左左有些寡不敌众。

不会做饭的赵左左为了讨婆婆开心要学做饭，却差点儿把厨房烧了。想给孩子多赚点儿钱，让江小鱼减轻负担，结果炒股赔了钱。这一切都让赵左左和婆家及江小鱼的关系越发紧张。

最困难的莫过于跟婆婆的相处，毕竟不是自己亲妈，可以想说就说，赵左左隐约发觉自己已经很机灵了，可婆婆更加机灵，总能拆穿自己的小把戏，让赵左左那点儿小心思无所遁形。

孩子失而复得后，赵左左意识到她和江小鱼之间不只是爱情更是亲情，于是重新定义了一家人的关系。愿意为了家人，牺牲一切。

朋友关系：

赵左左平时的朋友不少，但是闺密只有一个。在赵左左最绝望的时候，闺密一直陪在赵左左身边，支持她的每一个决定。

闺密虽然表面上看上去十分冷酷，但实则对赵左左关怀备至。赵左左想开自己的工作室时，闺密拿出自己出唱片的钱来支持赵左左，让赵左左感动不已。

爱情关系：

和江小鱼从学校相恋，到后来结婚生女，赵左左从来没有变过心，也没想过离开江小鱼，即使家里闹出了许多烦心事，赵左左也指望和江小鱼白头偕老。在赵左左眼里，江小鱼就是这个世界上除了父亲以外对自己最好的男人，这样的男人值得爱一辈子。她崇拜江小鱼的才华和野心，但又不喜欢对着江小鱼说出这些好听的话，每次都拿反话来刺激他。

有了孩子以后，赵左左发现江小鱼的工作压力和生活压力都变大了，为了减轻江小鱼的压力，赵左左甚至不惜破坏自己的形象逗江小鱼开心。对于这个丈夫的最初形态，赵左左是满意的。只是生活并不是一帆风顺的，有些危机他们从来没见过，更不知道如何应对。

在母亲偷偷改了户口本上孩子的姓氏，惹得江小鱼愤怒非常时，赵左左不惜放下自己向来引以为傲的自尊，哭求江小鱼留下。那个时候她知道江小鱼对她而言，已经不只是爱情那么简单，而是像空气，离了可能会死。

即使上司Will D出现，赵左左也没有改变过这个想法。在赵左左眼里，上司Will D更像是哥们儿，而不像江小鱼给她的感觉。江小鱼不会带她去豪华的西餐厅吃那种蹩脚的牛排，反而会带她去最热闹的火锅店吃得满头大汗，尽管赵左左每次吃完辣的都会拉肚子。

可是赵左左却无法迈过苏晚晴这道坎。这个曾经结过婚、有过孩子的女人表面上没有杀伤力，但是江小鱼却为了维护她而不再迁就自己。生活中的种种矛盾叠加，使得赵左左不得不放弃这段让她义无反顾却又一无所有的婚姻。

离婚后，赵左左时常想起江小鱼。可当孩子丢失后，赵左左心痛到连恨都忘了。

三年来，赵左左的上司Will D对赵左左百般守护，赵左左心存感激，于是答应了上司Will D的求婚，可没想到孩子竟然回来了。

因为孩子再和江小鱼相处，赵左左才发现自己原来从没忘记过江小鱼，当初的种种误会也被一一解开。而赵左左也认识到不能因为感激就和上司Will D在一起，没有爱的婚姻不是鸡飞狗跳，而是折磨。

终于，赵左左和江小鱼在分分合合之后，最终还是走到了一起。

身份：赵左左妈妈，江小鱼岳母

姓名：金怡

性别：女

星座：金牛座

血型：A型

出生日期：5月15日

年龄：48—52岁

身高：164cm

体重：54kg

学历： 大学本科

出生地： 沈阳

家庭环境：

传统的沈阳家庭，父母、兄弟姐妹都是大学生。父亲是军人出身，自小对他们管教十分严格。母亲是典型的中国母亲，事事都顺着父亲。所以金怡自小家教严格，行为规范都循规蹈矩，认为无规矩不成方圆。

家里人都很重视读书这件事，认为文化比钱更重要，文化让人有面子。所以对自己和家人的门面功夫做得很足。

金怡自小听从父母安排，一路上自己也努力打拼。所以在金怡的家教里，听父母的话是非常重要的一条。

金怡自小生活无忧，父母兄弟都不用她操心。在父亲眼里，这个女儿十分出色；在兄弟姐妹眼里，金怡也是榜样般的存在。

职业：

双语国际小学的教导处主任。对老师和学生的行为和言行举止都要求严格，以至于无论下属还是学生都不怎么喜欢她。

生活诉求：

希望自己在教育事业上可以越做越好。女儿几乎是她最大的麻烦，更没想到女儿瞒着自己结婚生女。金怡一看米已成炊，只好尽自己最大的力量保护女儿。

生活精致，有自己的兴趣爱好，特别瞧不上广场舞。喜欢瑜伽、芭蕾舞这种高雅艺术，甚至在帮着赵左左带孩子的时候，都不忘自己的兴趣。

经济上无法实现进入上流社会的愿望，精神上也要把它实现。

赵左左的孩子丢失后，金怡最大的希望就是赵左左能留在自己的身边，或者找一个像上司Will D这样的金龟婿，安安稳稳地过一辈子。

相貌描述：

喜欢戴一副金丝边眼镜，比较挺拔。

性格描述：

金怡是一个十分高傲的人，在学校里受到尊敬，在家里也一样。所以当江小鱼的母亲和金怡套近乎的时候，金怡本能地反感。自幼的成长环境让金怡非常重视对孩子的管束，也自认为是个成功人士。说话的时候直来直往，总是摆出一副教导主任的架子。

金怡怕老，更怕别人说她老。她毫不含糊地和赵左左一起敷面膜，对自己的保养也非常重视。这一点让江小鱼的母亲十分不屑。

对待丈夫，金怡是有埋怨的，丈夫的偏安一隅被她看成不思进取。所以当赵左左结婚生女后，金怡的第一反应就是埋怨丈夫，认为是丈夫的宠溺才让赵左左无法无天。从来不觉得自己有错，都是别人犯的错。

但是金怡毕竟自诩为文化人，所以不屑跟别人骂街，就算有了争执，也是一副讲理的态度，实际上就属她不讲理。

在大是大非的问题上，金怡却有着比旁人更明显的坚定态度。违反原则的事情坚决不做，即使赵左左答辩没过，金怡也不愿意为了赵左左去求人，要求赵左左凭自己的能力完成学业。

金怡的思想和他们那一代人一样，认为会计、法律、金融等专业好就业，一直反对赵左左从事设计工作，觉得那样不是长久之计。对于亲家的家庭背景也十分轻蔑，认为那是没文化的小市民家庭，教不出什么出色的儿子。

孩子出生后，赵左左的父亲和江小鱼的父亲相继离开两人租的房子。金怡和亲家母要同住一间屋、同睡一张床。金怡感觉到自己的威严受到了前所未有的挑战，每天都在通过练瑜伽来不让自己失控。

在对孩子的照顾问题上，金怡更是和江小鱼的母亲冲突不断。可她死要面子，什么都喜欢攀比，不愿意认输，以至于家里两个老人之间总是有让人啼笑皆非的争斗。

孩子丢失后，金怡虽然心痛，可也显示出了她定海神针一般的坚强。为了女儿的心情，强忍着眼泪，只能在深夜扑在丈夫怀里痛哭。

看着赵左左的成长，金怡内心是欣慰的。当赵左左最后决定不带着孩子跟上司 Will D 去国外生活，并选择和江小鱼破镜重圆时，金怡破天荒地支持了赵左左的决定，思想上有了极大的改观。

身份：赵左左爸爸，江小鱼岳父

姓名：赵功名

性别：男

星座：巨蟹座

血型：O 型

出生日期：7 月 8 日

年龄：49—53 岁

身高：176cm

体重：67kg

学历：大学本科

出生地：北京

家庭环境：

老知识分子家庭，祖籍北京，因家庭成分问题受到牵连，以至于此后对政治等方面都没有太大兴趣。受家庭影响被下放到宁波，后辗转来到沈阳，认识了现在的妻子。

年轻的时候没什么钱，金怡嫁给他时娘家补贴了不少。赵功名对金怡一直有愧疚，所以处处让着金怡。

赵功名家里三代单传，他是家中独子，本应该受尽宠爱，可惜遇到了特殊的历史时期，家庭状况每况愈下。赵功名的雄心壮志也在时代的洪流中逐渐被磨平。

家里的情况虽然不如金怡的家世好，但是也是书香门第，赵功名自己在那个年代学历也不低。家里总希望赵功名能有个儿子，金怡却生了一个女儿，赵功名家里对金怡有了些看法。赵功名却始终护着金怡，并且对女儿格外疼爱。

职业：

林业局园林处后勤的一个小科长，没有过高的追求，就喜欢摆弄花花草草。在园林处上上下下都充当着老好人。职位是个没什么压力的工作，当然收入也就不高。在这一点上赵功名又矮金怡一头。不过赵功名性格好，人缘不错。

赵左左临近毕业的时候，赵功名就通过关系给赵左左找了个事业编的工作，只要赵左左通过考试就没问题。可是赵左左却放弃了这份工作。

生活诉求：

他认为，人活着那么累没意思，养生、活得长是他的最高人生目标，为此，少享受一些也无所谓。

女儿有什么要求都尽量满足，哪怕有些并不合理。

喜欢摆弄花花草草。

相貌描述：

高瘦型，戴着大眼镜。

性格描述：

赵功名平时比较内敛，为人比较随和，不抽烟，不喝酒。总是一副笑模样，好与人为善，周围的同事、邻居都跟赵功名关系不错。也正因如此，赵功名想为赵左左跑跑关系，也不是什么难事。

生活极其规律、健康，吃东西喜欢清淡的，举止文明，以做个逍遥快活的长寿人为最高人生理想，最喜欢研究养生哲学，偶尔爱说风凉话，似乎所有的事都跟他没关系，总以活不长吓唬人，口头禅就是“等你以后就知道难受了”。

在外人眼里，赵功名似乎是个“妻管严”，只知道事事听从妻子。可赵功名和金怡都知道，赵功名不过是对金怡心存愧疚，因为金怡生了女儿，赵功名的家人对金怡有了看法，赵功名一直过意不去。

而金怡也知道赵功名有文化、有才，就是性格温厚懦弱，不肯争、不肯抢，才落得至此。

表面上是赵功名怕金怡，实际上赵功名是金怡的精神支柱。夫妻二人虽然吵吵闹闹，但是感情极好。赵左左也是在孩子失而复得之后才理解了父母的感情。

赵功名的乐善好施在赵左左刚刚生完孩子时却惹了一些麻烦出来，因为自己的热心，反而帮了倒忙。江小鱼的母亲为此不依不饶，闹了好一顿。

赵功名对待自己的女儿百般疼惜，当得知江小鱼把孩子弄丢了并且迟迟也没有找到时，好脾气的赵功名也狠狠地甩了江小鱼一个巴掌。

孩子丢失后的三年里，赵功名也想明白了，与其琢磨着养生，倒不如陪着老婆孩子到处转转看看，活在当下。相比于从前的懦弱和得过且过，赵功名开始努力起来。当以为赵左左会跟着上司Will D到国外生活时，甚至还学起了外语，为了以后帮助赵左左做准备。

身份：江小鱼妈妈，赵左左婆婆

姓名：王佩霞

性别：女

星座： 白羊座

血型： B型

出生日期： 3月19日

年龄： 45—49岁

身高： 162cm

体重： 65kg

学历： 初中

出生地： 南通

家庭环境：

小市民家庭，父母兄弟姐妹都是工人，家庭条件并不理想，因此没有很高的文化水平，靠体力吃饭，没有作奸犯科的人。所以家庭条件虽然不理想，但也算本分老实人家的孩子。王佩霞行大，是家里的大姐，很小的时候就扛起家里的生活重担。

家里充斥着浓重的小市民习气，对于家里人多这件事很不以为然。生活没被人照顾得很仔细。家里的孩子非常多，所以她本能地认为养孩子就那么回事。以前她作为姐姐，从小就得帮着家里干活，照顾弟弟妹妹，后来大家都是活得好好的，因此向来觉得孩子不能惯着，也不用老管，自己跑着跑着就长大了，不用太在意。什么事儿都喜欢仔细分析一下，生怕自己吃了亏、被算计。

职业：

王佩霞是洗车行的老板娘，这家不大不小的洗车行，让他们在南通能算得上小康家庭。店里生意比较好，对她而言就算成功了。虽然是带着孩子改嫁给张大志，不过并不打算过少奶奶的日子，洗车行里虽然有几个小工，但是她和张大志也会亲自动手。

除此之外，王佩霞还负责洗车行的账目，虽然学历不高，但是生活让她在账目问题上有着过人的天赋。

生活诉求：

她认为，靠体力赚钱，不偷、不抢、不犯法，人不犯我，我不犯人，人若犯我，我必犯人，走到哪儿都不能让人欺负了。

她不指望丈夫的儿女能给自己多少，全部希望都在自己的儿子身上。在江小鱼幼时丧偶，自己又改嫁，所以希望儿媳妇生个儿子，让她能对死去的江小鱼的生父有个交代。

不过儿媳妇生了个女儿，她也就认了，琢磨着回头逮个机会偷偷让儿媳妇生个二胎，罚点儿钱就罚点儿钱了。

相貌描述：

头发半长，体型有些微胖，喜欢打扮得花枝招展。

性格描述：

因为家庭，她养成了事事都喜欢做主的性格。生活上没什么讲究，毕竟是靠体力吃饭，做的又是洗车行的生意，难免有些不修边幅。平时就喜欢看电视剧、嗑瓜子，没有什么特别的爱好。

王佩霞是南方人，虽然对于生活环境不怎么讲究，但是对生活上的细节倒是算得分毫不差，精打细算地过日子是王佩霞最大的优点。赵左左坐月子的时候，王佩霞按照南方人的习惯做饭，赵左左总是吃不习惯。

她说话办事不太圆滑，也不装样子，有钱就是有钱，没钱就是没钱，不认为面子这事儿多重要，觉得正儿八经的票子才是真管用，所以十分瞧不上赵左左母亲的装腔作势。

赵左左生下女儿，王佩霞多少有些不满，但是看着孙女可爱，这件事就这么过去了，况且王佩霞还有自己的打算。

王佩霞对于养孩子这件事从来没有大惊小怪，她没养过女儿，不知道养女儿要比养儿子精细很多，在带孩子这个问题上频频与金怡和赵左左发生冲突。

可王佩霞不像金怡那样好面子，急了就撒泼耍赖。弄得金怡有时候束手无策。

王佩霞对儿子不仅管教严格，对其重视和疼爱也是不容小觑的。为了儿子结婚，王佩霞拉下脸求自己的现任老公张大志支援。在儿子和赵左左闹矛盾的时候，总是向着江小鱼。

可在大是大非的问题上，王佩霞绝对不含糊。在她眼里，赵左左虽然有这样那样的不是，不过总体来说，还是个不错的儿媳妇。王佩霞只是希望赵左左能改改任性的脾气，可从来不希望江小鱼和赵左左真的离婚。

当赵左左误会江小鱼和苏晚晴有关系并提出离婚时，王佩霞不再向着儿子说话，反而帮着儿子向赵左左解释，甚至不惜大骂儿子，无非是希望两人能够继续踏踏实实过日子，毕竟孩子还小。

王佩霞不懂什么大道理，在她眼里，子女孝敬老人是天理，父母疼爱孩子更是天理。为了不让赵左左和江小鱼离婚，王佩霞甚至主动去和素来有过节的金怡求和，只可惜这么做依然没有挽回两人的婚姻。

孩子被江小鱼弄丢以后，王佩霞差点给赵左左抵命。她知道他们家永远欠赵左左一家人。

对于张大志，王佩霞并不是像江小鱼理解的那样，迫于生计才下嫁。王佩霞早年在家的经历让她绝不会为了生计而屈服。江小鱼不知道的是，王佩霞之所以下嫁张大志，是因为张大志会对江小鱼好，就算没什么文化，她也知道没了父亲对一个孩子来说会有多大的影响。

孩子找回来后，王佩霞也再次成了寡妇。这一次，王佩霞没有选择留在上海帮助江小鱼，而是回到南通继续经营张大志的洗车行，她知道有些事要儿子亲身经历过才能成长。

身份：江小鱼继父，赵左左后公公

姓名：张大志

性别：男

星座：射手座

血型：O型

出生日期：12月19日

年龄：49—53岁

身高：175cm

体重：80kg

学历：高中

出生地：南通

家庭环境：

家庭成分没有任何问题，父母都是城市小手工业者，典型的南方家庭。家里虽然没多少钱，但是也不至于忍饥挨饿。自小接受老式家庭教育，老实本分之余，也有自己的小算计。

张大志的家人都是南通的手艺人，所以给张大志灌输的观念就是有什么都不如有一门可以糊口的手艺，什么都能没有，唯独一身的手艺谁也拿不走。

在对待女人的问题上，张大志沿袭了家族的特点，对女人向来不错。只是这样的家庭环境，导致张大志也没有多大的见识和远见。

职业：

张大志是洗车行老板，兢兢业业从小工赚钱，玩儿命干了多年，终于有了自己的洗车行。店里生意不错，除了足够生活开销外，还能满足他个人一些不良嗜好，比如喝酒。张大志自己就会洗车以及简单的修车，虽然是老板，但不会端着老板的架子，生意多的时候，自己会亲自下场干活儿。

生活诉求：

他一心只想好好干活儿，挣钱给自己养老。他认为，儿女总会越走越远，老伴儿才是将来陪着自己的人。张大志没有别的生活诉求，只有一样，就是王佩霞跟着自己好好过日子，儿女们别打架、别惹事就算他的福报了。

当然，张大志更希望的是江小鱼能跟自己的关系更近一些，只可惜这个愿望在临死前才实现。

相貌描述：

体型偏壮，穿衣打扮比较随意。

性格描述：

张大志有南方男人的体贴和温柔。出生在手艺人家庭的他对于口碑非常重视，你可以嫌弃他任何事情，唯独不能说他的洗车行技术不行。自原配夫人去世后，张大志认识了王佩霞。

张大志很喜欢王佩霞雷厉风行的性格，正好弥补了自己的优柔寡断。他虽然只是个洗车行的小老板，但是头脑很聪明，很会察言观色，什么该说、什么不该说，他比王佩霞要擅长。

赵左左提前生产，金怡和王佩霞因为孩子的问题起了争执。江小鱼刚当父亲又正是一脸迷茫的时候，张大志便出面调停两人的矛盾。他为人比较大大咧咧，但也有自己的犟脾气。

赵左左生了孩子以后，王佩霞希望他在孩子面前别喝酒，可是张大志虽然嘴上答应，实际行动却无法做到，甚至还背着赵左左偷偷给孩子的嘴上抹了点儿酒，导致江小鱼和赵左左都很生气。

虽然叫大志，但是胸无大志，只求日子能够太平。他对江小鱼虽然很好，但是作为继父总是有所顾忌，对自己的现任老婆很是在意，自原配死后，这是唯一让他在意的女人。

张大志关心人的方式比较笨拙，尤其是对江小鱼，两人的父子关系一直处于较为尴尬的状态。张大志心里知道江小鱼不认他这个父亲，可他是真心想对江小鱼好，尤其是看着江小鱼考到了上海的好大学，更是觉得江小鱼比自己的亲生孩子有出息，可是这些事作为一个继父却极难说出口。

江小鱼从不知道，自己很多困难都是这个跟自己关系尴尬的继父帮忙解决的。所谓父亲，无非就是这个样子，不善表达自己的情感，但却如山一样站在子女的身后。

江小鱼的孩子丢了以后，张大志也很着急，可这时，自己的儿女因为投资失败向张大志要钱，张大志手头紧张，儿女们却不依不饶，张大志一气之下旧疾复发，不幸过世。

而在张大志死后，江小鱼才知道他为自己所做的一切，也从张大志身上明白了身为父亲的真正意义。

身份：江小鱼的红颜知己

姓名：苏晚晴

性别：女

星座：天秤座

血型：B型

出生日期：9月30日

年龄：28—32岁

身高：168cm

体重：48kg

学历：MBA

出生地：杭州

家庭环境：

1980年后出生，家庭环境优越。父亲是杭州的商人，早年做房地产起家，母亲是大学教授，知书达理。苏晚晴在一个开放并且富裕的家庭里长大，被教育得稳重、识大体，是一个典型的苏杭女人，温柔似水。父母对她十分宠爱，从小带着她见过不少世面，对于她的很多选择也表示理解。由于母亲并不是传统的家庭主妇，所以苏晚晴自小便知道不能依靠别人，要依靠自己。

父母非常重视她的学习和特长，认为她将来有多大的成就不重要，最重要的是要成为一个有文化、有教养的姑娘。

职业：

苏晚晴是上海一家互联网公司的运营总监，工作能力很强，敢于创新和接受新兴事物，善于察言观色，社交手段极强。

因为和江小鱼所在的VR公司有合作，所以在市场部结识了江小鱼。

生活诉求：

她认为，不是所有的女人到了年纪都要结婚生子，女人也可以有自己的事业，恋爱也好、婚姻也罢，不找到让自己心动的人绝不妥协。

喜欢跳国标舞。

后来苏晚晴爱上了江小鱼这个小她几岁的年轻人，所有的诉求就是能跟江小鱼有个结果，只是可惜，最终这个诉求也破灭了，她只好远走他乡。

相貌描述：

一头直发，面容姣好，身材高挑。

性格描述：

苏晚晴的性格属于典型的外柔内刚，这和她的家庭教育不无关系，传说中的大家闺秀不外乎如此。可是苏晚晴并不希望依赖父母，她认为自己有能力过上自己想过的生活，于是在毕业后毅然来到上海发展。

多年的职场生涯让她有着精准的识人、辨人的能力，从第一次见到江小鱼，听到江小鱼的市场推广计划起，就对这个年轻人能有这么新鲜的想法感到好奇和欣赏。

随着两人的接触不断增加，苏晚晴善解人意、温文尔雅、成熟稳重的性格慢慢吸引了江小鱼。每次江小鱼遇到职场上和生活上的困惑都希望这个大姐姐能教他。江小鱼甚至戏称她为师父。

苏晚晴对于爱情的要求很高。虽然她的追求者甚众，也不乏精英人士，但是都达不到她的要求。作为一个人人称羡的女高管，苏晚晴还是有自己隐藏起来的脆弱的，而江小鱼恰恰能发现这一点。

起初，两人只是单纯的合作伙伴、朋友、知己。在孩子丢失后，苏晚晴一直陪在江小鱼身边。可三年过去，苏晚晴发现江小鱼还对他们的过往有所留恋，一时失控，将内心压抑的情感都对江小鱼说了出来。江小鱼带着愧疚和感激接受了苏晚晴，可是当两人想往前再走一步的时候，孩子居然找了回来。

苏晚晴是那种要么不爱，一旦爱上就难以自拔的女人。明知道孩子会使赵左左重新变成威胁还是毅然接受。

可最终，苏晚晴的隐忍还是被父亲发现了，他以让江小鱼放弃赵左左和孩子选择与苏晚晴结婚为条件，有偿帮助江小鱼，却遭到了江小鱼的拒绝。

苏晚晴彻底醒悟，没有死缠烂打，默默地离开了江小鱼。

身份：赵左左的上司 Will D

姓名：戴英荣（中文名）

性别：男

星座：狮子座

血型：A型

出生日期：8月13日

年龄：35—39岁

身高：182cm

体重：70kg

学历：本科

出生地：上海

家庭环境：

戴英荣的父母都是生意人，20世纪的大学生，家境富裕。母亲有着典型的传统中国女性特点，温柔贤淑，完成学业之后一心相夫教子，而父亲则是一家之主，在家里拥有极高的权威。戴英荣从小生活在这样的家庭，有什么大事都会和父亲商量。

他是家中独子，父母对他极其重视，对他的管教也十分严格，极少赞美他。所以戴英荣自小学习成绩都十分优秀，是传说中的别人家的孩子。人生顺遂到无以复加。

后来，戴英荣以非常优异的成绩到英国留学，有着丰富的见识和生活阅历，其才华和能力可见一斑。而不管是在学校还是在工作岗位上，他似乎都没有遇到过大的困难，不管有什么阻碍，家庭或者其他人都能帮他解决。

后来其父母移民加拿大，他独自一人在国内打拼。

当他准备带着赵左左移民到国外的时候，赵左左的孩子却找回来了，也因为这个和赵左左发生了争执。

职业：

才华横溢的室内设计总监。

生活诉求：

戴英荣认为，高品质、高质量的生活不光体现在物质上，还体现在精神上。受父亲影响，他总是希望能找到一个完全依附于自己的女性组建家庭。

在职业上他有自己清晰的职业规划，不指望大富大贵，但也希望能小有成就。

相貌描述：

成熟型男，帅气。

性格描述：

受家庭环境影响，戴英荣自幼便是个高傲的人，对自己的工作能力充满自信。常年的工作生活让他喜欢可以掌控的人和事，对于不能掌控的人和事嗤之以鼻，所以在投资领域做得比较保守。

由于人生过于顺遂，加之传统的家庭环境影响，在潜意识里，他对于脆弱又需要帮助的女性有好感。不喜欢能力强、独立的女性，骨子里希望女人依附自己，从这种扶持和控制别人的过程中获得成就感。

成年男人有着自己的精打细算，冒险的生活绝不是他想要的，因为不受控。喜欢简单的女人，这也是他会爱上赵左左的原因。面对追求他的强势女性嗤之以鼻。

戴英荣和赵左左是在工作中相识的。他对这个因为家庭忙得手忙脚乱的女孩儿很感兴趣，他感觉赵左左需要自己，自己可以拯救她，甚至改变她的命运，有一种先天的圣父情结。

作为一个向来谨守规矩的人来说，他深知自己对赵左左的感情是不合情理的，可感情向来控制不住，他只好以朋友的身份留在赵左左身边。

在赵左左和江小鱼的感情出现问题的时候，他总是以一个心灵导师的身份出现在赵左左身边，给予她最大的帮助。

赵左左在戴英荣那里得到了一个小姑娘想要得到的极大的包容和宠爱，也得到了一种类似师长甚至是兄长的关怀。

赵左左和江小鱼离婚后，戴英荣给了赵左左极大的支持。但是赵左左离过婚还有孩子的经历让他的家庭很难接受。

戴英荣不是那种大吵大闹的人，不管是对自己的父母还是对赵左左，他都尽可能用理性的方式沟通，言语中却透露着威严和压迫感。

在孩子失踪的三年里，他一直陪在赵左左身边，鼓励和帮助赵左左，甚至还向赵左左求婚。

只可惜，赵左左最终没能和他在一起，不是他不好，而是赵左左从来就没有忘记过江小鱼。并且赵左左逐步成长，逐渐脱离他的控制，使得戴英荣最终放弃了赵左左。

身份：江小鱼的同事、死党，茜茜的追求者和后来的男朋友

姓名：魏明白

性别：男

星座：射手座

血型：O型

出生日期：12月3日

年龄：24—28岁

身高：182cm

体重：70kg

学历：国外某野鸡大学本科

出生地：上海

家庭环境：

父母都是普通上班族，家境小康，但是可以让他衣食无忧。父母由于

工作较忙，对他从小疏于管教，总是尽可能地通过物质对他弥补。在父母工作繁忙时，魏明白总是被托付给邻居家的各种阿姨或者小姐姐，使得他几乎是在女人堆里长大的。对于女人，魏明白几乎是从小看到大。

魏明白学习一般，没考上好大学，家里托关系在他上大学期间为他转学去了国外一所野鸡大学。魏明白到了国外，什么都没学会，但是对于国外开放的民风倒是学得十分娴熟。

刚到英国的魏明白爱上同样去英国留学的某白富美，为之付出一切，却换来抛弃和嫌恶。魏明白从此性情大变。

回国后他依旧吊儿郎当，父母又托关系把他送去当管培生，于是和江小鱼、赵左左等人熟识。

可自从认识了茜茜之后，他的人生似乎被彻底改变了……

职业：

魏明白任职于某游戏公司市场部，后与江小鱼创业，做公关部经理，为江小鱼开发了大量资源。

生活诉求：

他认为，生活不在乎有多少钱，关键是怎么花。头可断，血可流，发型不可乱。

希望像老佛爷卡尔·拉格斐那样，到70岁了还有一堆超模围着。

相貌描述：

型男，帅气。

性格描述：

受家庭环境影响，魏明白自幼便是个喜欢说话的人，由于经常被父母放在其他人家里待着，所以很缺乏安全感和自我价值感，喜欢通过追求女性，或者获得女性的青睐来获得自我价值的放大。

因为在国外念书的时候被初恋女友深深伤害，所以潜意识里有种自我保护机制，一旦把姑娘追到手，就会选择放弃，是个有交往恐惧症还不自知的人。从良知上他丝毫没有愧疚感，认为爱情就是这样不稳定，怪不得自己。

对朋友非常仗义，对待朋友比对待女朋友要好得多，乐于助人，能说会道，因为幼时的经历加上是独生子女，所以有了兄弟如手足、女人如衣服的想法。

通过赵左左和江小鱼结识了茜茜以后，他曾无数次认为自己绝对不可能爱上茜茜，结果却在茜茜身上彻底败下阵来，之前所有的招数都对茜茜无效。魏明白内心最脆弱和敏感的那一面开始不自觉地在茜茜面前展露。

身份：赵左左的闺密，魏明白后来的追求对象

姓名：茜茜

性别：女

星座：白羊座

血型：AB型

出生日期：3月27日

年龄：23—27岁

身高：170cm左右

体重：50kg

学历：专科肄业

出生地：上海

家庭环境：

父母都是老实本分的公务员，对茜茜的管束格外严格，从穿衣打扮

到说话举止都立下规矩。家里不算富裕，父母对茜茜也没有望女成凤的要求，只希望她能安稳地上完大学之后考一个公务员，过上稳定的生活。

可是茜茜从小看着父母的生活毫无激情可言，只有柴米油盐。这让青年时期的茜茜很苦恼，于是开始跟着坏朋友学坏，打架、抽烟、喝酒、文身，无一不沾。后来，父母硬是把她塞进一所大专学校，但茜茜不喜欢自己学的专业，于是经常逃课，在无意中接触到了摇滚乐，从此对摇滚乐爱不释手。

为了搞音乐，茜茜从学校跑了出来，跟父母彻底吵翻。父母认为这个孩子无可救药，可茜茜却在理解摇滚乐的路上慢慢地改掉了自己抽烟、喝酒的坏习惯，因为音乐让她获得了平静。

职业：

白天是游戏公司文员，晚上到酒吧等地驻唱，后期辞掉工作进入唱片公司做专职歌手。

生活诉求：

希望能成为像王菲一样的传奇歌手，钱多少无所谓，能活下去、能唱歌就好。

相貌描述：

高瘦，朋克范儿很重。

性格描述：

受家庭环境影响，茜茜原本是个乖巧的女孩子，可是内心却向往着外面的世界。当有机会接触到外面的世界时，茜茜骨子里那种强烈的叛逆感就会被点燃。在玩摇滚乐的路上起起伏伏，却从未想过放弃，性格很冷，对于不喜欢的人说话也不客气，甚至直接动手。

过早地进入社会，让她比其他同龄人显得成熟，而事实上和家庭关系紧张的她严重缺爱，对爱情的渴望非常强烈，也因为太强烈，所以从不轻易爱上谁，爱了也不会轻易放手。

她表面上对别人好像冷酷无情，但实际上是个外冷内热的人，并且极度缺乏安全感，和赵左左能成为闺密，也是因为赵左左身上有一种自己做不到的，且迫切渴望的特点。

通过赵左左和江小鱼结识了魏明白以后，对魏明白极度反感，但是后来在和魏明白不知不觉的相处中，两人产生了情愫。

身份：江小鱼和赵左左的孩子

姓名：江乔

性别：女

星座：处女座

年龄：1—4岁

性格描述：

有些倔强，懂事，不爱说话，重新回到赵左左和江小鱼身边时极度恐惧和胆怯，缺乏安全感。后来在江小鱼和赵左左的努力下，一点一点打开心房，接受了自己的亲生父母。